司馬遼太郎からの手紙［上］

週刊朝日編集部編

朝日文庫

目次

司馬遼太郎からの手紙［上］

北のまほろば

津軽と南部のハーモニー

「北のまほろば」のゲラを読み終えた司馬さんは、朝日新聞の藤谷宏樹（書籍編集部次長）に次のような手紙を書いている。

……小生も、老いには勝てず、ボケタカナといつも思いつつ、それに抗う（ガンバルでなく）つもりもあって、本州北方の文化を根こそぎに書いてみたつもりでした。少壮のころの自分にはこうは書けなかったろう、と自分で自分に対し張り合う気持ちがありました。

しかしことしに入って、どうも去年より体力がへったな、と頭を立ったまま洗うときなどに思います。途中で、しゃがみたくなります。むかし中村光夫さんが広津和郎さんにかみついて、「トシはとりたくないものです」と書きました。ご存じ

「忠臣蔵」の中で堀部弥兵衛が、討ち入りの場面で、尻餅をつくくだりをふまえています。(日本人はシェイクスピアをもたなかったために引用が、講釈モノになったりします)

一九九五年八月十日

司馬さんが「北のまほろば」の取材のため、青森県を訪ねたのは一九九四年一月。青森市のホテルで二人の人物が司馬さんを待っていた。

一人は考古学者の鈴木克彦さん(五一)。八戸近郊の新郷村生まれ、南部衆である。当時は青森県埋蔵文化財調査センターの総括主任をしていて、現在は青森県立郷土館の学芸主幹。小柄だが、がっちりしている。笑うと可愛らしい顔になる。しかし舌鋒鋭く、飲むとますます鋭くなる。

「司馬先生に来てほしい、来てほしいと思っていましたけれど、本当に来られてびっくりしてました。会うと私の顔をじっと見ている。そして、『やあ、いいお顔ですね』って褒めるんですよ。私は不細工な顔なのにね、照れちゃいました。でも司馬先生、それから会う人ごとに同じことを言ってましたからね(笑い)」

もう一人は弘前生まれ、NHKの菊池正浩さん(五二)。菊池さんも緊張していた。

「僕が素晴らしいと思っている津軽への思いに普遍性があるのかどうか。司馬さんはどう受け止めるのか、スリリングな気持ちでした」

と言う。司馬さんは菊池さんのことを「六尺ゆたかな津軽人《びと》」と書いている。飲むとユラユラしてきて、その感じが太宰治に似ていなくもない。

菊池さんは初対面ではなかった。「歴史への招待」の担当だった菊池さんは、以前に東大阪市の自宅を訪ねたことがある。

「日露戦争についてご出演いただこうと思って伺ったんですが、『生半可に扱うと、けがをします。日露戦争はまだ生乾きの歴史だから』と言われた。しかし、それから三時間くらいお話が続いて、結局、『まあ、私が話さなければ仕方ないかな』って（笑い）」

当時、NHK青森放送局に勤めていたが、現在は教養番組部の専任部長で、主な仕事はNHK「街道をゆく」のプロデューサーである。

南部、津軽の二人は、にこやかに司馬さんを迎えた。酒の席となり、やがて鈴木さんと菊池さんは、青森県人恒例の「儀式」に入った。司馬さんは書いている。

「青森県での滞在中、さまざまに愉快なことがあった。なかでも、鈴木克彦氏と菊池正浩氏が同席する座で酒を飲んだときほど楽しかったことはない。

ご両所はおなじ青森県人といっても、〝衆〟がちがっている。鈴木氏は南部衆で、菊池氏は津軽衆である。両者が、悪口を言いあうのである。（中略）

たった二人の代表ながら、その応酬をきいていて、私は濃密な青森県的気分を味わった。この気分は、豊潤としか言いようがない」（「津軽衆と南部衆」）

津軽の言い分、南部の言い分

青森県人でなければわかりにくいが、津軽弁と南部弁はアクセントもイントネーションも違う。

「だいたい、津軽弁は南部弁に比べると、汚く聞こえます」

と、鈴木さんが口火を切った。

一方の菊池さん、

「盛岡も含めて南部の人からは『津軽は盗っ人だ』と言われ続けています。これはある程度言ってもらってガス抜きをしてもらわないと。話が始まらないんです」

と、やんわり応酬した。

明治維新で青森県が生まれるが、もともと津軽と南部は別国。というより南部から見ると、もともとは南部の家来だった津軽為信が、津軽の地をだまし取ったということになる。もちろん津軽にも津軽の言い分はある。

江戸時代、津軽の殿様は参勤交代の時に南部領を通らず、南部も通さなかった。こんなに仲が悪かったのに、一つの県になっている。鈴木さんによれば、

「太平洋と日本海が一つの県にあるのは、北海道を除いて青森だけ。秋田県と岩手県が一緒になっているのと同じですよ。無理がありますというということになる。

それでも鈴木さんは司馬さんの前だから、いつもよりは我慢していた。ところが、菊池さんがこんな話をした。

「リンゴの古木をガラスで囲んで、それを眺めながら酒を飲めるようなところをつくりたい」

聞いていた司馬夫人の福田みどりさんは、

「いいわねえ」

と言った。司馬さんも感心していたのだが、それを聞いて鈴木さん、

「カチンときましたね。リンゴの木は一生懸命、手入れをしてやらなきゃダメになってしまう。津軽の人間だったら、それくらいいね。リンゴの木は青森にとって大事なんだと思ったら、カッとなってしまった」

もっとも、菊池さんはユラユラ酔っていたので、まったく気づかなかった。

「私は湯布院のように、津軽にも七つの美術館があっていいいと思っていたんです。民謡

美術館とかサクラ美術館とか。そのうちの一つがリンゴ美術館です。ガラスで囲まれた中庭を見るように、四季折々に一本のリンゴの古木を愛でる。お酒でもコーヒーでも飲みながらね。そういうつもりだったんですが、でも、どこに地雷があるんだか、わかりませんね（笑い）」

それから鈴木さんは津軽の悪口を、といってもユーモアに溢れた悪口を、それこそマシンガンのように浴びせ続けることになったが、司馬さんのひとことで急におとなしくなった。

「でも鈴木さん、津軽美人というじゃありませんか」

鈴木さんの奥さんは津軽の黒石市出身。二人の娘さんは、残念ながら津軽弁なのである。なんのことはない、鈴木さんは津軽を批判する一方、津軽をこよなく愛する人でもあったのだ。鈴木さんは言う。

「私は『うなだれそうになった』なんて、書かれてしまいました。司馬先生は本当に中庸の人ですね」

その鈴木さんにあてた司馬さんの手紙には、南部と津軽について、こう書いてあった。

……青森県を歩いて、少年の日から感じていた（観念の上で）文化の厚さを再確認しました。〝北のまほろば〟という印象でした。小生は母方が奈良県ですから、

まほろばのイメージは最初からあるのですが、青森県はそれ以上でした。南部人の開明性、津軽人の自己完結性は、奈良県のとても及ばざるところであります。

奥様の御実家での印象も、小生のよき津軽体験になりました。

ともかくも、青森県は、小生にとって、念願の地だっただけでなく、決算の地になるような思いがします。その響きが、なおもつづいています。

九四年一月二十四日

鈴木さんは膝の上にメモを置いて、司馬さんの話を書き取ろうとしていた。一方の菊池さんは、深夜になって酒席が終わると、吹雪の中を駅に向かって歩いていった。

「私はかなり酔っていたものですから、みどりさんをはじめ皆さん、凍死するんじゃないかと心配されたそうですね（笑い）。でも家に帰ってから、必死にお話を思い出してメモを取ったことを覚えています」

この二人の案内のもと、司馬さんの「北のまほろば」の旅が始まった。

津軽案内は、菊池さんの担当となった。菊池さんは言う。

「津軽人は『津軽岩木山症候群』なんですよ。岩木山を見ると、やみくもに両手をあげて感動してしまう。津軽を案内するたった一つのポイントは、岩木山が見えればいい。

どこへ行っても、『ほら、岩木山が見えます』。だから、天気が悪い日は、もうどうしようかと不安になるぐらいです（笑い）。それにしても、弘前城から見る岩木山は世界一ですよ」

菊池さんはまず、司馬さんを弘前城へ案内した。大手門（正門）から入って本丸に上がり、亀甲門《かめのこう》（北門）から出る。天気もよかった。寒がりの司馬さんだが、コートを脱いだ。雪の弘前城をゴム長で闊歩し、のちにこう書いている。

「私ものぼりつめてから、天守閣を見るよりも、台上の西北が広闊に展開していて、吸いよせられるように天を見ざるを得なかった。その天に、白い岩木山が、気高さのきわみのようにしずかに裾をひいていた。

息をのむ思いがした」（「雪の本丸」）

司馬さんはよっぽど弘前城が気に入ったのか、次の日にも訪ねている。この時は鈴木さん一家が同行した。

この時小学五年だった佑佳子ちゃん、小学一年の真実子ちゃんは、司馬さんからお年玉をもらった。そして二人は憧れの人にときめいていた。

装画を担当する安野光雅画伯である。二人は幼いころから安野さんの絵本を読んでいたからドキドキしていたのだが、安野さんは照れたのか、同行の編集部員にこんな話をしていた。

「軍手って便利なんだよ。冬場のスケッチで軍手をはめていると、手がかじかまないでしょ。そのあとお風呂でね、軍手をはめて体を洗うと、体も軍手もきれいになる。それに軍手だと、自分じゃなくて、ほかの人に体を洗ってもらっている気がしてくるんだから、気持ちいいよ。やってみなさい」

司馬さんは横で聞きながら、

「せっかく憧れてもらっているのになあ」

と笑っていた。

そのあと軽い食事になり、司馬さんは津軽について、南部について、飽くことなく語り続けた。みどりさんは覚えていることがある。

「妹の真実子ちゃんが、目を丸くしていたの。どうしたのかと思っていたら、ボソッと、『男の人でもこんなに話す人がいるのね』って。あれはおかしかったな。でも当の司馬さん、そんなことを言われているとも知らず、愉快に話してたわね」

ことばは芸術を紡ぐもの

さて、菊池さんは弘前城の周辺に、もう一つ仕掛けを用意していた。

亀甲門を出て、すぐ前にある商家・石場家を案内している。

石場家は津軽藩の豪商で、いまは酒屋さんになっている。近世以降の商家の面影を残し、重要文化財に指定されているが、なんといってもこの石場家には「スター」がいたのである。菊池さんは石場家の家刀自《いえとじ》、石場キミさんに魅せられていた。

「津軽弁にも男言葉と女言葉があります。石場家のおばあちゃんは、古い津軽弁の女言葉を話せる人でした。僕が聞いても、言葉が艶っぽいんです。例えば、標準語の『そうでしょう?』は、おばあちゃんが言うと『そうでねしてねし』となる。いま普通に話されている津軽弁では、こうはなりません。司馬さんに、本当の歴史のある津軽弁を聞いてもらいたかった」

キミさんは一九一一（明治四十四）年生まれ。

県立弘前高等女学校の卒業生で、作家の石坂洋次郎さんの教え子になる。

「家刀自は細面の美人で、板敷のはしに端座された。茶目っぽい微笑が、油断ならなかった。『洋サンのことけ?』。わざと、津軽弁で言われたのは、あとで思うに、いまから剽軽《ひょうきん》を言いますよ、という宣言だったかのようだった。むろんきれいな標準語ができるはずの人なのである」（「石坂の〝洋サン〟」）

キミさんの言葉は、商家の女将らしく丁寧な津軽弁だった。司馬さんのことを、娘さんに話している。

「てっきり家を見学しに来た人だと思っていたら、司馬さんでした。『お城を散歩して、ちょっと寄ったんですよ』と言われ、丁重に話を聞かれるので、母は『確かこの人は偉い人なんだべサ』と思ったようです。あとで私には、『人間のできた人なんだべヨ』と言っていました」

息子の石場清勝さんは言う。

「『だれが来てもなんもおっかね人イネダ』と、よく言ってました。自分の言葉で話せばいい、飾ろうとするからダメなんだということだと思います。だから司馬先生にも津軽弁。あれぇ、でも、司馬先生は津軽弁がわからなかったのか（笑い）。それじゃあ、バアさまが、津軽弁でしゃべるのをわかるわけねえべさ」

青森から帰った司馬さんは、菊池さんに手紙を書いた。

津軽ではおかげで——まったくのおかげにて——宝のようなさまざまを得させてもらいました。石場家の家刀自のすばらしさで、津軽人の日常の中の芸術を知りました。ことばはその芸術を紡ぐものだという予感（津軽風土への予感）が、あの石場の家刀自によって、みごとに当たった思いでした。二十歳のころに、隣に寝ていた八戸出身の青年に感じた太宰治が、もっとてざわりよく家刀自のスタイルによって感じさせられました。（後略）

二月十六日

司馬さんは、石場キミさんが菊池さんに語った桜への思いを、標準語に訳して書いている。

「『裏の梅が咲いたと思ったら、表（亀甲門の側）の桜が咲くんです。本当にここにお嫁にきてよかったと思います』（中略）『咲く前、つぼみが日ごとふくらんでゆくのをみるほど楽しいことはありません。それは、娘の成長を毎日見ているようなのです。このたとえ、わかりますか、菊池さん』。（中略）聴いている菊池さんが思わずぞくっとしたほどにつやっぽかったそうである」（「弘前城」）

九四年五月、司馬さんは手紙にこう書いた。

石場家のご隠居さんの桜の話、いい感じでした。小生津軽弁ができず、ずいぶんソンをした、との思いが、あの方に会ってから、しばらく明滅しました。

よき津軽弁の語り部として、キミさんは地元のテレビやラジオにたびたび出演していた。津軽には、伝統工芸にこぎん刺しがある。紺の麻布に白の木綿糸で、決まった模様を刺す。キミさんは、こぎん刺しのコレクターとしても知られ、デザイナーでもあった。

「近所のおばあちゃんグループから人生相談みたいなものを受けたりして、公民館の館長みたいでした」

と清勝さん。

家刀自は、「北のまほろば」連載中の九四年十二月七日の明け方、世を去った。清勝さんは言う。

「五日は温泉に連れていって、六日に具合が悪くなった。心筋梗塞で胸のあたりが痛かったみたい。バアさまは胸の大きな人だったからね、『おっぱいが邪魔で。とれないかしらね』なんて言ってたな」

亡くなった七日には、弘前高等女学校の同窓会が予定されていた。前日、呼びかけ人だったキミさんは、友人たちに欠席の電話を入れていたという。

二十四日、司馬さんは菊池さんに手紙を書いている。

石場の大刀自の御往生、驚きつつも、さすがだと思いました。むろん平素、胸の痛みがあったでしょうが、ひとに訴えることがなかったのでしょう。

御冥福を祈りあげます。

キミさんの枕元には、司馬さんの『伊賀の四鬼』（講談社）が、ほかの本と一緒に置かれていた。菊池さんは言っている。

「おばあちゃんの魅力は、商家の女将さんの才だけでなく、津軽女性の持つ利発さでもあった。あの人柄に司馬さんは、津軽的なものを感じたんじゃないかと思っています」

考古学と力士の故郷

「北のまほろば」の旅は、考古学を考えつつ、大相撲の力士の郷里をめぐる旅でもあった。一九九四年一月の青森に付き合ってくれた二人の考古学者がいる。

前回にも登場した鈴木克彦さん、さらに「オホーツク街道」を案内してくれた野村崇さん（六一、北海道開拓の村・学芸課長）の二人。地元の鈴木さんが中心となり、野村さんがサポートする。司馬さんは二人に囲まれて、ご機嫌だった。

まず木造《きづくり》町を訪ねた。縄文晩期の亀ケ岡遺跡がある。ここから出土した「遮光器土偶」について、

「髪はちぢれて盛りあがり、ネックレスを用い、ウズマキ紋様の衣服をつけ、胸には乳房が強調され、四肢は赤ちゃんのようにみじかい」（「木造駅の怪奇」）

と書いている。まるで縄文時代の宇宙人といった感じなのだが、木造町に入ってすぐ、

司馬さんは巨大な「宇宙人」に遭遇した。

バスに乗っていて、ぼんやり窓の外を眺めていると、JR木造駅の駅舎が浮かび上がってきた。司馬さんはしばらく絶句したあと、

「これは写真を撮らなくてはね」

と言って、駅舎をパチリ。

「駅舎をみて、仰天する思いがした。遮光器土偶が、映画の怪獣のように駅舎正面いっぱいに立ちはだかっている。（中略）夜はライトアップされるというこの巨大遮光器土偶を見て、この巨像に耐えている町のひとびとの度胸のよさをおもった」（「木造駅の怪奇」）

司馬さんは、ちょうど通りかかった年配の男性と立ち話を始めた。

「あれ、怖くないですか」

「時々、ひきつけを起こす子供もいるんですよ」

男性はお医者さんだという。司馬さんは同行者に言っていた。

「やっぱりね。僕と同じ感受性の人がいてよかった」

それから木造町の町役場を訪ねた。

町長室に入ると、町長の盛貢《もりみつぐ》さん（六五）が待っていた。司馬さんはまず言った。

「あの駅舎はだれが造ったんですか」

盛さんは嬉しそうに答えた。

「私です」

「あれはいけませんね」

盛さんは言う。

「『ちょっとグロテスクですね。あれを見た子供は、考古学をやる気をなくすのではないですか』と畳み込まれましてね、言われてみればそうかなとも思いました（笑い）。ふるさと創生資金でつくったんですが、木造町は遮光器土偶しかない。やるなら大きくやろうと思ったんです。でも、『北のまほろば』を読んで安心しました。オブラートにくるんで書いてもらって、優しい方ですね。司馬先生は、『雪に包まれている町は独特の情緒があっていいですね。静かで味わいがある』と褒めてくださった。普段は嵐のように雪が降るんです。あの日は静かでした」

町役場のロビーの右横には旭富士の木彫りがあった。ここは旭富士の生まれた町でもある。

「津軽ふうの憂いと羞《はじ》らいを含んだ元横綱旭富士が土俵にあがるつど、『青森県西津軽郡木造町』という場内アナウンスがひびきわたった。私はその地名のなつかしさと魅力にひかれて、木造町に寄ろうと思ったのである」（「木造駅の怪奇」）

司馬さんは、盛さんが用意した色紙に毛筆で、

「雪中千古の心」

としたため、木造町を離れた。

夫人のみどりさんは言う。

「相撲はたしかに好きでしたよ。五時ごろになると書斎から出てきて、終わるまでは居間のソファから動かない。電話がかかってきても出なかったもの。好きな力士は千代の富士、旭富士、それと舞の海かな」

旭富士の次は舞の海の故郷。

鰺ケ沢《あじがさわ》町の町役場には、「舞の海」と書かれたのぼりが何本もはためいていた。役場ではナターリア・N・クズメンコ博士が待っていた。

海峡を越えて来た人々

ナターリアさんはウラジオストクの極東大学の出身で、鰺ケ沢町に招かれて町民にロシア語を教えていた。

鰺ケ沢は港町で、江戸時代には日本海航路の拠点として繁栄した。さらに鰺ケ沢から北方には、十三湖《じゅうさんこ》（十三湊《とさみなと》）がある。中世、十三湊を支配していた安藤氏は、中国や朝鮮と盛んに貿易をしていて、沿海州とも交流があったとされている。

かつて北方の窓口であった十三湊から少し離れた鰺ケ沢町が、ロシアと積極的に交流をしていることになる。

ナターリアさんを訪ねたのは、同行していた野村崇さんの提案だった。

野村さんはウラジオストクに滞在した時、ナターリアさんに通訳をしてもらった。ぜひ司馬さんに会わせたかった野村さんは、鰺ケ沢に行きましょうと手紙を書いたことがある。その返事が来ている。

鰺ケ沢にいるナターリア・クズメンコさんのお話、吹きだしました。町では〝舞の海かナターリアか〟といわれるほどの人気者であるとのこと、いいことであります。人の住む処の理想は、その町出身のよきスポーツ選手がいて、その町に人の心にリズムをあたえるよき人が住んでいることです。ナターリアはすばらしいし、彼女をよんだ町長さんもすばらしいですね。

一九九三年八月十九日

「北のまほろば」の冒頭、司馬さんは書いている。

「遠い世、オホーツク人は青森県下まできていたことになる。このことは、日本人の成り立ちを考える上で、重要なこととといわねばならず、私などは以前、このことを知ったときに、『なぜ青森県下から、あんなに大きくて美しい体形のおすもうさんが出てくるのか、よくわかりましたよ』と、話を飛躍させておかしがった。力士たちの容貌もいい。隆の里、旭富士、舞の海、貴ノ浪などが、共通しておだやかで京人形のような顔をしているのも、なにごとか、遠い時代のことを、さまざまにおもわせるではないか」（「古代の豊かさ」）

司馬さんは旭富士や舞の海の中に「オホーツク人」を思い浮かべ、鰺ケ沢町でオホーツク人の故郷から来たナターリアさんに会ったことを喜んでいたのである。

「オホーツク人」は謎の海洋民族として知られている。沿海州、サハリン、千島列島、そして北海道には遺跡が無数にある。

十二世紀には姿を消したといわれているが、アイヌ文化以前の北海道にその痕跡を残している。

日本人の重要な先祖の一派と司馬さんは考えていて、青森のホテルでこう言っていた。

「『オホーツク街道』でたくさん見た土器が、下北に来ているそうですね。これを補助線にして、青森に足を踏み入れたいと思ったんです」

そういう司馬さんの「考古学」の感覚について、プロの鈴木克彦さんはどう見ていたのだろうか。

「いろいろお話を伺っていて、ときどき学問的にはちょっと違うかなと思うことはあります。

しかし、そもそも考え方というか、スケールが違うんですね。例えば、オホーツク人が青森に来ていたという驚きは、私も司馬さんと同じなんです。オホーツク人が海峡を越えて来た、その理由は何かを考える。これが私たち考古学者です。

でも私たちの推論や結論は、ともすれば無味乾燥だし、理屈っぽい。

それに比べて司馬先生は、『そのオホーツク人はどういう人で、どういう生活をしていたのか。そこから何が生まれるんだろう』と、影響や結果を考える。幅広いものの見方をしているし、発想が違います。説明する言葉も司馬先生はきれいだし、魅力に溢れている。オホーツク人はロシア極東の少数民族の先祖であり、ずいぶん南下して、北海道全域と下北半島まで来ていました。でもそのことが、司馬先生の頭の中では旭富士につながるんだから、かないませんね」

司馬さんは鈴木さんに次のような手紙を書いている。

オホーツク文化の人々——あるいは他の世界の人々——が津軽にきていたというだけで、津軽はあのあたりの中つ国だったのではないかと思ったりします。中つ国であるには穀物のとれるところという条件が要ると思います。コメが、四季倉廩《そうりん》にあるということが、他の文化の人々の来る（商用かと思いますが）条件かと思いま

す（中国という農業帝国を思いつつ、又、大和を思いつつ）。だから〝北のまほろば〟かなと思ったりしたのです。古代としては過褒《かほう》ではないと思います。

一九九四年二月十八日

津軽を褒めたたえているこの手紙について、鈴木さんは言う。

「昔はよかった、ということでしょう。私は故郷だから青森はいいなと思うが、日本にはもっといい土地がいっぱいあるもの（笑い）」

考古学がアミューズメントです

ところで鈴木さん、青森のホテルで司馬さんにこんな提案をした。

「青森県には下北に一人、津軽に一人、縄文人がいるんです。お会いになりませんか」

もちろん会うことになった。津軽の縄文人には会う時間がなかったが、下北の縄文人は歓待してくれた。下北半島の川内町に住む、寺田徳穂さん（八〇）である。

寺田さんは、下北半島におけるオホーツク土器の発見者。それをオホーツク土器と見分けたのが鈴木さんで、二人は親子のように仲がいい。

寺田さんは言う。

「一月五日にオレんとこ来たさ。司馬さんとは初めてだったけど、入ってきて、『やあ』も『はじめまして』もねえ。何十年も知ってる感じがした。どういう加減かな」

寺田さんは、趣味として考古学を続けてきた人だ。家の中には出土品が山のようにあった。寺田さんは司馬さんに、同じ考古学好きのにおいを感じていた。

「ずいぶんたくさんの人がついてきたけど、司馬さんの質問が一番よかったものな。『どういう状態で出てくるの』とかな。司馬さん、『私も寺田さんのように拾うのやってました』って言ってた」

寺田さんが土器に興味を持ったのは小学校四年生の時。担任の先生が考古学好きで、生徒に集めさせていた。

「ポンポン出たもんな」

寺田少年、土器を拾っては紋様を絵に描いた。

「おれ一人さ。誘っても、そういうのだれもやる人いない。おれは変わってるから、こんなになったけど（笑い）」

キノコを採って売ればお金になるが、土器ではお金にならない。寺田さんは長じて営林署や鉱山で働いたが、働きながらも拾い続けた。

司馬さんも小学生時代、奈良で土器や石鏃《せきぞく》のかけらを拾っていたことがある。長じてからは小説を書くようになったが、寺田さんは司馬さんに同族のにおいを感じたのだろう。

鈴木さんが寺田さんに会ったのは、七三年ごろ。寺田さんのコレクションには、いつどこで見つけたのか、きちんと記録があり、資料的価値が高かった。鈴木さんは言う。

「寺田さんは、日本の考古学者がビックリするほどの資料を持っている人です。下北半島の考古学資料は寺田さんの家に行けば、見ることができます」

その中にオホーツク土器も含まれていた。さっそく寺田さんが発見した場所に司馬さんも行ったのだが、残念ながら遺跡を見るのにふさわしい季節ではなかった。

なにせ正月の下北である。脇野沢村の瀬野に案内されたが、雪に覆われて、よくわからない。しかし司馬さんはしきりにスケッチをしていた。

「先生、寒いんだから写真を撮ればいいでしょう」

と、だれかが言うと、

「スケッチのほうが頭に入るんです。ほら、こんなの、すぐ描ける」

ちょっとむきになっていた。その時、鈴木さんは見ていた。

「みどり夫人がね、スッテンコロリンしてね（笑い）。あれは印象的でした。冬に遺跡は大変ですね」

司馬さんは寺田さんにオホーツク土器の破片を見せてもらった。小さな破片について、司馬さんは書いている。

「この破片一つから、網走あたりから、あるいは稚内のあたりから、海路はるかにこの下北半島にやってきたオホーツク人が想像できる。『針はないか』といって、自分がもってきたラッコの毛皮や鷹の羽などを交換の品としてさし出したにちがいない。人によっては、土地の娘をめとって土着したかとも思われる。オホーツク人にとって下北半島は、〝まほろば〟だったはずである」(「遠き世々」)

ところで、なぜ寺田さんが縄文人なのか。

「……孔をあけるべき石片が置かれている。……寺田さんは手造りの錐のようなもので、孔をあける。錐のようなものには柄がついていて、両掌で揉みこむ。寺田さんのおかげで、縄文人が孔をあけるに要する作業時間がわかるのである。『何カ月かかりますか』と、問うてみた。『いやなに、四、五日あれば』。寺田さんが、うれしそうに答えた」(「恐山近辺」)

司馬さんの予想では、何カ月もかかるはずだった。しかし、寺田さんは縄文人ではなく、やはり現代人だった。

「寺田さん、何を使って孔をあけているんですか」

「こうもり傘の骨だよ」

寺田さんは縄文人がけっして使うことのなかった「鉄器」を使っていたのである。司馬さんは笑いだした。寺田さんもつられて笑いだした。

「最初は鳥の骨だったんだよ。でも時間がかかってね、仕方ない。これならどんどんあけられる。よく縄文人はこれをやったと思ってよ」

寺田さんに、「北のまほろば」の感想を聞いてみると、

「ええんでねえか、あれで」

寺田さんの考古学研究はいまも続いている。土器のかけらを拾い続ける日常には変わりがない。もっとも孔あけのほうは、現在休業中。ちょっと飽きたらしい。

鈴木さんは言う。

「本当に司馬先生は先端がお好きですよね（笑い）。下北では大間《おおま》町と脇野沢村。津軽半島は、十三湖や鰺ケ沢では飽き足らず、夏にまた来て竜飛崎《たつぴざき》まで行ったんだから」

正月の旅が終わり、司馬さんは札幌に帰った野村さんに手紙を書いた。

札幌という地名を書くだけで——とくにこの季節——心の躍るのを覚えます。青森県では、お礼の表現も浮かばないほどにお世話になりました。毎日野村さんの温容に接し得て、毎日が楽しうございました。生涯の晩景かと思えるとしになって、幸せなことでありました。

下北半島では、オホーツク人が私どもに置きのこして行ってくれた遺物を見て、この小さな破片が、なんと大きなものを人間に想像させてくれるかと荘厳な思いを

もちました。人間の精神を愉悦させ、ときに荘厳な心境にさせることは本来芸術《ミューズ》のしごとだったのですが、いまは先端的な学問（遺伝子学など）がそうさせます。考古学がアミューズメントです、といったのは、小生の考古学への最大の讃辞です。

一月二十五日

鈴木さんは、司馬さんがこう言っていたのを覚えている。

「大阪に住んでいて、小さいころから、この本州の地の果てには何があるのかと、よく考えていました。大阪にはない、違う何かがあるような気がしていたんです」

小泊村での講演録

司馬さんは「北のまほろば」の執筆を終えたあとに、同行の考古学者、鈴木克彦さんに手紙を書いている。

連載中、三内丸山遺跡《さんないまるやま》が出てきたことも、幸運でした。縄文のころに高度で雄大な文化を青森県がもっていたことを明かされて、小生は勇気づけられました。

南部人と津軽人がもつユーモアの感覚が十分に発掘できなかったのが、多少の悔いであります。日本文化のなかで、類のないものだからです。むろんそのユーモアは、真摯《しんし》さから出ています。そのマジメさを十分には、描けませんでした。

一九九五年三月八日

司馬さんは「北のまほろば」を書くために、一九九四年の冬と夏の二度、青森を訪ねているが、気がかりの一つは太宰治のことだった。

太宰がたどった『津軽』のみち

最初の冬の旅では太宰治の故郷、金木町《かなぎ》を訪ねている。この時は生家の「斜陽館」を見学した程度だったが、その夜は太宰の話になった。司馬さんは鈴木さんと、NHKの菊池正浩さんに質問した。

「太宰治をどう思いますか」

南部人の鈴木さんは、

「甘えん坊ですよ」

と答え、津軽人の菊池さんは、

「ピエロですね」

と答えている。

司馬先生はどうなんですかと、二人に聞かれて言った。

「家内は早くから太宰のファンでしたが、僕は読みかたも知らなかった。最初は『ダザイジ』と読んでいたぐらいでした。本当なんだ、これは（笑い）。四十代になってから全集を読んで、なるほど太宰はつらかったろうなと思ったことがあります」

司馬さんは書いている。

「……明治末年に近代文学が出発して以後、私小説という西欧の文学通念とは異なる方向をたどり、志賀直哉において大完成しようとしている。それはこまる、という立場であった。かれ（太宰治）の大望は、おそらく日本の私小説の伝統に自分を接木《つぎき》させて、ロマネスクという、この国にかつてなかった花を咲かせたい、ということだったかと思える。が、世間も故郷の友も、それを理解せず、ただひたすらに檜《ひのき》の一枚を磨きあげ、木目《もくめ》まで宝石のように底光りさせたような志賀直哉の文学を唯一の規準としてまつりあげ、あたかも富士のようにあつかう」（「岩木山と富士山」）

鈴木さんは言う。

「司馬先生はおっしゃっていました。『イギリス文学史をシェイクスピアぬきで語れないように、日本文学史は漱石と太宰ぬきでは語れないんです』。青森では太宰のことをよく言わない人もいるからね。正直驚きました」

菊池さんも言う。

「金木を訪ねた日ばかりでなく、もう夜な夜な太宰の話を聞きましたよ。『漱石の功績は大きいけれど、わかりやすい日本語を編み出すということは、その後はなかなかうまくいきませんでした。太宰治において、日本語の柔軟性は完成され、その可能性は大きくなった。太宰治がいなかったら、日本の言文一致は成就できなかったでしょう』と。『北のまほろば』の中で、太宰は一つのテーマでしたね」

半年後に夏の青森を訪ねる前、司馬さんは言っていた。

「せっかく行くんだから、竜飛崎に行きましょう。太宰の『津軽』のコースをたどっていこうか。青森を出て蟹田《かにた》に行って、小泊《こどまり》にも行こう。太宰の乳母さん、たけさんがいた所だったね。なんだか銅像まであるらしいけど、それも見ておこうか」

太宰治が『津軽』を書くために青森に向かったのが、四四年五月。

司馬さんが二度目に青森を訪ねたのが、九四年七月。

ちょうど五十年後のことで、司馬さんは書いている。

「五十年前、自然がまだ荒《すさ》びのままだったころに、太宰とN君は、ここを行軍した。烈風が、太宰の帽子を何度か吹きとばしそうになった。太宰はそのつど鍔《つば》をつかんでひきさげ、そのため、戦時下の粗悪な帽子が、やぶれてしまった。太宰がここを歩いているころ、私は〝満洲〟の野で、世界でもっとも訓練がはげしかったといわれる関東軍にいた。しかしいまは安気《あんき》にも、マイクロバスの車上にいる」(「竜飛崎」)

マイクロバスで青森を出発し、蟹田町に到着。太宰治が名物の蟹やらリンゴ酒やら、「疾風怒濤の如き接待」を受けた町だが、司馬さんは蟹アレルギーのために通過。

やがて竜飛崎に着いた。太宰治は『津軽』の中で、

「ここは、本州の極地である。この部落を過ぎて路は無い。あとは海にころげ落ちるばかりだ。路が全く絶えているのである」

と書き、その印象をふまえて司馬さんも書いている。

「道は、ここに尽きる。日本じゅうの道という道の束が、やがて一すじの細いみちになって、ここで尽きるのである」（「竜飛崎」）

司馬さんからの声の手紙

次に小泊村を訪ねた。太宰治の乳母だった、たけが嫁いだ家があった所で、『津軽』のクライマックスの舞台となった村である。

たけを訪ねた太宰だったが、留守だった。小学校の運動会に行っていると聞き、グラウンドで二人は三十年ぶりに再会する。いまはそのグラウンドのわきに二人の銅像が建っている。

やがて、「小説『津軽』の像記念館」の館長、柳澤良知さんが海沿いの民宿に案内してくれた。

「小泊村には港があって、船があります。司馬先生も、ゆっくりしていこうと思われたようですね」

柳澤さんは食事の間、ビデオを撮っていた。ストライプのシャツの袖をめくり、うっすらビールに酔いながら、司馬さんは語り続けた。

残されたビデオは、司馬さんの〝声の手紙〟といった内容になっている。

「雲の上の人だと思っていたんですが、私ら地元の人間の話をしっかり聞いたうえで、先生のお考えを話してくださいました。身近な感じがしましたね」

と柳澤さん。ビデオは、柳澤さんが小泊という地名の由来を説明している場面から始まる。

「小泊も、もとはアイヌ語でポントマリと言いました。小さな奥の船入り場という意味だそうで、それから転じて小泊になったと聞いています」

以下、司馬さんの〝声の手紙〟を再現する。

津軽・南部含めて、青森県の地名というのは、大和言葉のいい地名が多いんですよ。おそらく、そうやって最初はアイヌ語だった地名を、土地の知識人が似た音をとってきれいな言葉に変えていった。小泊というのは、きれいな言葉ですものね。

当てようのない場合は、新たに知識人がつけたようです。弘前市の北のほうに、小さな字で、「夕顔関」という所があります。江戸初期の開拓地で、開拓した庄屋さんがつけたらしい。この人は知識人でしょうね。われわれは夕顔と聞けば、『源氏物語』の夕顔を連想する。庄屋さんは地形が夕顔に似ていると言っていたらしい。夕顔の地形といわれてもよくわかりません（笑い）。おそらく言葉の響きが美しいから、夕顔にしたんでしょう。

だいたい室町時代にできた地名が多いようですね。ふるいにかけて、きれいな砂を取り出すという作業が三百年も四百年も前にあったんじゃないかと思いますね。

それにしても、小泊に来るとホッとしますな。竜飛からここまで来てね、アルプスの山の中から麓へ下りてきたような感じがしない？（笑い）

下北半島と、この津軽半島の違いは大きいですね。津軽はたっぷりと豊かな感じで、下北半島は、氷のような冷たい風に吹きさらされている。

ここで『東日流外三郡誌《つがるそとさんぐんし》』の話になった。十三湊を支配していた安藤氏を中心に津軽の歴史を書いたものだが、後世の偽史ではないかという説がある。司馬さんは「北のまほろば」の中では詳しく触れていないが、小泊では語っている。

『東日流外三郡誌』を僕も一通り通読しましたが、二十世紀の言い回しが入っている文章があるんです。偽物だという論争もあるようですが、僕はね、こう思うんです。

津軽の文化というのはニセ歴史も生むと。よっぽど豊かで退屈しないとね、そんな暇

仕事しませんよ。（笑い）

冬の退屈な時に、ご自身がエネルギーがあって、知力があって、イマジネーションがあればできる。しかも、「津軽は、本州のどこよりも割を食っている。しかしながら、昔をたずねれば……」という思いがあれば、偽物も生まれるでしょう。

たしか、ニギハヤヒノミコトの子供か弟かが、津軽に来たというんでしょう。ニギハヤヒノミコトは、『古事記』や『日本書紀』では一回しか出てこないような人ですよ。その人はナガスネヒコのところで、食客のような存在だった。

ナガスネヒコは大和の土豪です。伝説の天皇の神武天皇がやってきて、生駒山《いこまやま》の麓でナガスネヒコと決戦する。神武天皇が勝ったということになっていますが、そこに食客がやってきて、「私はニギハヤヒノミコトであり、実は天孫族なんだ」と言う。「そうか、君は同じ仲間だな」と神武天皇と握手する場面があり、私の記憶ではそれ一度だけなんです。その家系が津軽に連綿と続いて安藤氏になる。中世の輝ける豪族になった（笑い）。それを引っ張り出すのですから、天才ですよ。これは想像ですが、おそらく原本は前からあって、後の知識で書き加えたりして、『東日流外三郡誌』ができあがったと思うんです。これは津軽人がいかにイマジネーションの力があるかという自慢にしてもいいいと思う。

偽史というのは中国にもあった。日本ではお経がありますね。

勝手にお釈迦さんのお経のようにこしらえたお経がありまして、「父母恩重経」というものがあります。正規のお経としては、もちろん大谷大学では教えません。

これはお父さん、お母さんにいかに世話になったかという内容のものですね。生まれると父親が乾いた藁《わら》を持ってきてその上に寝かせてくれたとか、そういうことがずっと書いてある。読んでいると涙がこぼれるような内容ですが、そんなお経はありません。これは偽経です。江戸時代には偽経を書くと地獄へ行くと言われたくらいだから、おそらく書いていた人間はいたということですね。

お経も書いていた人間がいる（笑い）。まして津軽の歴史を書いていた人間も、いたかもしれない。

『東日流外三郡誌』は気宇壮大な〝おなら〟

あの筆者にとっては、津軽為信どころか、日本列島全部が敵です。大和朝廷もそうですし、エスタブリッシュメントはすべて敵です。そして津軽は輝ける所であるとする。それを本当か嘘かと争わずに、もしかすると嘘かもしれないが、それでもおもしろいじゃないかと楽しめばいい。

体の中に圧力が加わってきて、おなかが膨れてくる。おならをすれば、外の気圧と中

の気圧が平均するわけでしょ。『東日流外三郡誌』は気宇壮大なおならをしたようなものですな。（笑い）

『徒然草』の作者の吉田兼好は京都の神官の子で、京都の人です。

この人から見たら、東国から来た武士は、みな蝦夷に見えた。

蝦夷はみな強くて、顔がいかついというイメージがある。ちょうどそんな人が吉田兼好の前に現れ、その人が、自分の子供がいかに可愛いかという話をした。すると吉田兼好は、「蝦夷でもそういう人情があるのか」と驚いていた。そんな話を読んだことがあります。

これは京都の人間の独特の感覚でしょう。その武士は、鎌倉武士なんですよ。筋目の鎌倉の御家人で、東北に赴任していたのかもしれない。しかし兼好にとってみれば、東国といえば全部が蝦夷なんです。京都の人は自分の所だけがいい所だと思っていて、よその土地はすべて蝦夷の地だとした。これは鎌倉幕府ができて、京都は灯が消えたようになってしまったという恨みのせいでもあります。

例えば、『平家物語』に出てくる平敦盛を討った熊谷直実が、法然さんに帰依して熊谷蓮生坊になるでしょう。

京都の人は、あの話が好きですね。

熊谷直実は京都文化に帰順した。可愛らしいものだと。熊谷次郎直実のような者でも法然上人に帰依した、嬉しいことだ。そういう感覚で京都の人は生きている。

東本願寺や西本願寺ができる前、蓮如上人が出ましたが、蓮如上人は京都文化の輸出者でもありました。

蓮如上人が津軽の出ならば、けっして蓮如上人の真宗は広まらなかった。

京都に蓮如上人が出たからであり、田舎の人にとっては、京都文化と蓮如上人はセットなんです。

ローマから来たとキリスト教の宣教師が言えば、ドイツの田舎では立ててくれる。キリスト教の本山がローマにあったから、キリスト教は広まった。

越中の富山、合掌造りで有名な五箇山に、赤尾という谷があります。

赤尾に道宗という人がいて、この人が浄土真宗をこの土地に広めた。

山里ですから猟師が多い。当時の仏教からいえば、猟師が一番かわいそうなんです。殺生をしていますから、地獄へ行かなくてはならない。

ところが、道宗が蓮如上人の所へ行くと、「それはないんだ、往生するんだ」と言われる。道宗は喜んで赤尾に帰り、また疑問ができると、すぐさま蓮如上人の所へ行く。

ある時は、帰ってきたばかりの道宗が奥さんに、「私が質問したことを聞いてくれましたか」と聞かれ、忘れたと思って、脱ぎかけたわらじをもう一度結んで京都へ出かけていった。

その喜びは、蓮如上人の偉さもある。殺生している自分たちを救ってくださるということもあります。しかし京都文化が素晴らしいというのもありますね。

熊谷直実の場合も、武士ですから、殺生をした。地獄へ行くところを、法然さんの教えによって極楽に行けることになる。その極楽に行ける喜びと、京都文化がセットになっている。

だから、そのころの京都の人はいい気になって、東のほうは蝦夷だと思い、そのとおりに書く。これを後世の者がまともに受けちゃだめなんです（笑い）。蝦夷ばかりがいたわけではありません。

最後に司馬さんはこう言って、小泊をあとにした。

「白河以北一山百文」と言ったのは長州の人ですね。これはあまりにもうまい言い方なので残りました。しかしそれだけ中央政府はいつでも東北を恐れ、手を焼いていた。その裏返しの言葉でしょう。

三内丸山と「リンゴの涙」

「北のまほろば」の冒頭に司馬さんは書いている。

「〃まほろば〃が古語であることは、いうまでもない」

まほろばとは、「まろやかな盆地で、まわりが山波にかこまれ、物成りがよく気持のいい野」と前置きをした上で、さらに続く。

「ところで、青森県（津軽と南部、下北）を歩きながら、今を去る一万年前から二千年前、こんにち縄文の世といわれている先史時代、このあたりはあるいは〃北のまほろば〃というべき地《くに》だったのではないかという思いが深くなった。この紀行の題名については、『けかち（飢饉の方言）の国が、まほろばか』と、地元でさえ、異論があるに相違ない」（「古代の豊かさ」）

異論といえば、福島県出身のある編集者がやんわり抗議したことがある。

「司馬先生、青森を褒めすぎでしょう。関東文化圏の福島から見れば、青森は東北の中でもずいぶん遅れている。それを『まほろば』だなんて」

最初はなだめていた司馬さん、あまり納得しないので、笑いながらこう言った。

「同じ東北でけなし合っててもしょうがないじゃないか」

『街道をゆく』のタイトルには、だいたい訪れた土地の名前が入る。さりげないタイトルが多く、その意味で「北のまほろば」は異色であり、凝ってもいる。決めたはいいが、司馬さん本人にも、「〝まほろば〟でいいのかなあ」という気持ちがあったかもしれない。

しかし連載が始まって二カ月後、司馬さんは強気になった。

一九九四年七月十六日、青森市郊外の三内丸山遺跡で、巨大木柱が出土したことが報じられた。司馬さんは書いている。

「縄文時代、世界でいちばん食べものが多くて住みやすかったのが青森県だったろうということを、私も考古学者たちの驥尾《きび》に付してそう思い、いわば〝まほろば〟だったと考えてきた。それが、土中から現れようとは思わなかった」（「翡翠の好み」）

青森県は空前の考古学ブームを迎えることになった。さっそく七月二十二日に青森県を再訪。三内丸山遺跡を見学した司馬さんは、長年の担当者である中央公論の山形真功さんに手紙を書いた。

青森県は三〇度前後なれども、土地の人は半死半生のように言い、小生は大阪の炎熱のなかからきただけに、「避暑のような気分です」と強がっていました。三内丸山（縄文中期）予想以上に宏大で、黒澤明のシーンを思いだし（スペクタクルとして）ました。

竜飛崎を先端にもつ津軽半島は、地図ではたかをくっていたのですが、一周するとへとへとでした。津軽は三郡なれど、よほどひろい国だと思いました。

七月二十九日

さらに旅の同行者の一人、NHKの菊池正浩さんに手紙を書いている（八月十五日付）。

三内丸山遺跡は、県民だけでなく、私ども他に住む者にも勇気をあたえました。森浩一さん、帰宅後、手紙をくれました。遺跡をみた心のたかぶりが冷めやらぬけはいでした。それほどのものでした。県下八千の人々がきてくれたとのこと、近頃これほどのよろこびをおぼえたことがありません。一つは遠きものへのあこがれ、二つは遠きものを自分に組み入れる自己の確立のよろこび、というものでしょう。他者からみれば、ただのアナボコをみてさまざまに想像を構築できる教養をひとび

とは——戦後五十年のあいだに——身につけたということです。世界一のレベルではないかと思ったりします。

旅の目的は三内丸山だけではなかった。

「『りんごの花が咲くころに来るべきです』と、菊池正浩氏は、しきりにいう。青森県は、りんごのくにでもある。菊池さんは、岩木川の中流の柏村には、百歳をとっくに越えてしかも栄えている木があるという。私は、その村にその木を訪ねて、この『北のまほろば』の締めくくりにしようとおもった。道中、りんごのことを考えた」（以下引用は「リンゴの涙」）

夏の旅は天気に恵まれた。柏村の古坂卓雄さんのりんご園を訪ね、「祝《いわい》」と呼ばれる見事なりんごの木を見せてもらった。

「……樹齢百十六歳になる。アメリカ産である。（中略）りんごの木の寿命は、八十年だそうである。ところがこの木は衰えないばかりか、実成りも若木とかわらず、木箱で百個ぐらいの実をつけるという」

りんごの木の下にテーブルがあり、司馬さんはしばらく古坂さんと語り合った。

「祝」について古坂さんが、

「私にとってこの木はご先祖様ですから」

と言ったのを聞いたあと、司馬さんが言った。

「古坂さん、私のノートにお名前を書いてください」

古坂さんが名前を書いている間に、司馬さんは色紙を書いた。

「ひとびとの心に應へ栄えける
あめりか種子のめでたきかな」

りんごの木々が風にそよぎ、夏の暑さを一瞬忘れさせる。

司馬さんは気持ちよさそうにしていた。大阪に帰った司馬さんは、「北のまほろば」の執筆に没頭した。

小さな詩人たち

旅のあとしばらくして、菊池さんは司馬さんに『リンゴの涙』という文集を送った。

編集代表は弘前大学人文学部の田中重好教授。九一年九月二十八日、青森県を台風が襲い、県下のりんご園はほぼ壊滅状態となった。収穫のピークを迎える直前だったため、りんご農家は深刻な冬を迎えることになった。田中教授は言う。

「台風を経験した小学生たちの作文、詩を集めたものが、『リンゴの涙』でした。青森県を台風が襲うことはあまりありません。小学生たちに台風の恐ろしさを伝え、どう行動したらいいかを考えてもらおうと思いました。防災教育の副読本として、小学校に配ったんですが、青森県という地域や家族のあり方を感じたという反響が多かったですね」

その『リンゴの涙』を読み、NHKの菊池さんは一年後に番組をつくった。

「書いた子供たちがその後どうしているだろうかと、彼らを訪ねた番組でした。私は四人の子供たちに会ったんですが、津軽はこういう人たちが支えているのではないか、という思いが残っていて、司馬さんに詩集をお渡ししたんです」

司馬さんは書いている。

「どうも青森県では、りんご園で育ったこどもまでが、りんごの木は家族だとおもっているらしい。『リンゴの涙』という小学生たちの文集を読んで、そのことがよくわかった」

司馬さんは四編の作品を引用した。

「……そしておじいちゃんは、おこったように、『台風くれば、りんご、おぢでまるばな』」

「とりがせんそうしているみたいでした」

「ぼたぼた　ぼたぼた

畑でりんごの落ちる音がする（中略）りんごの落ちる音は　お母さんのなみだが　落

ちる音だ」

　そして最後に紹介した作品が、とりわけ印象的だった。

「野沢小学校一年くどうみわこさんの『でかせぎ』という題の詩は、影絵芝居を見るように輪郭がくっきりして、かなしい。

きのうね
おとうさん
いっちゃった
ひとりででかせぎに
いっちゃった
ほんとに
いっちゃった
おうまさんに
なるって
いっていたのに

津軽や南部のことばをきいていると、そのまま詩だとおもうことがある。この小さな津軽詩人の詩を借りて、『北のまほろば』を終える」

浪岡《なみおか》町に住む工藤美和子さんを訪ねた。いま美和子さんは浪岡中学校の三年生。四代続いているりんご農家の長女で、四歳下の妹がいる。ほっぺたがほんのり赤い。

当時、台風のために工藤さんの家のりんごはほとんど実が落ちた。お父さんはまもなく、千葉へ初めての出稼ぎに行った。その年の収穫は、例年の十分の一だったという。

詩の話になると照れる美和子さんの代わりに、お母さんの美砂穂さんが話してくれた。

「以前から繰り返しが多い文章を書く子で、下の子と比べて、おっとりしてるんです。でも詩を読んで驚きました。普段の生活では、あんなふうに思っているとは思いませんでしたね」

「おうまさん」は、三歳だった妹とよく一緒にしてもらっていた。美砂穂さんが言った。

「ねえ美和子、文集に詩が載ってから、ずいぶん皆に『おうまさん』と呼ばれたんだよね」

お父さんが美和子さんの詩を読んだのは一年後だった。

「『こんなこともあったね』と笑っていました。でも、あの年のことは忘れられないですね。台風が沖縄のあたりにあると気になるし、落ち着かないんですよ」

と美砂穂さんは言う。

美和子さんは小学校四年生からソフトボールを始めた。浪岡中学校ソフトボール部は強豪。美和子さんはレギュラーで「二番・ファースト」。昨年（九八年）秋の新人戦では県大会を勝ち抜き、この四月に行われた東北地区大会では三位になった。高校生になってもソフトボールは続けるつもり。「ＧＬＡＹ」のベーシスト、ＪＩＲＯのファンだそうだ。

古坂卓雄さんの「祝」はいまも健在である。百二十一歳にして、九九年もたくさんの花をつけた。しかし残念ながら古坂さんは、五月に亡くなった。

「私よりも当然、長生きしてもらいます。二百年も三百年も生きてもらおうと思っています」

と、生前に古坂さんは言っていた。

「リンゴの涙」が「週刊朝日」に掲載されたのは、九五年二月だった。泣かせる終わり方でしたねと、感想を司馬さんに言ったところ、

「ちょっとリリシズムというか、感傷的だったかな。でも、あんまり子供たちの詩がよかったから」

と言って、さらに付け加えた。

「本当は、ちょっと違うんだけどね」

その意味はよくわからないままだったが、「北のまほろば」に長く同行してくれた鈴木克彦さんにあてた手紙を読んで納得させられた。「北のまほろば」を書き上げた直後の手紙である。

お手紙ありがとうございました。おかげで、ぶじでした。大阪と阪神間、神戸は、摂津、河内、和泉、それに播磨の一部でできあがっています。摂津がよいところとされています。その摂津がやられ、小生のすむ河内や和泉はだいじょうぶでした。すごい震災でした。地震のほうも、小生宅で感じたところも、人生で最初の揺れでした（もっとも、小生も家内も寝ていましたが）。棚のものが、すこし落ちただけ。

それでも、そのあと、毎日テレビを見ていて、被災者のような気分になり、体のしんが疲れているというふうなぐあいです。青森県のりんごが救援物資としてじつに早い時期にやってきた画面も見ました。たのもしい思いがしました。

「北のまほろば」、地震の翌日に小生の手許を離れました。なんともいえぬさびしさがあります。

九五年一月二十四日に書かれたもので、阪神・淡路大震災から一週間が過ぎていた。

司馬さんの中で、大震災と九一年に青森を襲った台風が重なっていたのだろう。青森から被災地に贈られたりんごが、心にしみていたのかもしれない。

紀ノ川流域

神坂次郎の純情

一九八八年六月、司馬さんは「紀ノ川流域」の取材のため、和歌山県を訪ねた。六月三日の取材ノートに、

「雨はげしいために休息。雨いよいよ（強く）、田植え前の水田、湖のごとし」

とある。雨の中の取材となったが、司馬さんにとっては、昔なじみの土地、そして友人を訪ねる旅だった。和歌山在住の作家、神坂次郎さん（七二）もその一人。司馬さんは「紀ノ川流域」の中で神坂さんを書いている。

「私のほうのお相伴をしてくれたのが、三十年来の知己の神坂次郎氏である。この人は、高名な作家になっても、地もとを離れずにいる。

『紀州のよさは、なんといっても徳川以前ですね』

私も、同感だった。ただこのひとがこのようにつぶやくと、地の霊がひびき返ってく

るような風韻がある」（「雑賀《さいか》の宴」）

神坂さんにあてた司馬さんのはがきがある。

ホテルの食堂で描いた絵、座興のつもりでありました。文句がうかばず、目の前の和歌山城をかくことで義務を果たそうと思い、かくうちに、昔、この城を見た記憶がよみがえり、「何ゾ迅《ハヤ》キヤ少《ワカ》キ年ノ過グルコト」という意味のつもりで感想をかきました。「何ゾ迅キヤ少キ年ノ過グルコト」というのは、大兄の白髪を見てのことでもありました。まことにまことに一期の思いにて、座興ながら、真情であることには変わりありません。あのとき、大兄が「のづら」ということばをごく日常的なひびきで言われたことが印象的でした。石積みについて深く考えておられる証拠だと思いました。以上、早々ながら。

「少キ年」の話から始める。

司馬さんと神坂さんの出会いは五八年。司馬さんが産経新聞文化部次長で、初めての小説集『白い歓喜天』を出版したころだった。

「司馬さんはいつも白いワイシャツを腕まくりして着ていました。私は小説を書き始めていましたから、何か私のできる仕事をもらえるかなという気持ちも少しはあったんですが、なかったですね（笑い）。

それよりも、行くと司馬さんは、フルーツパーラーの食券をくれましてね。それが目当てでした。コーヒーやカレーライスを食べながら、一緒に行った仲間といつまでもダべってました」

神坂さんは二七（昭和二）年、和歌山市に生まれ、陸軍飛行学校、水戸航空通信学校を卒業。十八歳で終戦を迎え、上京した。こののち神坂さんは、俳優座演出部（実習生）に合格している。

「特攻隊で死んでいった友人もいます。その反動でしょうね。自分は百歳までも生きてやる、芝居なら百通りの人生が演じられる、そう思って芝居の世界に入ったんです」

ところが、家庭の事情もあり、断念。故郷に帰り、浪人していると、県下で有数の土木建築会社の社長がやってきた。もともと実家は材木問屋で、その社長は昔、材木荷役の下請けの組長（代表）だった。

「『お前を男にしてやる』と言われたんです。ぶらぶらしているのを見かねたんでしょうね。『いや、僕は昔から男です』と言ったんですが」

スカウトされ、以後二十四年、ダイナマイトで山を崩したり、護岸工事の監督をしたり。

「現場仕事が多かったですからね、山の中にいると、することがない。他の連中は酒を飲んだり、バクチをしたりしてましたが、僕は本を読み、小説を書いてました。そして時々司馬さんを訪ねていたんです。司馬さんとは、『アイルランドのシングが好きや』ということで意気投合しました。でも、ほとんど小説や文学の話はしませんでしたね。司馬さんも僕の土建屋としての話がおもしろかったみたいですよ。石には表情があって、どんなふうにダイナマイトを仕掛けるとか、現場で使う〝野面《のづら》〟という言葉は、このころから気に入られたようです」

「野面」とは、山野から切り出したままの自然の石のこと。「紀ノ川流域」でも触れられている。

「和歌山城は、石垣がおもしろい。（中略）それに石垣が、古風な野面積みであることも結構といわねばならない。傾斜などもゆるやかで大きく、〝渓《たに》〟とよばれる道を歩いていると、古人に遭うおもいがする」（「鶴の渓」）

がんがら、食べるけ？

現場でこつこつ資料を整理し、やがて神坂さんは次々と労作を発表した。

七〇年には『紀州の方言』（有馬書店）を出版。さっそく司馬さんに本を送ると、お礼のはがきが来た。

御労著『紀州の方言』、小生にとってすばらしい賜りものでした。小生は方言好きで、小生もまたシングが好きであります。もっとも小生の方言好きはあまり文学的ではありません。紀州人は大きな声で会話をしますが、あれも好きです。学生時代、「紀州には敬語がない」ということをきき、その後、そのことをずっと考えつづけています。敬語はかえってソラゾラシイという意識が紀州人にあるような気もします。和歌山城下はどうだったのかと思い、血のつながらぬ伯母で和歌山の安藤氏の出の老女にきいてみますと、「そら、あるがな」というのみで具体的には何も得られませんでした。発音アクセントは土佐に似ています。紀州人はときにその発音で土佐人にまちがわれるという話もよくききます。やはりおなじ南海道だからでしょうか。ともあれ、『紀州の方言』は、その方面の原典になることはたしかで、うれしいかぎりであります。

司馬さんには、紀州の方言についての思い出がある。新婚当時、夫人のみどりさんと南紀の川湯温泉を旅行したことがあり、その時の様子を「熊野・古座街道」に書いている。

「二十年ばかり前、熊野の川湯というひなびた温泉にとまっていたとき、品のいい若い

女中さんの世話になったが、彼女は育ちのいい顔に似合わず、話しかけにはかならず、

『あのにィよ（あのねえ）』

という呼びかけことばを発し、つねにまったくの無敬語で終始した」

そのころ、和歌山の友ケ島に行ったこともある。部屋に入ってくつろいでいる二人に、仲居さんはにこにこしながら、こう言った。

「がんがら、食べるけ？」

もちろん司馬夫妻にはなんのことか、さっぱりわからなかった。そこで、みどりさんが聞き返した。

「がんがらって、何ですか」

「がんがら、知らんのけ？」

神坂さんによると、「がんがら」とは、小さな巻き貝のこと。ピーナツ程度の大きさで、紀州の磯場ならどこでも採れる。少し塩をふって茹《ゆ》で、針の先などでほじり出して食べる。酒のつまみで、女性にも好まれるそうだ。

七一年には、小説集『黒潮のろまん』（有馬書店、現在は二編を加え『鬼打ち猿丸《さるまろ》』と改題され、中公文庫に収録）を発表し、この本の解説を司馬さんが引き受けている。

「紀州に下津という小さな港がある。そこに二代つづいた本の小売店があって、その主人がどうやら神坂氏を非常に好きであるらしい。『紀州の方言』も、その人が出した。

つづいてその人は、神坂さん、あなたの作品集を出しましょう、と言いだして神坂氏を狼狽させた。氏は、とても売れないからあなたは損をする、といってなだめたり断ったりしたらしいが、主人は、いや損をしたいのだといって、とうとうこんな立派な作品集をつくりあげてしまった。紀州人というのは、むかしからそういうところがある」

そして八四年、神坂さんは一躍、時の人となった。尾張藩士・朝日文左衛門の日記「鸚鵡《おうむ》籠中記《ろうちゆうき》」を十六年かかってまとめあげ、『元禄御畳奉行の日記』（中公新書）として出版。三十三万部のベストセラーになった。

朝日文左衛門、知行は百石。仕事は畳を仕入れ、取り換えたりする「御畳奉行」である。

酒好き、芝居好き、俳諧好き。「生類憐れみの令」が出され、殺生ご法度の時代に、日に二度も三度も釣りに行く。槍、弓、鉄砲と武芸を習いに行くのは好きだが、どれもこれも、ものにならない。師匠の娘を嫁にしたまではよかったが、浮気をして離縁。さらにその後も浮気を重ねた。人のゴシップにも興味津々。心中、けんかの見物に城下を走り回る。何の手柄も立てず、ただただ日記を書き続け、山崎正和さんによれば、「わが国週刊誌記者の走り」ということになる。

もっとも、神坂さんが執筆に十六年もかかったのは、土建業との二足のわらじを履いていたからではない。神坂さん、「資料渉猟癖」があるのだという。

「私は何でも、物事に〝淫《いん》する〟癖があるんです。関心を持つと、とことん調べ上げ、鼻血が出るまで熱中してしまうんです」

『元禄御畳奉行の日記』でも三十七冊、二百万字という膨大な量を読みこなし、詳細なカードを作りながらの執筆となった。

「作品を書く時に時間がかかりすぎて、『いつまでたってもアマチュアで』と司馬さんに言ったことがあります。そしたら、『僕もそうや。それでええんや。プロちゅうのはうさんくさい』と言われました」

八二年に和歌山市を訪れた司馬さんは、一枚の色紙を神坂さんに贈っている。和歌山城と樟《くす》の若葉のスケッチが描かれ、司馬さんの文字が躍っている。

恥淫而淫真道呼

「『淫することを恥ずるというが、淫することこそ真の道ではないか、と私は呼びたい』と言ってね、照れ笑いをされてました」

『元禄御畳奉行の日記』がベストセラーになり、司馬さんも喜んでくれた。

「『あれは残るぞ』と、褒めてくれました。『残るって、どう残りますか』と聞くと、『古典として残る。子母澤寛さんの『新選組始末記』と一緒ぐらいのレベルで残るものや』って。こう言われたことが、一番嬉しかったですね」

司馬遼太郎に淫する

その後も司馬さんと神坂さんの手紙のやりとりは続いた。

「司馬さんのお宅に行くと、話がおもしろくてついつい長居をしてしまう。玄関を出たところで、いかん、またやってしまった、貴重なお時間を邪魔してしまった、と反省ばかりでした。〝狎《な》れる〟ことを慎もうと思って、あまりお訪ねしなくなりました。その代わりに、本ができると、お送りしてました。言いたいことは本を読んでもらったらわかるやろう、という気持ちでもありました。まあ、饅頭屋の丁稚が饅頭を持っていくようなもんですわ」

そのつど司馬さんからはお礼の手紙があった。ときには一日に二通、届いたこともあったという。

八七年、南方熊楠の生涯を描いた『縛られた巨人』（新潮社）を発表。司馬さんはすぐにはがきを出している（六月二十六日）。

『縛られた巨人』と「波」、ありがとうございました。連載中はたのしみにしてい

ました。紀州というのは、日本にはめずらしく巨人を出す土地ですが、なんといっても熊楠が最高ですね。縛るほうも（世間も）これだけの巨人を縛るのは大変だったでしょう。明治は熊楠一人を出しただけでも偉大です。いま熊楠のような人がうまれたら、世間の縛り方が上手になっていますから、結局、窒息死するでしょう。つぎは、たれをお書きになりますか。木の国の奇しきひと、おおいなるひと、さびしきひと、みるみる神坂さんの息によってよみがえらせてやってください。

熊楠については、他に二通の手紙がある。

「日経ビジネス」と御同封の南方熊楠賞の記事拝見、南方賞のこと、大兄がお肝煎りであること、みな新聞で存じあげていました。小生、大好きな本に岡茂雄著『本屋風情』があり、昭和四十年代の刊行ながら、いまは中公文庫になっていますので、あらためて読んでみて、高田屋という旅館で、係の女中さんの脚のながさの寸法を、人をよんではからせ、写真をとらせ、絵もかかせるという話。熊楠は大変な人ですね。天才と巨大な魂をもっていれば、この世のタガにはまるということはありえませんな。熊楠さんの前に出れば、みなただの人ですな。神坂さんだけが、においをかいで、きっと組織に光を帯びはじめているかもしれません。　九一年四月二日

紀州からの御心づくしの品々、恐縮々々これあるのみでした。当方、くたびれて、ごほうびなど貰わなかった先人に——たとえば貴兄の熊楠老などに——小さくなる思いです。

きょうは熊野に大雨とか、このあたりも、屋根を叩いて降っています。

御礼のみを。

九三年十一月十三日

「ごほうび」と書いてあるのは、文化勲章を受章直後の手紙だからだろう。

さて、司馬さんのほうからも、新刊が出るたびに本が送られてきた。例えば『韃靼《だったん》疾風録』の時は、

与謝の海山暗ければ

女真の国は隣なるべし

もっとも、ときには失念することもあり、司馬さんはずいぶん恐縮している（九二年七月二十三日）。

はっと気づいて、神坂さんに御本をお送りしているかしらん、と思い、寄贈者名簿（そんなものが、古びきって机の中にしまわれています。故人多し）をひっくりかえしてみると、なんと至らぬことか、お名前を書き忘れていました。頂戴するのみで、あつかましいことでありました。

九一年七月のはがきは、「少キ時」を再び振り返っている。

御著戯曲『元禄御畳奉行の日記』、ありがとうございました。
神坂さんは、いまいよいよ英気が満ちて来られて、さわれば光るだろうという思いでいます。
当方、暑し、紀州も暑からん。暑くても、わきたつ生成のよろこびを感じないのは（わかいころ草木と同じ感覚をもちましたね）トシのゆえにや。「今日われ生きてあり」のころの神坂さんやみなさんも、そういう年齢だったのですね。

七月二十二日

最後に届いたのは九六年の年賀状だった。

頌春
お城の向いにある食堂から
ながめたお城の樟若葉が
なつかしいですね。

神坂さんは、司馬さんからもらった手紙はファイルに、色紙は額にと、どれも丁寧に保管している。特注のスクラップブックをつくり、『坂の上の雲』を連載予告の段階から切り抜いたものもある。

司馬さんが亡くなってからも、司馬さんについての切り抜きを自分でつくっていて、「司馬遼太郎をおもう」とタイトルをつけていた。

司馬さんに関して言えば、いかにも神坂さんは可愛らしい。そんなこちらの勝手な感想を言うと、神坂さんはまじめな顔で言っていた。

「こういうことが、淫するというのです」

雑賀の宴

司馬さんは一九八八年六月二日、和歌山県・岩出町の根来寺《ねごろ》を訪ねた。

「根来寺は、風吹峠《かぜふき》の紀州側のふもとにある。峠（いまは風吹トンネル）の頂上が二一六メートルという低い丘陵で、古来、ここを根来街道が通っている。（中略）根来寺は、もはや往時のようではない。その空閑としたところが、この広大な境内の清らかさになっている。（中略）以前、二度ここを訪ねて、ただ風のなかにいるだけで骨まで透けてゆくような思いがした」（「根来」）

根来寺は新義真言宗の名刹。十二世紀、高野山座主だった覚鑁《かくばん》上人によって建立された。

同行した須田剋太画伯から、

「覚鑁はどういう人ですか」

と聞かれ、司馬さんは答えている。

「『密厳浄土《みつごん》』ということを盛んに唱えた人ですね」

空海の思想に浄土思想を加え、真言宗を革新。「三密行」と呼ばれる厳しい修行をしなくても浄土へいける道を示したが、当時の高野山の反発は大きく、根来に移った。新義真言宗としては、京都の智積院《ちしやく》、奈良の長谷寺、関東の川崎大師や成田山新勝寺などがある。

根来寺は覚鑁の死後に栄えた。室町時代には山内の寺院数は二千七百以上、所領は七十二万石にもなった時期があるという。そのころの根来の豊かさを支えたのは、「根来塗」と呼ばれる什器《じゆうき》と、鉄砲だった。

中世につくられた「古根来」は、いまでも古美術界で評価が高い。深みのある「朱《あけ》塗」はとくに珍重されている。

根来の鉄砲集団については、司馬さんの『尻啖《くら》え孫市』（講談社文庫）にもしばしば登場する。僧兵（行人《ぎようにん》）五千人、鉄砲三千丁の動員能力を持ち、戦国時代、各地で傭兵として暴れ回った。

しかし結局、根来寺は一五八五（天正十三）年、豊臣秀吉によって攻撃された。大塔二、三を残すのみで全山は焼失し、中世の繁栄は終わった。

「私どもは、大師堂の濡れ縁にのぼった。縁を一巡すると、堂まわりのあちこちに、弾痕が残っていた。どれも親指が入りそうなほどの穴で、包囲した秀吉方が発射した銃弾の痕である。そのえぐれようのはげしさに、当時の鉄砲のおそろしさが思われた。

この弾痕を見るうちに、鉄砲で栄えた根来衆のついの命運をおもわざるをえない。かれらが大切にしたはずの宗祖空海のお堂に弾痕がえぐれているのである。中世の根来寺の象徴といえはしないか」(「秀吉軍の弾痕」)

偶然の出会い

この根来寺では新しい出会いもあった。

「歩くうちに、追いこして行った象牙色の自家用車が、一〇メートルむこうでブレーキの踏み音まできこえそうなほどの勢いで停まった。

和歌山県の文化財保護委員会の技師の村田弘氏だった。この根来寺の発掘調査をしている人で、初対面ながら、ご自分が掘っている現場を見ませんか、と誘ってくれた」(「秀吉軍の弾痕」)

村田弘さん(四四、和歌山県文化財センター埋蔵文化財課主査)は、司馬さんの大ファン。

「一瞬迷いましたね。司馬先生には間違いないけれど、お声をかけていいものかどうか。でも声をかけないままだと、あとで後悔するだろうなと思って、思い切りブレーキをかけたんです」

根来はどこを掘ってもいろいろな物が出土する。根来塗、陶磁器、鉄砲玉……。村田さんは一緒に歩きながら、懸命に説明した。

「根来は越前の一乗谷《いちじょうだに》と似ています」

そう言うと、司馬さんはずいぶん感心してくれた。

「話の一つひとつにうなずいてくださるんです。緊張を解いて、話を引き出そう、引き出そうとする心遣いがこちらにもわかりました」

それからほどなく、村田さんに手紙が届いた。

根来寺境内でたまたますれちがい、お声をかけて下さったのは、小生の幸運でした。根来寺の中世遺跡の調査が進められているとはきいていましたが、その主任に、あの日、偶然会えるとは、これは、年来の根来寺好きを、諸天が嘉《よみ》して下さったおかげでしょう。田村寺務長さんは、りっぱな人ですね。ひさしぶりで透明度の高いお人にお会いした気持ちです。

根来が、根来塗をつくりだしただけでも高い文化をもっていたことがわかりますが、遺跡から、そのにおいがかげるようなものが出てきますことを祈っています。

カザマ画伯には、よろしくいっておきます。（須田さん、気づいていませんでし

た。あとで「いい人に会えてよかったですね」といっていました。画伯八十一歳

也）

八八年六月八日

「カザマ画伯」とは須田さんのこと。村田さんは言う。

「最後に須田さんのことを風間（完）さん、とお呼びしてしまったみたいなんです（笑い）。『街道をゆく』は最初から読んでいて、須田さんのお名前ももちろん存じ上げていたんですが。やっぱり緊張していたんでしょうね」

その後も、村田さんは自分が携わった報告書などを、司馬さんに送った。

なつかしいお便りと、御苦心の『根来寺坊院跡』、ありがとうございました。秀長の郡山城の門（八脚門）のあとを根来の山中で見つけられたこと、きっとお疲れの癒える思いだったでしょう。木を伐る話、いまごろの学生どころか、小生の若いころもやったことはありません。考古学は、大変ですね。

村田さんには、すてきな英気があります。その感じが、印象としてのこっていまして、目鼻だちはわすれています。考古学は目鼻だちを見ようとするもので、文学は印象を語るものですね。歴史（文献）もまた目鼻だちでしょうか。

八九年九月二日

村田さんには二人の男の子がいて、名前は翔くん（九）と遼くん（五）。二人とも司馬さんゆかりの名前をもらっている。

さて司馬さんは、根来寺に行く前に、もう一つのお寺を訪ねている。やはり真言宗で、JR和歌山駅の近くにある聖天宮法輪寺。

突然の来訪者

名誉住職の藤田俊乗さん（八八）は、一九四八年から五十年近く住職を務め、現在は孫の井上俊英さん（三二）に譲っている。藤田さんも「紀ノ川流域」に登場している。

「私の知人で、いまは和歌山市にいる藤田俊乗という真言僧が、昭和初年、右の天野山金剛寺で修行をした。戦後、和歌山市内の通称〝聖天《しょうでん》さん〟（聖天宮法輪寺）を復興し、いまなおそこに住持されており、ときどき拙宅に見えては、『寺にあがったお酒のおすそわけです』などといって、徳利を置いて行ってくださる」（「雑賀の宴」）


ところが、れっきとした真言宗のお寺ながら、和歌山市内では、

「ああ、恵比須さんでっか」

と言われたりもする。

お寺はそれほど広くはないが、大小のお堂や祠《ほこら》、碑が詰め込まれ、中には恵比須を祭った社あり、ぼけよけ地蔵あり……。司馬さんも書いている。

「(俊乗さんも、やるなあ)と、まことに私の趣味ではないが、しかしよくもやったものである」(「雑賀の宴」)

藤田さんは、一九一一(明治四十四)年、愛媛県生まれ。十七歳の時、天野山金剛寺の曽我部俊雄和尚に弟子入りした。

和歌山に来たのは四八年。法輪寺は焼け落ちていたが、曽我部和尚は「再建せよ」と命じた。藤田さんは言う。

「和歌山というところは、寄付があまり集まらない所なんです。師匠からは『徳で成せ』と言われましたが、これは大変だなあ、と思いましたよ」

以後、再建のために働き、いつのまにか、社も祠も増えたのである。

「私は日ごろから『生かせ命』をモットーにしています。人、物、チャンスを生かせ、ということです。私が司馬さんにお会いできたのも、チャンスがあったからなんですね」

もっとも、藤田さんと司馬さんの出会いは、かなり唐突だった。藤田さんはある時急に思い立った。

「和歌山には幕末に琴の名手で知られた古岳幽真《こがくゆうしん》という人がいる。百回忌を迎えるが、ぜひこの人を世の中にもっと知らしめたい。これができるのは司馬先生しかいない」

思いつくと、藤田さんはひとりでに体が動きだす。和歌山からタクシーを飛ばして、東大阪の司馬さん宅に直行した。

しかし、約束もなしに司馬さんに会うのはなかなか難しい。その日は会えず、次も会えず、ようやく会えたのは五回目。

「ちょうど『花神』がテレビで放映される前でした。なにやらスタッフと打ち合わせをしておられるところを、スタッフを別室にやり、二時間もお話ししていただきました」

それからも、藤田さんは司馬さんをしばしば直撃する。

「いつもお電話せずに、いきなりお邪魔しました。予約なしでも縁があったら会える、会えない時は会えない。会える時は会えるもんですねえ」

藤田さんの「東大阪遠征」には、しばしば同行者がいた。まず、相互タクシーの安藤武道さん（五四）。

「いつも藤田さんからは前触れなしに呼び出しがかかります。休みの日に自家用車で行ったこともあります（笑い）。『今日は司馬先生、どうやろ？』『いや、住職、また留守でっせ』なんて言いながらですね。実際に司馬さんがおうちにいた時には、家に上げてもらいました。サインした本をくれたり、一緒に写真を撮ってくれたり。気さくな方だなあ、と思いましたね」

おみやげにはイチジクやおはぎ、熟《な》れ鮨などを持っていったが、なにより自信があったのは、「歓喜秘酒」。

「私は聖天さまをお祭りしていますので、お酒を毎日、お供えしなくてはいけません。ある時、ふと思いついて、全国の銘酒を混ぜてみよう、と思ったんです。それを親しい人にプレゼントすることにしています。おいしいですよ。私自身はお酒は飲めませんが、人が飲むのを見るのは嬉しい。飲んだ時、喉仏がくいっと鳴るのを見るのはいいですね」

司馬家には「歓喜秘酒」が、それこそ山と運ばれた。

会えない時も、そのままでは帰らない。

「先生に気付いてもらえるかなと、庭先にそっと鈴虫を置いてきたこともあります」

藤田・安藤コンビ、出会える確率からいえば、司馬さんよりも須田さんのほうが高かったそうだ。

現在は和歌山市立伏虎《ふっこ》中学で教職についている松本芳之さん（四三）も、東大阪遠征に同行したことがある。

二十代前半、松本さんは自分の進路に迷いを感じ、藤田さんのところに何度か相談に訪れていた。

「本当は早く教師になりたいのに、講師のままでいいんやろか、という悩みですね。あんまり悩んでいたので、『宗教も教育の一つだし、人が悩んでいたら手を差し伸べる仕事やから、どうや』と言われ、〝俊芳〟という名前までもらっていました」

悩める松本さんを連れて、藤田さんは司馬さん宅を訪れた。あいにく留守だったが、ほどなく司馬さんから松本さんあてに速達で色紙が届いた。

夢の中の池の塘《つつみ》にはいつも蒲公英《たんぽぽ》の花が咲いている

その後、松本さんは教員採用試験を受けた時、面接官から「どんな教育をしたいか」と聞かれ、とっさにこの色紙の言葉が思い浮かび、

「自然を大事にする教育がしたい。自分はタンポポのように、教え子たちに、根を張り、花を咲かせる綿毛を与えたい」

と答え、採用となった。師匠の言う「チャンスを生かす」ことに成功したのである。

幽霊との宴

さて、司馬さんが法輪寺を訪ねたのには、理由があった。司馬さんはこの年の五月中旬、例によって藤田さんの来訪を受けたが、いつもとは少し感じが違った。

「過日も、見えた。ただ、いつもより口上が一つ多かった。

『生前告別式のつもりで、ほうぼう因縁のあったかたがたをまわっております』

私は、うっかり笑ってしまった。人が死ねば告別式がとりおこなわれる。そこへ〝遠路ご多忙〟のひとびとが来会するのだが、わが身が死ぬことを思うと、いかにも気の毒なような気がする。いっそ、ひと様にご迷惑をかけないようにというわけで、程を見て自分から出むいてゆくというのが、藤田さんの新形式らしい」（「雑賀の宴」）

藤田さんは言う。

「その日に限って先生がご自分で出ていらした。珍しいことでした。そこで『こういうのを生前告別というんでしょうなあ』と言いましたら、『え!? 生前告別?』と驚かれましてね、私のことを哀れに思われたのか、とにかく上がんなさい、ということでおうちに引っ張り込まれました」

この時、司馬さんは約束した。

「和歌山市につけばまっさきに〝聖天さん〟を表敬訪問します。数分だけお邪魔します、と約束した。〝生前告別〟といわれた以上、相応の返礼があらねばならないと思ったのである」（「雑賀の宴」）

さらに、訪ねた次の夜には、返礼の宴も開いている。司馬さんが「雑賀の宴」と名づけた宴会なのだが、この模様を、藤田さんはテープに録音していた。開口一番、司馬さ

ん は言っている。

「今日は愉快にやりましょう。あんまり、お勉強という感じじゃなくて」

司馬さん夫妻、須田剋太さん、藤田俊乗さんのほかに、藤田さんの友人二人も参加した。藤田さんと同い年で画家の雑賀紀光さん（故人）、そして整骨院を営む有本清さん（七四）。司馬さんは取材ノートに「いい年寄りの会」と茶目っ気たっぷりに書いている。宴もたけなわになると、雑賀さんが自分で創作した手品を始めた。有本さんは、ちょっと疲れ気味だった須田さんをマッサージ。取材ノートには、

「有本氏が須田さんの治療。（須田さん）ピンク色になる」

とある。

この席には、司馬さんの長年の友人、作家の神坂次郎さんも参加していた。神坂さんは言う。

「僕は司馬さんと久しぶりに会えたのが嬉しくて、話し込んでいました。みんなも思い思いのことをしてましたね。雑賀さんは、だれも見ていないのに、いきなり手品をしだすしね。もっとも司馬さんは〝だれも見ていないのに何かをコツコツやる〟という人が好きですから、喜んでいましたよ」

「雑賀の宴」はこうして終わり、その後も藤田さんと司馬さんの交友は続いた。相変わらずアポイントメントはなしである。もっとも、藤田さんは「生前告別」をしてしまっ

たから、それから会うたびに、

「藤田俊乗の幽霊が参りました」

と言っていたそうだが。

藤田さんは言う。

「私自身、いろいろな方とお付き合いがありましたが、自分から求めて会いに行ったのは司馬さんだけです。出会えてよかったですし、いまでも恋しく思っています。ただ、ちょっと騒々しすぎたかなあ、とは思いますよ」

和歌山を取材中の司馬さんの写真を、法輪寺で見せてもらった。笑顔の司馬さんばかりで、この写真を撮った「カメラのきのした」社長の木下照之さんの長男・貴之さんにも、司馬さんは色紙を贈っている。当時、高校生の貴之さんが自分の熱烈なファンと聞いたためである。


「光陰ヲ惜《おし》ム」

と書かれていた。

オホーツク街道

北海道人の心の輪郭

「オホーツク街道」の中で司馬さんは書いている。

「どうも縁がなくて、網走へは行ったことがない。ところが、このところ、相ついで二度も行った。一九九一年の九月と、翌年の正月である。二つの旅は、いずれもオホーツク海岸で日本のことを考えるという点で、かわらない。最初の旅では秋色を見、つぎの旅では雪景を見た。見るどころか、足も脛《すね》も、雪にまみれた」(「北天の古民族」)

旅の間ずっと、「オホーツク人」が司馬さんの頭の中にあった。

オホーツク人は、五世紀から十一世紀にかけて、北海道のオホーツク沿岸に展開した海洋民族である。

故郷をアムール川流域、サハリンなどに持ち、クジラやラッコをとるのがうまかった。ブタも飼っていたし、山ブドウ酒も飲んでいた。オホーツク沿岸には、このオホーツク人が残した遺跡が無数に残っている。

もっとも、その正体は不明。

彼らは十一世紀以後、北海道から忽然と姿を消す。その後の北海道はアイヌ文化のもとになる「擦文《さつもん》文化」の時代が始まる。旅に出る前に司馬さんは言っていた。

「オホーツク人の正体なんてわからないと思う。考古学者たちがあんなに論争を続けているんだから、僕にわかるわけがない。ただね、日本人の祖先の一つであることは間違いない。そして、北海道ではアイヌの先輩にあたる。遺跡の時代がアイヌよりずっと古いからね。イヨマンテ（熊送り）の儀式ってあるでしょう。あれもオホーツク人の影響らしいね。網走の『モヨロ貝塚』からは、可愛らしいクマの彫刻も出ている。セイウチの骨でつくったんだってね。

僕らの先祖に北方の海で活躍した民族の血が流れていると考えただけで、わくわくするでしょう。日本は単一民族の国だとか、寝ぼけたことを言う政治家もいるんだから、ちゃんと書かなくてはね」

主役は謎の海洋民族。北海道に行ったところでいまは会えない。主役に会えない『街道をゆく』も珍しい。

しかし、司馬さんの想像力は大いに膨らんでいたようだった。九一年九月三日、司馬さんはまず札幌に入った。ここで旅の重要なパートナーが待っていた。

その人は根っからの考古学者である。道を歩いていると、いつも地面を見ている。例えば話をしていても、道端で工事があると、

「ああ、ちょっとすみません」

と言って、のぞき込む。何か遺物がないかと、本能で体が動くのだ。もし運良く鏃《やじり》でも拾えたなら、それこそ子供みたいな笑顔になる。

司馬さんは書いている。

「北海道のひろい空の下にいると、気分までが大きくなる。住む人にも、影響があるのではないか。『もとは、大陸とつながっていましたから』と、野村崇氏が厚味のある笑顔でいう。……北海道の人というのは、どうも心の輪郭が本州人よりも一まわり大きいようだということは、私は最初、軍隊時代の友人たちに感じた。野村崇氏の人柄もそうである」(「遥かなる人々」)

野村崇さん(六二)は、「オホーツク街道」の水先案内人であり、監修者でもあった。「網走ゆきにはいくつかの幸運がともなった。一つは、北海道開拓記念館の野村崇氏がついてきてくださったことである。なにしろ、北海道の遺跡と研究者たちについての生き字引のようなひとなのである」(「マンモスハンター」)

野村さんは当時、大仕事を抱えていた。九一年、北海道と黒竜江省の友好提携五周年

記念事業として、「北からの文化の道をさぐる」というシンポジウムが行われた。日本、ロシア、中国などから学者が集まり、野村さんは準備に追われていた。さらには講演者も決めなくてはならない。

「司馬先生にお願いしたくて、三月ごろかな、電話を差し上げたんです。みどり夫人が応対してくれました。最初はあまり気乗りがされないようでしたが、二度目の電話のとき、みどり夫人が、『ところで野村さんはオホーツク文化もお詳しいのでしょうね』と言われたんです。『それはもう専門ですから。いくらでもご案内しますよ』と答えました」

この時司馬さんの頭の中では、すでに「オホーツク街道」の旅程が浮かんでいたのかもしれない。

しばらくして司馬さんは講演を引き受けることになり、野村さんは大喜びで、いろいろ相談していた考古学者の森浩一さんに報告した。

「すると森先生からはがきをいただきました。『よかったですね。さて司馬さんは、おくさんとも、魚はほとんど駄目な人です。カマボコ（それもいろいろ入っていない）が好物です。お家へ行かれる時、おミヤゲの参考にして下さい。ヤサイはすきです』（笑い）。私はさっそく小樽の有名な店のカマボコを買って、東大阪のご自宅に挨拶に行きました。残念ながらお目にかかれませんでしたが、カマボコはちゃんと家の方にお渡ししました」

森浩一さんは『司馬遼太郎の遺産「街道をゆく」』（朝日文庫）の中で、

「……このカマボコがひょっとすると『オホーツク街道』を生んだ脇役かも知れない」

と、ユーモラスに書いている。

新しい旅の仲間

さて、九月の札幌。司馬さんは街歩きを楽しんだ。講演の日の朝には、珍しく早起きをしている。

司馬さんは寝起きのまま、一人でタクシーに乗り、野村さんが勤めていた北海道開拓記念館を訪ねた。

「館内に入ると、見学の小学生で雑踏していた。……野村崇氏の勤務先の開拓記念館ぐらいは見ておくべきだとおもい、この朝、散歩かたがた、大いそぎで往復したのである」（「札幌の三日」）

野村さんは言う。

「同僚が司馬先生を見つけましてね、『野村さん、髪の白い人が見て歩いているけど、あれは司馬先生でないの』と言うんです。あわてて行くと、先生はもうタクシーに乗り込まれるところで、なんだか照れてらっしゃいましたね」

　感激した野村さんは日記に、

「司馬先生突然来る。かたじけなし」

　と記している。一方、司馬さんは取材ノートに書いている。

「出ようとして野村さんに見つかる」

　その日の昼はラーメン。ラーメン屋も野村さんの案内である。やはり取材ノートから。

「二時すぎ、ラーメン屋に寄る。チャーシューメンうまし」

　夜の講演会のタイトルは「北方の威厳」。結局この日、朝から晩まで野村さんは司馬さんと一緒だったことになる。


　九月六日、いよいよ網走に出発の日となった。司馬夫妻と担当者、それに野村さんは千歳空港に到着。野村さんはシンポジウムが無事終わった解放感からか、くしゃくしゃの笑顔である。

　しかし数分後、チェックイン直前になって野村さんは焦り始めた。背広のあちこちを、

「あれ、あれ」と言いながら捜している。四人のチケットが、どうやら見つからないらしい。

「待ってください。ちゃんとあるはずですから。おかしいな。あれ？　ちょっと待って。

……あった、ありました」

　大汗をかいている野村さんを見ながら、みどりさんが担当者にこっそりささやいた。

「野村さんがいい人なのは電話でもわかっていたけど、学者でしかも道庁のお役人でしょう。一分の隙もないような人だったら困ると思ってたの。でも、その心配はないみたいね」

　そばで司馬さんもうなずいていた。

「野村さんは信頼できるね」

　司馬さんにも似たような経験がある。作家の津本陽さんは仙台空港でばったり司馬さんと会った。

　そのうち司馬さんはそわそわし始めたという。

「『切符や。どこにいれたのかなあ』。司馬さんは、あちこちのポケットにすばやく手を入れられ、うれしげに取り出されました。『あった』。私もうれしかった。だが、指先につまんでいたのは搭乗券ではなく、名刺だったので、私もがっかりしました」（「週刊朝日」増刊「司馬遼太郎からの手紙」収録の津本陽氏のエッセーから）

　飛行機に搭乗したあと、野村さんが言っていた。

「いやあ焦りました。でも、サハリンではもっと焦りました。あのときはパスポートを忘れてしまいましてね」

司馬夫妻は嬉しくてたまらないような顔で聴き入っていた。おそらく司馬夫妻はこの時こそ、野村さんを「仲間」と認定したのである。

フライトは順調だった。

千歳を出発して四十分ほど、道東のパノラマが眼下に広がる。

屈斜路湖、摩周湖、網走湖、能取《のとろ》湖といった湖が次々と視界に入ってきて、みどりさんは窓に釘づけ。司馬さんは書いている。

「高度をさげた飛行機からみると、大地は平坦で、圃場《ほじょう》が織物のようにうつくしい」

（「マンモスハンター」）

やがて飛行機は女満別《めまんべつ》空港に静かに着陸した。

ところで、どうして野村さんは考古学者になったのか。経歴をたどると、それがよくわかる。

野村さんは一九三七（昭和十二）年、夕張郡長沼町に生まれた。札幌から車で二十分ほどの町で、いまでこそ札幌の郊外化しているが、野村さんの少年時代は原野が広がっていた。生家は祖父の代からの特定郵便局で、六人兄弟の長男。両親も野村さんも後を継ぐものと思っていたが、野村さんは北海道新聞の連載「北の考古学散歩」の中で書いている。

「そのような親の願いを無残に打ち砕いたのが、黒曜石でできた一つの石鏃《いしやじり》であった」

黒曜石は、北海道では十勝石と呼ばれることが多い。ガラス質の火山岩で、漆黒のものが多いが、赤や灰色がまざることもある。破片は貝殻状になっていて、石だけでも十分美しいのに、もっと美しい石鏃を友達に見せられたのである。以来、野村少年は長沼の丘や原野で、夢中になって鏃や石器、土器を集めた。

高校は札幌西高校。進学校だが、なにより「郷土研究部」の存在が大きかった。札幌西高郷土研究部については、司馬さんも書いている。

「札幌の学校でもっとも早く郷土文化研究部ができたのは、野村崇氏の母校である札幌第二中学校（札幌西高）だった。同校はモヨロ貝塚の調査に参加したあと、奥尻島の青苗貝塚など五、六カ所の遺跡調査を手がけた。いま、オホーツク沿岸の常呂《ところ》に常駐してオホーツク遺跡の調査をすすめている東大助教授の宇田川洋氏も、この西高の出身で、野村氏よりすこし後輩になる。『みなモヨロ貝塚の、ウイルスを共有したんですね』というと、野村崇氏はうれしそうにうなずいた」（「木霊《こだま》のなかで」）

学問は人柄であり、人間関係でもある

大学は明治大学文学部考古学専攻課程を選んだ。恩師に登呂遺跡の発掘で知られる後藤守一《しゅいち》さんがいる。

卒業後は教員をしながら、道内の発掘現場を歩き、その後、北海道開拓記念館の学芸員となる。

「……考古学一筋の夢のような二十六年が過ぎた」

と野村さんは書く。学芸部長などを経て、現在は北海道開拓の村学芸課長となっている。

多くの発掘を手がけ、著書も多数ある。さらに人柄がつくりあげた人脈の豊かさ、確かさには、司馬さんも唸らされた。このあとの取材で会う人、会う人が何かしら野村さんと縁があることが多かった。司馬さんは夏の旅のあと、何通もの手紙を野村さんに書いている。

網走やオホーツクの旅がたのしかったのは、半ば以上は野村さんに接していたためでした。学殖と温容と率直さを兼ねられたお人柄は、小生にとってなによりもうれしい収穫でした。なんといっても小生は学者ではありませんから、遺跡を見ても十分な感度をもっていません。半生、文学に明けくれたものですから、人間が好きでたまらないのです。

その上、ご本をたくさんありがとうございました。本が好きで（読んでも片端からわすれますが）うれしききわみであります。帰路、村井重俊君も、

「野村さんこそ、北海道人の典型です」

と、うれしそうでした。輪郭が大きい、ということです。（以下略）

九一年九月二十六日

甲府からのお手紙ありがとうございました。石附さんの御遺児のおはなし、感じ入りました。おかげさまで、オホーツク海岸を中心にした考古学人たちのことを書くことができました。あとは、東大の考古学の人々になります。その前後に、言語学の人々のことになりますが、これは小生に多少の縁があるので、自分で書けそうです。考古学人のことは、できるだけお名前を網羅したかったのですが、そうもならず、気になっています。後藤守一先生のことども、うれしうございました。結局、学問は、人ですね。フランスでの越中ふんどしのことは、おかしうございました。うれしうございました。人柄であり、人間関係でもある、ということです。

御礼のみを。つねづね感謝。

野村さんの微笑を思いうかべつつ。

九二年五月二十五日

ところで旅の途中、野村さんは年に似合わないほど、あどけない顔になった。何かが気になり、しかし遠慮深くて聞けない時かもしれない。

例えば野村さんは旅の間、司馬さんがぶら下げていた、緑色の手さげ袋に強い興味を持った。開拓記念館文化振興会が発行している「とどまつ」にはこう書かれている。

「司馬さんはオホーツクの遺跡と遺物だけでなく、それらに関するすべての森羅万象を熱心に見て歩いた。ときどき緑の手さげ袋から小型カメラを出しては写真をとる。手さげ袋には何が入っているのか。司馬文学の源泉がこの中に秘められているのではないか。私はのぞいて見たい衝動に幾度もかられた」

もっとも野村さんは、のぞかなくてよかったかもしれない。手さげに入っていたのはせいぜいカメラ、ノート、地図、筆記用具、のどアメ。それに大量のティッシュペーパー……。この時期の司馬さんは鼻のアレルギーにかかっていたためで、これが「文学の源泉」とは言い難い。

逆に、遺跡や遺物に疑問が生じた時、自分で確かめなくては気がすまなくなった時は、野村さんは突然りりしい顔になる。

夏の旅も何度もりりしい顔になったが、最もそれを感じさせたのは冬の稚内でのことだった。

稚内に「オンコロマナイ」という遺跡がある。続縄文文化、オホーツク文化、アイヌ文化を含む複合遺跡で、発見者は文化人類学者の泉靖一《せいいち》さん。三十メートルほどの高さの丘の上にある。司馬さんは書いている。

「私は、海岸ぎわの路上にいる。いつのまにか、野村崇氏がむかって右の尾根みちをつたって頂上をめざしていることに気づいた。氷結した岩の尾根みちに足をすべらせぬよう祈った。野村崇氏は、若いころからオンコロマナイ遺跡に関心をもちつづけてきた。いわば可愛さのあまり登ってしまったのにちがいない。野村氏は、やっと山頂に達した。なんと氏のむかって右に小学六年生ほどの人物が、起立している。よくみると、鷲だった」（「泉靖一」）

登ると、サハリンが見えた。三つの竪穴があり、ここで野村さんは鈴谷《ススヤ》式土器の破片を拾い、司馬さんにプレゼントしている。鈴谷式土器もオホーツク文化に深く関係している。

「鷲ねえ、まったく気づきませんでした。すぐ近くにいたんですね」

路上の司馬さんは、やがて鷲がサハリンに向かって飛ぶのを見ている。

こうした旅のすべての思いを込めて、司馬さんは野村さんに歌を贈った。

君が掌に　オホーツクびとの石ありて　微かに笑《え》ます　潮満つるとき

モヨロの情熱

一九九一年九月六日、司馬さんは小雨の降る中、網走市に入った。翌日から精力的な遺跡めぐりが始まった。

オホーツク文化の遺跡として全国的に知られているのは、なんといっても「モヨロ貝塚」である。

市中を流れる網走川河口にあり、ＪＲ網走駅から約二キロ。水産加工場が立ち並び、カモメが鳴く。

冬には流氷が接岸する海岸沿いに、小さな森があり、ここにモヨロ貝塚は保存されている。いわば、北海道考古学の〝聖地〟である。

出発前から、司馬さんもモヨロ貝塚には強い興味を持っていた。

「モヨロ貝塚を発見した米村喜男衛《きおえ》さんは、もともとは床屋さんだったんだね。働いたお金をためて北海道へ行き、網走に行った翌日にはモヨロ貝塚を発見した。ちょっとスケールは違うけど、トロイ遺跡を発見したシュリーマンみたいな人だね」

司馬さんは「オホーツク街道」の中で、米村さんの発見の様子について書いている。

「……川に面して断崖になっていて、その断崖いちめんに貝殻が露出し、幾重にも層をなしていた。米村喜男衛が棒の先でそっと崩してみると、貝類のほかに、石器、骨角器、土器などが出てきた。やがて人骨も出る。どれもが、他に類例を見ないものだった。日本史学に、〝オホーツク人〟が登場する瞬間である」(「韃靼の宴」)

発見者であり、その研究と保存に一生を捧げた米村喜男衛さん(一八九二〜一九八一)について、司馬さんは何章にもわたって紹介している。

米村さんは青森県南津軽郡生まれ。祖母の津軽民話を聞きながら育ち、小学校三年生の時、考古学に興味を持った。小学校を中退して弘前市の理髪店で修業し、東京に出る。「理髪職ほどいい技術はなく、米村さんは終生祖母に感謝していた。医師と同様、人間のからだに即した技術で、人間の居るところ、理髪職は必ず要る。休日があるから、考古学の勉強や調査ができる。米村さんは、勉強のために東京を志した」(「モヨロの浦」)

本の街・神田の理髪店に就職、顧客に東大の鳥居龍蔵博士がいた。黎明《れいめい》期の考古学・人類学の巨人で、鳥居博士は米村さんに人類学教室の出入りを許した。さらに学問を積み、アイヌ研究を志して北海道に渡り、今度は函館で床屋勤め。一九一三年に網走へ入り、モヨロ貝塚を発見。すぐに定住を決心して、床屋を開店している。

「店は繁昌し、発掘も順調にすすみ、出土品は店の奥に堆積した。大正七年には木造洋館につくりかえ、出土品を整理して、希望者に見せるようにした。この出土品置き場が、のちにモヨロ貝塚館や網走市立郷土博物館へと発展するのである」（「モヨロの浦」）

　司馬さんは米村さんの長男で、元網走市立郷土博物館館長の米村哲英《てつひで》さん（七一）に会っている。哲英さんは女満別の豊里石刃《とよさとせきじん》遺跡の現場で調査中だった。

「あの時は僕も忙しかったし、具体的に父の話はしなかったような気がしますね」（哲英さん）

　司馬さんは書いている。

「この遺跡現場にきてうれしかったのは、米村喜男衛翁のお子さんの哲英氏にお会いできたことであった。お子さんといっても、白髪の考古学者で、ずっと網走に住み、自治体に所属して考古学調査に従事して来られた人である。いまは定年を過ぎられた」（「マンモスハンター」）

　哲英さんに、お父さん、そして自身の考古学人生を聞いた。

「父は何か拾ってくると、ちゃんと説明してくれる。鏃と槍の違いや、土器のかけらなら『これは土器の口の部分だよ』と絵を描いて説明してくれました。ですから門前の小僧ですね。父の後を追っかけて育ちました。そう、父は僕に床屋をやれとは言わなかったなあ」

モヨロ貝塚は三六年に名勝天然記念物の指定を受け、総合学術調査は四七年から三次にわたって行われた。戦前から、東大、北大を中心に多くの学者が網走にやってきた。

「中央から学者が来ると、店の二階の十畳間に泊まってもらいました。父は人を泊めるのが好きでした。十畳間の床の間にはオホーツク土器、押し入れには骸骨。夜は『交流』です。ああでもないこうでもないと、考古学の話が続く。父はいの一番に騒いで、人に酒を勧めていた。自分は飲めないので、飲んだふりだけ。大好きな考古学の話をしているだけで十分でしたね」

親子三代、考古学研究は続く

モヨロ貝塚のためなら、何も恐れることがなかった人だった。

太平洋戦争開戦の四一年、喜男衛さんは軍と激しく渡り合っている。

五月のある日、喜男衛さんが知らぬ間にモヨロ貝塚で工事が始まった。海軍の施設になるという。工事監督に抗議を続けた喜男衛さんは、憲兵隊に引き渡された。

「米村は、このとき、『史蹟名勝天然記念物保存法』が勅令であることをおもいだした。

勅令というのは旧憲法下の法形式の一つである。……米村は、（勅令という）この字面を、いわば魔法のたねとしてつかった。『戦争中は、陛下のお言葉にそむいてもよいものでしょうか』」（「木霊のなかで」）

その後、文部省保存課の斎藤忠とともに海軍省の勅任技師を相手に熱弁をふるい、工事予定地を縮小させ、モヨロ貝塚を守った。斎藤忠はのちの東大教授で、『日本考古学史』を書いた人である。二人は海軍側から「国賊」とささやかれた。

ところが九月、喜男衛さんを仰天させる事件が起きた。網走中学に通っている哲英さんの元に、陸軍少年飛行兵学校から合格通知が届いたのだ。学校は東京の立川。哲英さんは内証で受験していて、通知が届いた時には受験したことさえ忘れていたという。

「同じ網走小から十一人が北見に行って受験したんですよ。僕は飛行機に乗りたかっただけなんですが、『早いうちに兵隊に行ったほうが、将来楽ができる』って、みんなが言うからね」

もちろん、喜男衛さんは激怒した。

しかし、春のモヨロ貝塚の一件もあり、辞退するわけにもいかない。仕方なく哲英さんを送り出した。哲英さんもすぐに後悔したようだ。

「消灯時に精神訓話を聞かされ、それで初めて軍隊は殺し合いをするところだとわかったぐらいです。夜はみんなのすすり泣きが聞こえる。子供だから、家が恋しくてね」

身体検査の前日、哲英さんは親切な先輩が教えてくれた〝秘策〟に出た。

「夜に便所の非常口から匍《ほ》匐《ふく》前進で校庭に進み、植わっているヒマ（トウゴマ）を食べたんです。そうしたら効果てきめんで、三十分後からずーっとおなかをこわして、結局、休学処分になりました。網走に帰ると父は喜んでいましたね。父はとにかく軍隊が大嫌いでした」

　哲英さんはその後、明治大学に進み、考古学の道を歩き始めた。

「東京では顔見知りの先生もたくさんいました。みんな私の顔を見れば、『オホーツク文化はいまどうなっている』と言ってくれた。ずっとライフワークはモヨロだと思ってました」

　卒業後は四年間、労働省に勤めたあと、網走に戻った。その後は、網走市職員として考古学調査に没頭した。

「網走湖の湖底調査をしたことがあり、この時は二年分のボーナスが吹っ飛びました。当時は水中考古学なんて日本ではまだだったから、よしやるぞと意気込みまして。でも、親父は一銭も出してくれなかったな（笑い）。他の人には気前がいいのに、僕にはケチでしたね」

　ところで哲英さんの息子、衛《まもる》さんも明大に進み、考古学を専攻した。哲英さんの夫人、千恵子さんが言う。

「孫が生まれると、義父は喜びまして、自分の名前を一文字とって、知らない間に役所に届けてたんです（笑い）。おじいちゃん子で、学校帰りに拾ったものを見せに行ってました」

衛さんは現在、網走市立郷土博物館の学芸員で、奥さんもやはり明大の考古学専攻の後輩。米村家三代、家族ぐるみで考古学の研究は続いている。哲英さんは言う。

「網走郷土博物館の設計者は、札響（札幌交響楽団）創設にかかわった、建築家の田上義也さんなんです。設計を頼んだのは父ですね。田上さんは帝国ホテルで有名なライトの一番弟子で、その人を見つけてくるところなんか、親父の付き合う人の幅の広さです。感覚が豊かで、おじけづかない。どんどん自分でもアイデアを出していく。僕はそうはいかないですよ」

網走のみやげ物として有名なニポポ人形も、喜男衛さんが考案したものである。

その喜男衛さんは八一年、八十九歳で亡くなった。「オレは幸せだったなあ」と、繰り返し言っていたという。先駆者、喜男衛さんの努力は大きく実を結んだ。司馬さんは書いている。

「北海道考古学の活況は、おそらくオホーツク海から吹いてくる海風のせいに相違ない。大脳は貪婪《どんらん》に酸素を欲する。ユーラシア大陸の東にひろがるオホーツクの海風が、北海道考古学をつねに勢いづけている。むろん、それらのすべては、大正のはじめの米村喜男衛のモヨロ貝塚の発見から出発しているのである」（「研究者たち」）

さて、司馬さんはモヨロ貝塚を見る前に、網走の隣町、常呂町を訪ねた。

「流氷期には海獣がとれるし、ふだんでも、淡水・海水の魚介がゆたかで、野には小動物がかけまわっている。常呂川には、季節になると、サケやマスがのぼってくる。採集のくらしの時代、常呂は世界一のいい場所だったのではないか」（「コマイ」）

人類の歴史が明らかになるおもしろみ

雄大なサロマ湖を望む常呂町には、巨大な遺跡が存在する。

実に百十万平方メートルもの範囲にわたって遺跡が確認されていて、さまざまな出土品が発見されている。鳥の骨でつくった針入れ、クマやラッコ、オットセイを表現した骨角器……。縄文全期、続縄文、アイヌ文化の前段階にあたる擦文、オホーツク。北海道の考古学のすべての時代が、常呂には眠っている。

ここに東大の考古学の常設の研究所が置かれている。五七年秋に始まった発掘調査は、いま宇田川洋教授（五六）に引き継がれていて、司馬さんも宇田川さんには会っている。

宇田川さんも、米村喜男衛さんに会ったことがある。

「（北海道教育）大学一年生の夏休みに、網走へ博物館を見に行ったんです。考古学を目指す者として、やっぱり道東へ行ったら米村さんに会わないと、人の道にはずれる（笑い）。挨拶したら、『やあやあ、どうも』って。結局、泊めてもらいました」

宇田川さんは札幌出身。

「うちのおじいさんも考古学好きで、人骨を持って青森から入植した人なんです。おじいさんが畑仕事してる横で、私は土器を拾ったりしてね」

札幌西高校では郷土研究部に入った。六年先輩に野村崇さんがいる。野村さんは高校卒業後も、よく郷土研究部に顔を出し、後輩たちを発掘現場に連れていった。

「いま考古学をやっているのも、出会いのおかげでしょうね。野村さんみたいな人に会えたんですから」

司馬さんも、野村さん、宇田川さんの雰囲気が気に入ったのだろう。

「宇田川洋氏につれられて、雑木林のなかを歩いている。遺跡のなかだから、野村崇氏の表情がじつに明るい。『野村さんのほうが、札幌の高校で先輩だったんですね』と、野村崇氏に、念を入れた。さらに、からかって、『考古学のバイキンを、宇田川先生に伝染《うつ》したのでしょう』というと、『そうだったんです』。野村崇氏のいかつい顔が、微笑で溶けた。先に立って歩いている宇田川助教授も、わらいだした」（「貝同士の会話」）

宇田川さんは大学三年生の時東大の発掘に参加し、常呂遺跡とめぐり遭う。その後、東大の大学院へ進学した。

本格的に常呂遺跡に取り組むようになったのは七六年。東大の先生なのに、ほとんど東京とは縁がない。二年間だけ東京勤務があったが、

「嫌だから戻ってきたんです。常呂が大事な所って言ってね（笑い）。常呂の仕事は一生かかっても終わらない。第二の故郷ですね」

司馬さんは宇田川さんについて、りりしく書いている。

「……アイヌのチャシ（砦）があって、わが宇田川洋助教授が発掘調査をされていた。（中略）長身を、ベージュの作業衣につつんだ宇田川助教授が、チャシの中央に立っている。この軽捷《けいしょう》な身ごなしの人をながめていると、ここで塁を築き、若者たちを戦士にして敵襲に耐えようとする若い族長のようにみえてくる」（「チャシ」）

宇田川さんは言う。

「日本では北海道が北だけど、北海道を中心にして見てみると、サハリンが北の文化で、本州は南の文化になる。その両方が北海道には入っているんです。ここオホーツク沿岸には、北の文化が多く入っているんですよ。そして、北海道の考古学はアイヌを抜きに語れません。ではアイヌとは何ぞや、という話になる。考古学以外の分野のことも勉強しなくてはなりません」

宇田川さんには『イオマンテの考古学』（東京大学出版会）という著書がある。司馬さんに送ったところ、司馬さんから手紙が届いた。

『イオマンテの考古学』をお送り下さいましてうれしくうれしく存じます。ありがとうございました。

アイヌ文化の特徴をイオマンテに求められたこと、またその考古学的遺物の体系を考える上で、イオマンテをアクセントとして考えられたこと、卓越したことと存じあげます。網走で、ウイルタ（なつかしき民族名オロッコと申しあげたいのですが）のアイ子氏にお会いしたときも、山川草木に神聖をみとめる心のくらしのせいか、神さびた印象をうけました。ラフカディオ・ハーンが、出雲のひとびとに感じ入ったのも、こういう印象だったかと思いました。ハーンは、アイルランドのドルイドの伝統をどれだけもっていたのかわかりませんが、すくなくともカトリックよりもドルイド的汎神論《はんしん》に共感を覚える人だったように想像します。以上、ふるきアイヌを、『古事記』的神々と思いつつ。

九一年十月一日

常呂では、いまも発掘が続いている。常呂町教育委員会、東大の研究には終わりが見えない。

「もう、どんどん出るんです。どこで節目をつけるかが難しいですね」

人間の一生をかけても終わらない考古学の魅力は何だろう。宇田川さんは言った。

「大きく言うと、人類の歴史が考古学で明らかになるおもしろみがある。自分たちが現在ここにいるのは、どういう道筋があったのか。それをさかのぼっていくタイムマシンに乗っているような感覚がありますね」

そういえば、司馬さんが取材した時、常呂川のほとりで会った当時の常呂町の教育長が胸を張って言っていた。

「常呂は、ホタテと遺跡の町です」

常呂町は、ホタテの養殖にかけては日本一の町なのである。

そして九五年には、「ところ遺跡の森」が整備され、常呂遺跡の出土品が「ところ遺跡の館」「埋蔵文化財センター」などに展示されている。

さすがはホタテと遺跡の町ですね、と宇田川さんに言ったところ、

「いやそれがね、近ごろはカーリングがキャッチフレーズに加わったんです。『ホタテとカーリングの町』なんて言う人もいるから、おいおい遺跡を忘れないでくれよと言っているんです」

宇田川さんは常呂の風に吹かれ、相変わらず颯爽としていた。

ウイルタの思想

一九九二年五月、「オホーツク街道」を執筆中の司馬さんは、岡睦さんに手紙を書いている。

岡睦さんは「神田界隈」の登場人物、岡茂雄さんの義理の娘さん。司馬さんは出版人・岡茂雄を高く評価していた。戦前に岡書院を創立、草創期の人類学や民俗学などの分野で次々に良書を発行した人である。

御鄭重なお手紙、かえって痛み入ります。ちかごろは、アイヌ語、ギリヤーク語（ニブヒとちかごろはいいます）、オロッコ語（ウイルタとちかごろはいいます。）など、北方少数民族のことばのことをしらべていると、又々〝岡書院〟の名がちらちらと目に入って、まったく厳君は宝石のようなお仕事をなさったのですね。現在、

オホーツク海岸にうずもれたニブヒやウイルタのことを考えつつ、『街道をゆく』に書いています。このほうは、小生にとって（学校のころモンゴル語にとりつかれた小生としては）身近なことどもであります。小生は、もう一度うまれかわるとしたら、厳君のような仕事をしたい、とふと思ったりします。

九二年五月二十日

「オホーツク街道」は考古学の旅でもあったが、言語学の旅でもあった。

そして連載中、大阪外国語大学ＯＢ、福田定一（司馬さんの本名）を喜ばす出来事があった。司馬さんは書いている。

「この稿を書いていながら、ときどき潤《ま》潟《がた》久治《ひさはる》編の『ウイルタ語辞典』（網走市北方民俗文化保存協会）をとりだしては、北方民族の気配を感じている。ところがある日、とどいた小包をひらくと、もう一冊、おなじ辞典が出てきた。同封のお手紙によると、さしあげます、とあった。差出し人は、横浜に住む速水昊・康子ご夫妻で、康子さんのほうが、すでに故人となられた潤潟久治氏の娘にあたられる」（「宝としての辺境」）

速水康子さんは言う。

「『本郷界隈』の最終回に、『オホーツク街道』の予告が出ていたんです。それを見て、もしかしたら父の本が役に立つかもしれないと思って、お送りしたんですよ」

司馬さんの礼状が残っている。

懇切なお手紙および、澗潟久治氏編『ウイルタ語辞典』恵投たまわり、ありがとうございました。

久治先生の『ウイルタ語辞典』は、早くから小生入手して座右に飾っておりました。編者が、小生が出た学校の大先輩であることを「はじめに」の文章によって知り、これを誇らしく思っておりました。小生らの学校は、澗潟久治先生のような独学と篤学の士を出すための学校でありましたが、ざんねんにも、そういう人材は、一期に数人もおらず、「はじめに」を拝読したとき、この人こそそうだと思いました。

去年の九月とことしの正月元旦に網走にゆき、九月のときには、網走在住のウイルタ出身の老婦人におあいしました。品のいい、頭のたしかな、そしてきらきらと光る倫理を感じさせる婦人でした。トシは小生より上かなと思っていましたが、五つも下でした。小生は、自分がトシをとってしまっていることを、いつも忘れるのです。いい気なものであります。

この婦人と話しつつ、あとあと原稿を書くときは、澗潟先生のことも書くつもりでおりましたし、いまもそう思っています。（中略）

二冊も『ウイルタ語辞典』を持って、宝物を得た少年の思いで。（小生所持のものは、大阪外国語大学に寄贈します）
御礼とともに。

九二年五月三日

言語への情熱

速水さんが久治さんについての資料を送ったところ、さらに手紙が届いている。

御尊父についてのことども、詳しく教えて頂いてありがとうございました。小生も、ほっとしました。同窓会名簿を見ますと大正十四年第一回卒業生のなかに尊名を見出しました。御在学当時、教授のなかに鴛淵一《オシノブチハジメ》というオロッコ語に関心のふかかった人がおり、またいまは世界的に有名な民俗学者ニコライ・ネフスキー（のちスターリン粛清で死。その後復権。柳田国男に親炙《しんしゃ》したり沖縄研究などで評価される。評伝は、加藤久祚教授の『天の蛇』＝河出書房新社）などがおられて、おそらくそれらのよき影響をおうけになったのかもしれません。御同封頂いた新聞のコピーを拝見すると、いいお顔でいらっしゃいますね。以上、かさねがさねの御教示、

ありがたく、寸楮《すんちょ》にて御礼申しあげます。

九二年五月十七日

司馬さんは、「宝としての辺境」というタイトルをつけ、潤潟さんとネフスキーについて熱心に書いている。

「(潤潟さんが)なぜ南樺太に住むウイルタのような人口過少の民族のことばに関心をもったかについては、わずかに想像できる。そのよすがの一つとして、のちに東洋学者として不滅の名をのこすことになるニコライ・ネフスキー(一八九二〜一九四五)の名をあげていい」

ネフスキーは、帝政ロシア時代のペテルブルク大学から官費留学生として日本に来た。アイヌ語を学び、大阪外大の講師となってからは、西夏《タングート》文字研究を石浜純太郎とともに行った。三通目の手紙にも、ネフスキーのことが書かれている。

小生は辞書狂(?)で、習ったこともないことばの辞書をならべてよろこんでいます。『ウイルタ語辞典』もそのうちのひとつでした。

厳君が卒業された学校は、厳君の時期にネフスキーがおられたことが末輩の末輩までの誇りなのです。ネフスキーの復旧を最初に報じたのも、ロシア語の秦正流特

派員（のち専務——朝日新聞社）でした。「恩師」とありましたのを、これは『オロッコ文典』の中目覚校長かもしれないと思いつつ、やはり金看板のネフスキー教授をさきに書いたのです。（略）

九二年六月二十六日

潤潟久治さんは「恩師」に勧められてウイルタ語の研究を始めた。この恩師がネフスキーなのか、中目覚さんなのかはよくわからない。ともかくも司馬さんは母校の先達、ネフスキー、そして潤潟久治さんの言語への情熱をたたえている。

「速水康子さんから頂戴したお手紙によると、潤潟久治という人は『豪放磊落《らいらく》で、お金に無頓着』なひとだったらしい。この人は、昭和初年の不況下でせっかく得た職（福島高商助教授）を、昭和九年には惜しげもなくすててしまうのである。それほどに、ウイルタ語に熱中した。戦後は網走に移住したウイルタたちを訪ねては、その言語を採録した。この間、食べるために日魯漁業につとめた。……やがて死語になるかもしれないこの言語を辞典のかたちで遺した」（「宝としての辺境」）

網走は不思議なところである。

米村喜男衛さんが「モヨロ貝塚」に一生を捧げ、潤潟さんがウイルタ語の収集に熱中した。司馬さんの想像力を揺り動かすには十分な土地だったのだろう。司馬さんは書いている。

「モヨロ貝塚に眠っていた人骨たちは、かれらが生命をもってこの山海で暮らしていたとき、どんな顔つきで、どんな言葉を使っていたのだろう。そしてどこからきたのか。……かれらは、樺太《サハリン》を行動圏に入れていた。さらには、以前そこに住んでいた時期もあったらしいという推測はたしかなようである。樺太といっても、孤立した世界ではない。西どなりの沿海州との往来がさかんで、民族や文化に共通性が高い。対岸の沿海州の背後には、広大な北アジアがひろがる。その文化は、中央アジア、さらには西へ、ハンガリー高原にまでひろがっていた」（「樺太からきた人々」）

古来のオホーツク人が住んでいたサハリン（樺太）には、現在でも多くの北方少数民族が存在している。

その一つに、濶瀉さんが研究した言語を話す、ウイルタ民族がいる。ツングースの仲間であり、狩猟と漁業を行う遊牧民族で、主としてトナカイを飼う。サハリンを中心にし、人口は現在三百ほどといわれる。

九一年九月、司馬さんは網走でウイルタの女性に会った。数奇な運命をたどった女性について、司馬さんは書いている。

「『私はウイルタ（オロッコ人）です』

アイ子さんは、水のように静かに名乗る。ウイルタ系日本人であることを朗々と称するひとは、日本じゅうで、もはや北川アイ子さんひとりではあるまいか」（「ウイルタの思想」）

かみさまのむすめたち

北川アイ子さんは一九二八（昭和三）年、樺太で生まれ、日本語教育を受けた。十九歳で他の少数民族の男性と結婚したが、日本の敗戦とソ連軍進駐で、男性はシベリアに連行され、以後の消息はわからなくなった。その後、敷香《しすか》（現・ポロナイスク）で働いていた五二年、朝鮮人の男性と再婚、五人の子供をもうけた。兄、D・ゲンターヌ（北川源太郎）さんに呼ばれて、六七年、一家をあげて網走に定住。しかし二番目の夫も「祖国に帰りたい」と言って消息を絶った。

「私は、唐詩のなかの于《う》武陵の詩をおもいだした。花発《はなひら》ケバ風雨多シ、人生別離足《た》ル。『サヨナラダケガ人生ダ』という井伏鱒二氏の名訳をおもいつつ、アイ子さんの半生のためにある詩のように思えた」（「花発けば」）

司馬さんを北川アイ子さんに会わせてくれたのは、当時網走市内の中学の社会科教諭だった弦巻宏史さん。

弦巻さんは網走市大曲《おおまがり》に司馬さんを案内した。大曲は網走川が大きく蛇行しているあたりで、ここにウイルタの文化を伝える品々を集めた資料館「ジャッカ・ドフニ」がある。弦巻さんは言う。

「アイ子さん、司馬さんの前で黙々と文様を切ってましたね。司馬さんもほとんど話しかけなかった。静かな取材でした。でもね、普通は取材で来た人の前で、アイ子さんはそういうことをすぐにはしないんですよ」

司馬さんにもアイ子さんの思いは十分に伝わっていたようだ。

「北川アイ子さんは、紙を折っては、ハサミを入れ、くるくると切りぬいてゆく。仕上がってひろげると、渦巻が華麗に連鎖している。館内をみてまわると、この文様がふんだんにみられる。婦人服のえりやそでぐちにも、この文様が縫いとられていて、私はウイルタです、ウイルタなんですよ、と、いい声で話しかけてくるような気がした」(「ウイルタの思想」)

そして旅が終わったあと、弦巻さんに手紙を書いている。

ウイルタのアイ子さんの御消息ありがとうございました。アイ子さんしずかでしかも感覚がするどくて、さらには考えぶかい人ですが、モヨロ貝塚から出ました婦人像（牙偶6㎝）の写真をみるたびにアイ子さんを思いだします。アイ子さんに会う人はみな清らかな印象をもつはずで、小生の印象もそうでした。それが、牙偶と

かさなっているのかもしれません。

弦巻さんは北海道学芸大学（現・北海道教育大学）を出て、七八年から網走に赴任。アイ子さんの兄、ゲンターヌさんたちを支援していた田中了さんと出会った。弦巻さんはいまも、多くの仲間たちとアイ子さんを見守り続けている。

アイ子さんは相変わらず、ウイルタの暮らしを大事にしている。

そして、週に一度、とりわけ秋になると、週に二、三日、山に入る。アイ子さんは弦巻さんに電話をかけ、

「先生、私を山に捨ててきてくれ」

と山行きを頼む。

「春はフキノトウやアイヌねぎ、秋はキノコです。出遅れると、他の人が採っちゃう。司馬さんの来た秋のころも書き入れ時でしたね。晴れるとみるといよいよ行きたくなる。司馬さんに会う日も、急に一日ずらした記憶があります」

弦巻さんもずいぶん山菜やキノコに詳しくなった。

フキを採りに行った時のこと。アイ子さんは、一株から二、三本出ていると、そのうちの一本を採る。そして弦巻さんには、

「一番を採っちゃだめだ」

と、アドバイス。もっとも、弦巻さんには「一番」の意味がわからない。「一番最初に出たものを採ってはだめということなのかな。結局は、柔らかいのを採れということなんですが、僕には見分け方がわからない。色や形ではなくて、根っこの形らしいんですが、そこまではねえ」

お付き合いをしたくても、弦巻さんが行けない時もある。

「用事があるからと言うと、だんだんいらだつんだよね。われわれには社会的なつながりがいろいろあるけど、アイ子さんは察してはいても十分にはわからないようです（笑い）」

九三年にNHKがアイ子さんとお姉さんの生活をテレビで紹介した。この時司馬さんは偶然見ていて、弦巻さんあてに手紙を書いている。

アイ子さんへ。アイ子さんが、おねえさんとごいっしょに山あそびをなさっているおすがたを、テレビで、みました。かみさまのむすめたちみたいで、みていて、こちらの胸が、きよらかになりました。

弦巻様へ。もし北川さんにお会いになることがありましたら、右、ご伝言ください。狭心症は一過性だと思いますが、大切に大切にとおつたえ下さいますように。

九三年九月二日

アイ子さんはウイルタ語、日本語、ロシア語、そして少しだけだが朝鮮語が話せる。ウイルタ語を話す相手は、いまはお姉さんだけ。
「ウイルタの人はいても、ウイルタ語がわかる人がほかにいないんです。だからお姉さんと話をする時は、嬉しそうですよ」(弦巻さん)
九八、九九年には、網走市にある道立北方民族博物館の依頼を受けて、ウイルタの衣装などをつくった。
「ウイルタの服は、ものさしではなくて自分の片手を使って、パーツを切り出していくんです。そういう伝統的な作り方ができる人は、彼女しかいない。同化する人が増え、ウイルタの文化は伝承されないままになってしまっています」(弦巻さん)
司馬さんは、アイ子さんと弦巻さんを思い、さらに手紙を書いた。

弦巻宏史様　北川アイ子様
さきに、アイ子さんが姉君とともに森に入られたお姿――テレビの画面――は、何日かに一度思い出します。あのお姿が、私どもの先祖の姿であります。森には神がいて、木々も神で、ながれも神で、ただ食べものだけが、神のくだされものである、という心のあり方は、私どもが永遠に持ちつづけるべきものであるのに、いま

はアイ子さんとお姉さんだけが大切に持っておられます。

「古人に会ふが如し」

というふるい言いまわしがありますが、弦巻さんはその古人のお友達になっていらっしゃるのですから、ふしぎなものですね。やはり思想ですね。

九三年十一月十三日

この手紙について弦巻さんは言う。

「『古人に会ふが如し』というのは、司馬さんのモンゴルやバスクに対する思いに通じると思うんですよ。お互いに慈しみ合うべきものと、司馬さんは考えておられる。それが表れた言葉でしょうね。僕自身、司馬さんに励まされました。アイ子さんについての文章は本当に温かいと思います。僕はアイ子さんが司馬さんに会ってよかったなと思っています」

北海道の春は遅い。いまごろはきっと、春の山菜を採るため、アイ子さんは弦巻さんをせっついているだろう。

稚内から知床へ

よく司馬さんは話していた。

「小説が芸術の範疇に入るかどうかは別だけど、芸術には欠かせないものがあって、それは『こどもの心』。大人になりきっていてはできないね」

「オホーツク街道」を読むと、少年のような喜びに溢れている文章にしばしば出合う。「雪の季節に北海道に行ってみたかった。とくにオホーツク海岸がいい。幸い一九九二年正月二日、叶えられた」(「雪のなかで」)

取材中、多くの人に出会った。雪の中で輝いていた人たちに、もう一度、連絡を取ってみた。

元旦に札幌に入った司馬さんは、一月三日、札幌から稚内へ向かった。

急行宗谷で稚内まで六時間ほど。

同行者は夫人のみどりさん、考古学者の野村崇さんと取材スタッフ。

車内での司馬さんはご機嫌だった。念入りに予習をしたノートをさりげなく、しかし嬉しそうに見せてくれる。これから訪ねる稚内市、猿払《さるふつ》村、紋別市などの地図や、オホーツク人が残した出土品のスケッチなどがカラフルに描かれていて、野村崇さんも感心しながらのぞき込んでいる。

札幌を出発して四時間半後、すでに窓の外は薄暮で、人家もまばら。天塩《てしお》川が見えるあたりで、司馬さんに新しい友達ができた。

車掌の石原文晃さん。なんとなく大村崑さんに似た感じがある。

「もう大ファンだったので、あがっちゃって何を話したんだか覚えてないんですよ。本になって読んでみて、こういう話をしたんかねぇって」

と言う石原さん。

「奥さんのことはよく覚えているんです。親戚の子に頼まれたからとおっしゃって、オレンジカードを欲しいと言われてね。でも、手持ちのものは数種類しかない。珍しいのがお望みのようだったので、違うデザインを停車駅ごとに仕入れて持っていきました」

司馬さんは書いている。

「むかしもいまも、鉄道少年にとって車掌さんはあこがれの職業である。稚内ゆきの急行列車の車掌の石原文晃氏は、まだあこがれという初心をのこした人である。十九歳から五十歳のこんにちまで車掌をつづけ、めでたくも大過はなかった。『ただ、ことしの三月以後はどうなっていますか』と、つぶやいた」（「声問橋《こえといばし》」）

石原さんは九五年三月に関連会社に出向、JR旭川支社ビルの警備員となった。司馬さんとの一瞬の交流は、石原さんにとって「宝物」となった。

「司馬さんが名刺をくださって、裏には『深謝』って書いてありました」

やがて列車は南稚内駅に到着した。

石原さんは司馬さんへ最後の挨拶を送った。

「午後五時二十三分、南稚内駅に着いた。プラットフォームに降りてみると、まわりは夜になっていた。『さよならぁ』という声が降ってきた。おどろいて見あげると、去りゆく列車の最後尾で、石原車掌が手をふってくれていた」（「声問橋」）

石原さんは言う。

「司馬さんも手を振ってくれてね、嬉しかったですよ。いまでも司馬さんの作品を読んで、元気づけられています。六十歳で定年ですから、『空海の風景』を持って、四国を巡ろうと思ってます」

稚内でも友達ができている。

当時中学二年生の吉田大輔君。

大輔君は声問川の河原などで、縄文やオホーツク、擦文の出土品を集めていた。司馬さんは「小さな考古学ファン」に会うため、稚内市声問の吉田さん宅を訪ねた。

「石の鏃《やじり》や土器の破片、それに鉄の刀子《とうす》まである。擦文文化のころのものが多い。大輔少年は寡黙な子で、なにかたずねても、点頭するくらいである。（中略）少年の収集品をみても、この何でもない橋下の堤にも、千年以上の文化が重層していることがわかる。（中略）帰路、大輔君に、『あんまり凝っちゃいけませんよ』と、年寄りくさいことをいった。すでにふれたように、私も小学生のころ、似たようなことをして、石鏃《せきぞく》や土器のカケラを見る以外は頭がまっしろになり、学校の成績が大下落した。何年も廃人のようにしてすごした。いまから思うと、子供でも玩物喪志《がんぶつそうし》ということがあるらしい」（「声問橋」）

大輔君の父、吉田功さんは、

「大勢で来られたので、司馬さんがいらっしゃったこともわからなかったんです。子供に名刺を置いて帰られて、それを見て初めて司馬さんがいたんだと知ったくらいでした。でも、『自分も小さいときに土器集めをしていました』とおっしゃっていたのは、なんとなく覚えています」

と言う。現在、大輔君は日本大学通信制文理学部史学科に在籍中。

「当時のことはあまり覚えていないけど、自分が本に書かれて、妙な感じでした。今は考古学を勉強中です。学芸員の資格を取りたいと思っています」

どうやら司馬さんの心配は杞憂《きゆう》に終わったようだ。

稚内では、宗谷岬の大岬の上にある旧海軍望楼も訪ねている。

ここではアクシデントがあった。

日露戦争当時、主としてロシアのウラジオストク艦隊の警戒のため、海軍は宗谷海峡を見張る望楼をつくった。

「大岬の段丘上まで登ってみた。積雪が凍っていて、ともすればすべりかけた」(「大岬」)

望楼といっても小さなもので、取材ノートに司馬さんは書いている。

「窓一重部屋せまし、かわいそう」

しかし、本当にかわいそうなのは司馬さんのほうだった。取材ノートには海軍望楼のスケッチがあるが、その段丘の麓部分に×印があって、小さな字で書いてあった。

「ころぶ」

司馬さんは、しばらく首筋を押さえながら取材を続ける羽目になった。

さて司馬さんは、稚内から国道238号を下り、知床半島の斜里《しゃり》町までバスで走破している。国道238号は通称「ニサンパチ」、「オホーツクライン」とも呼ばれる。吹雪に見舞われながらも、司馬さんはオホーツクを満喫した。

インディギルカ号の慰霊碑

稚内市の隣の猿払村では、前田保仁さん（七六）に会った。

前田さんは長く猿払村の助役を務めた人であり、『冬の海に消えた七〇〇人』（北海道新聞社）の著者でもある。猿払村の浜鬼志別《はまおにしべつ》沖で一九三九年に起きたソ連船「インディギルカ号」の遭難事件のルポルタージュで、司馬さんはこう紹介している。

「ときにノモンハン事件の年でもあり、反ソ感情が極度にわるく、事件そのものも世間には知られることが薄かった。私自身、前田保仁氏の本を読むまではいっさい知らなかった。……叙述と構成が学問的で、事実がじつによく計量されて書かれている。日本社会はたいしたものだとおもった。いわば僻村の村役場が、前田保仁氏のような吏員をもっていたのである」（「大海難」）

この事件でロシア人七百数十人が溺死し、四百三十人が救助された。猿払村では戦中戦後を問わず慰霊の法要が営まれ、いまではロシアからも遺族が訪れるようになっている。前田さんに本を書いたきっかけを聞くと、

「私は戦後、ソ連に抑留されていたんですが、向こうで亡くなって、お墓のない人がいる。家族はさぞかし心残りでしょう。その思いは、日本もロシアも同じでしょうね」

ところで、司馬さんとの対面の日、前田さんは打ち合わせどおりに家で待っていたが、なかなか来ない。

「吹雪になるし、日も暮れる。大変なことになった、事故になってたらどうしようと心配してたんです」

取材ノートにはこう書いている。

「雪のなかで〝前田さんの家はどこですか〟とさがしまわる。寒さでカメラ作動せず」

結局二人は、インディギルカ号の慰霊碑がある浜鬼志別の海岸で会うことになった。

司馬さんは前田さんに手紙を書いている。

お手紙ありがとうございました。雪の下の猿払を思いだしています。岬のインディギルカ号の碑を見、一村雪にうずもれた集落をみつつ、前田さんのお宅はどこだろうと途方に暮れたりした思い出が、美しい海と野とともにうかんできます。

九三年七月二十九日

前田さんは、猿払村をホタテ養殖で立て直した人でもある。司馬さんは前田さんの話を熱心に聞いていた。

「『村長選挙に出て、落ちられたそうですね』ときいたとき、はじめて口もとをほころばされた。人におだてられてつい出た、という。『じつは、私は他所《よそ》者なんです』。村の選挙というのは親戚の多いほうが勝つ。（中略）あまりさびしいから村議会議員になった」（「大海難」）

九九年四月まで議員を務めた前田さんは、現在、旭川で息子さんと暮らしている。

ゴールドラッシュといえば北米や南米、オーストラリアで聞く話だが、明治三十年代、オホーツクでもゴールドラッシュに沸いた町があった。

浜頓別《はまとんべつ》町もその一つで、ここで司馬さんは町史編纂特別専門員の佐藤豊さん（七八）に会っている。

佐藤さんは樺太の生まれ。元国鉄の機関士で、仕事の関係で浜頓別に住むようになった。

「私ね、レールの上の運転はできるけど、車の運転はできない。車に乗せてもらって浜頓別のあちこちを回っているうちに、宇曽丹《うそたん》の砂金のことを知ったんです。七二、三年ごろかな」

浜頓別に宇曽丹という集落があり、一八九八年に砂金が発見され、一時期は、五千人とも二万人ともいわれる砂金掘りが集まってきた。

「東洋のクロンダイク」とも呼ばれたが、一九五二年以降は鉱区もなくなった。佐藤さんは仕事の傍ら、砂金掘りの歴史をこつこつ調べた。

「私は物好きですから」

定年後は「文化財保護少年団」を結成。町史編纂にも携わっている。司馬さんとは町史編纂室で会い、そのあと、郷土資料館で話をした。

佐藤さんは言う。

「壁には松前藩時代の浜頓別の地図が張ってあって、司馬さん、見上げるように読んでいました。地図には『西蝦夷地日記』の抜粋が付いていて、頓別の件である人の名前が書いてあるんですが、それを見た司馬さん、『名前が違ってますね』とおっしゃった。私は怠け者で、気付いてたけど直していなかった。あれを気付く人はまずいないんですが、司馬さんですからね。いやー、直しておけばよかった」

司馬さんから佐藤さんへの手紙がある。

浜頓別ではご厄介をかけましたのに、御懇篤なお手紙、痛み入りました。
佐藤さんの篤実なお仕事ぶりを拝見し、胸迫るものがありました。ただお体を大切にされ、疲労を怖れるようになさることを、くりかえしお願い致します。
七月三十一日

佐藤さんは一度、旭川への転勤話を断ったことがある。

「ここは樺太に近いという思いがあって断ったんです。司馬さんの手紙は、地域の中で頑張りなさいということなんだと思っています」

砂金はいまでも採れる。「ウソタンナイ砂金採掘公園」に行って一日頑張れば二十ミリグラムぐらいは採れるそうで、司馬さんも書いている。

「採れるのか採れないのか、入って試してもらうしかなさそうである。しかし話の様子では、金歯一本か万年筆のペン先一つぐらいのぶんは、ひろえそうにも思われた」（「黄金の川」）

オホーツクのむかし　偲ばゆ

金といえば、この旅行で司馬さんを喜ばせた人がいる。

斜里町の金喜多一《こんきたいち》さん（九〇）である。

「……町の文化財調査委員の金喜多一氏。『金《こん》です』と、名刺を出されたときは、うれしかった。（中略）私には、金姓の遠い古代の出発についての妄想がある。女真人が、みずからのグループについて、『金《アイシン》』と自称していたことが、日本古代の金《こん》姓の成立とからむのではないか、ということである」（「斜里町」）

この〝妄想〟を、司馬さんはかつて親交の深かった作家の今東光《こんとうこう》さんに話したことがあり、その時今東光さんは言ったそうだ。

「えーえ、どうせアタシャ、靺鞨《まっかつ》女真の徒でござんすよ」

斜里町の金さんはどう思ったのだろうか。

「私自身は道産子ですが、うちの先祖は弘前藩の侍の次男で、北海道開拓使の役人として来たんです。でも、三代も前の話でしょ。司馬さんの話を聞いて初めて知ったことも多くておもしろかったんですが、ただ、あんまり話が大きいので呆気にとられてしまいましてねえ」

司馬さんも、金さんの驚いた顔を見て、ちょっと反省したようだ。

「どうも、当方の説は、粗漏すぎるようである。が、粗漏でも妄想をかきたててくれる魅力が、東北や北海道の古代にはあるようにおもわれる」（「斜里町」）

さて、オホーツクラインも後半にさしかかるあたりに、紋別市がある。

「紋別というのは――翌朝、背後の丘上（紋別山）から見おろしてみたのだが――意外なほど大きな都市だった。港湾設備にもすぐれ、税関もあって、ロシアの材木貨物船が入港していた。つまりは、国際貿易港だった。むかしもかわらなく、八世紀から十二世紀ごろ、オホーツク人が一大集落をなしていたらしい。市内のさまざまな遺跡は五十カ所以上あるという」（「紋別まで」）

紋別を案内してくれたのは、因幡勝雄さん（六三）。当時は紋別市立郷土博物館に勤めていた。紋別市には擦文時代のオムサロ遺跡がある。住居跡を復元した公園は、因幡さんによるところが大きい。

「家を三十五戸もつくるといっても、古代人の家だから屋根も囲みも草だし、構造は黒皮のついた木だから、さほどの金はかからない。必要なのは労力と、考古学的建築学とでもいうべき知識と頭脳とそれに熱意である。それらのすべては因幡さんの資質のなかにある」（「森の中の村」）

因幡さんは言う。

「自然環境と文化がどうつながっていくのか、というのが私の知りたいテーマなんです。本州の人は雪のない季節に北海道に来て、『寒いところになぜ住むんだ』って言う。これは普通の感覚なんだろうけど、どこに住むかは、緯度だけでは説明できないでしょ」

オムサロ遺跡に住んでいた人々は、アイヌの祖先と考えられている。オムサロの古代人の生活を考えてきた因幡さんは、司馬さんの考古学的な想像力に新鮮な感じを受けたという。

「私たち考古学者は、アイヌ、日本人、沖縄人と分けて考えるけれど、司馬さんは、『みんなモンゴロイドですよ』と言う。本当にとらわれない人ですね。度肝を抜かれたけど（笑い）、不思議な説得力がありました」

定年を迎えた因幡さんは、九九年三月に苫小牧にある考古学関係の会社で参事役に就いた。

「雪国の考古学は、夏は発掘、冬は資料整理に追われるんですが、その後に思考の時間が必要なんです。この会社は土器、石器を図化して、思考時間を増やす手伝いをしてるんです」

その傍ら、以前から集めていたアイヌ民話をまとめてもいる。

司馬さんは、因幡さんに色紙を書いている。

「前の晩に夕食をご一緒して、次の日にオムサロ遺跡をご案内したんですが、その朝にいただきました」

降る雪の　冬海は青み　昏《くら》き世の
オホーツクのむかし　偲ばゆ

目梨泊の思い出

一九九二年、オホーツク冬の旅。旅に出る前、司馬さんは考古学者の野村崇さんに手紙を書いている。

冬の稚内を楽しみにしています。家内は、北海道には〝冬靴〟があるということだけでも、感激していました。小生の知人が、この冬、モンゴルにゆくについて北海道の冬靴を買った、といっていました。アイ子さん（網走のウイルタ族）の写真、いいお顔ですね。周代の粛慎《しゆくしん》、その後の挹婁《ゆうろう》、勿吉《もつきつ》、靺鞨などの範囲に、ニブヒやウイルタの人々も入るのでしょう。いい感じですね（北方好きの小生だけのロマンティシズムかもしれませんが）。御礼のみを。

九一年十月三十一日

オホーツクライン、国道238号。野村さんは次々と「北」で頑張る人々を司馬さんに紹介した。

登場人物たちに再び連絡を取ってみると、当時と変わらない情熱を感じさせてくれる人が多かった。一人の考古学者の悲しい消息も聞いた。司馬さんだったら何を思っただろうか。

日本住民列島最北辺の守備兵

雄武《おうむ》町にはユニークな考古学ファンが待っていた。

「『いまから通る駐在所のおまわりさんはまだ若い人で、遺跡を発掘しているときなど、見にきてくれます。いろいろ質問してくれて、ずいぶん考古学に熱心な人です』と、野村崇氏がワゴン車のなかでいった」（以下引用は「紋別まで」）

当時、雄武町の幌内駐在所に勤務していたのは、佐藤喜伸巡査長。司馬さんは午前中に稚内を出発し、宿泊地の紋別に向かう途中で、すでに午後八時を過ぎていた。佐藤さんは言う。

「外はもう真っ暗でね。司馬さんは、『警察官に会うのは初めてです』と言うので、そんなもんかなあと。珍しかったんでしょうか、駐在所の中をパチパチ、写真をたくさん撮っていかれましたね」

佐藤さんは旭川出身。東海大学で海洋工学を学んでから北海道警察に入った。警察官としては珍しい経歴である。もともと歴史が好きで、町史を読み、雄武町が考古学上の重要地点だと知った。

「ちょうど雄武に来たころは町おこしの真っ最中でした。でも、考古学のことはあまり知られていない。町の財産なのにもったいないなあと思ったんです」

駐在所の中に自分で拾い集めた石器や土器を展示、月一回発行のミニ広報誌「郡界パトロール」には、石器時代からの町史を連載した。調べ始めると次々に興味が広がったという。

「例えば、縄文時代の虫歯の発生率の話を読むと、筆者の方に電話で確認をとります。そして、町の学校の先生に子供たちの虫歯率を教えてもらって、関連性を持たせて記事にしました」

佐藤さんは「本業」の話でも、司馬さんを喜ばせている。

帯広生まれで二十歳の強盗犯が幌内の山に逃げ込んだ。山狩りをすることになり、佐藤さんも出動。そのときちょうど谷に熊が出た。幌内は熊が多い。

「『熊がそっちへ行ったぞう』

犯人は仰天したらしく、尾根を駈けおりて飛びおりた。ちょうど佐藤喜仲巡査長の目の前だったそうである。犯人としては、地獄で仏に出遭ったような気持だったろう。難なく巡査長の手で、お縄を頂戴した」

佐藤さんはその後、北見警察署管内へ異動、さらに九七年四月からは札幌市内の交番に勤務している。

「田舎には、子供の将来性を伸ばす指導者が足りないと思いました。転勤族の、学校の先生や警察官が新しい風を吹き込まないといけないと思って、雄武ではいろいろやっていました。いまでもやりたいんですが、北見も札幌も都会で事件や交通事故が多くて、忙しくてねえ」

佐藤さんは司馬さんとの別れ際、おみやげに「郡界パトロール」三年分を手渡した。

「辞するときに、佐藤巡査長はどこかへ電話し、やがて私どもに、『つぎは、興部《おこっぺ》の警察署であります。小門《こかど》育夫という警部補が当直で詰めております。赤灯を振っている人がいれば、それが小門警部補です』と、いってくれた」

幌内から興部まで約三十キロ。やがて赤灯を振っている小門警部補の姿が目に入ってきた。

「なんだか、警察に縁ができた。オホーツクの夜道はさびしくて、帯広うまれの強盗犯人でもそうだったように、駐在所の煌々とした明るさがなつかしい。（中略）なにしろ、北の涯《はて》の国道なのである。くろぐろとひろがっているオホーツク海は、旧ソ連こそ崩壊したが、国際的にももっとも物騒な海なのである。(中略)なんとなく佐藤巡査長も小門警部補も、北辺の守備兵といった感じがしないでもない」

小門さんもその後、札幌に転勤した。小門さんに、司馬さんは手紙を書いている。

その日は暮れていましたから、派出所や警部補駐在所の小構造物の灯だけが闇を照らしていて、印象的でした。だから忘れがたい思い出を、佐藤さんや小門さんはつくって下さいました。ＯＢの桜井慶一郎元警視正の文章(「地域さん」)は、小生の思い出を、よく描写して下さっています。あの日は、大げさでなく、日本住民列島の最北辺の守りということばが、お二人のお人柄や灯りのなかに感じました。舞台でも見ているように夜の勤務者の姿が、よろこびとなつかしさをもって記憶されています。

それにしても、オホーツク街道の景色と人はいいですね。

御返事になつかしさをこめて。

九三年七月二十七日

さて、「オホーツク街道」には人名をとった章がいくつかあるが、最も印象的な章に

「佐藤隆広　係長」がある。

「前方に、岬が出現した。岬は岩のかたまりで、二本角の犀《さい》が海に頭を突っこんで咆哮しているように怪奇である。……道路は岬を突ききって、むこう側に出た。神威《かむい》岬が、ひろく背後になった。同時に、地形が、かわった。海岸からのひらたい段丘の面積が、ひろくなっている。すべて雪原である。佐藤隆広氏に出あったのは、この雪の道路上においてだった」（以下引用は「佐藤隆広　係長」）

オホーツクに生きる人々の情熱

オホーツク文化を考える時、枝幸《えさし》町目梨泊《めなしどまり》遺跡を抜きには語れない。

佐藤隆広さんは当時四十二歳。枝幸町教育委員会に勤め、目梨泊遺跡の調査の指揮をとっていた。

「色白の童顔で、京人形顔である。（中略）もっとも佐藤さんその人は、札幌でうまれた。考古学をやるために駒沢大学にゆき、帰ってきて、このオホーツク海岸の枝幸町に就職した。（中略）むかしの考古学者は、京都大学や東京大学にいて、都市住まいをしながら現場にゆく。いまは、現場の市町村に就職する。（中略）いわば辺境に骨をうずめようという気迫を持っている」

目梨泊遺跡からは多くの住居や墓が見つかっている。司馬さんが訪れた時は、復元作業がなされていた。

「すでに復原を終えた土器が、復活した神々のように棚の上にならんでいた。鉄刀もあれば、鉄斧もあった。鉄刀は、『蕨手刀《わらびでのかたな》』とよばれるものであった。本来、鉄器を生産しないオホーツク人が、なぜ蕨手刀のようなものを持っていたのか。（中略）『キャデラックを持っていたようなものですな』『いや、それ以上のものでしょう』と、佐藤隆広氏が静かにいった」

大和政権の官位を示す帯飾りである「銙帯《かたい》金具」も出た。さらにはガラス製の小玉や琥珀の玉など、サハリン、沿海州のものも出た。

「枝幸町で、オホーツク文化は、もう一まわり、歴史として大きくなろうとしているのではないか」

と、司馬さんは書き、同行した野村崇さんも言う。

「オホーツク文化の研究は、米村喜男衛さんが発見したモヨロ貝塚に始まります。しかしモヨロはオホーツク文化の後期にあたり、戦前、戦後すぐの調査ということもあり、現在に比べると不明確な点もありました。それに対して目梨泊は中期の遺跡で、集落がまとまって掘り出されています。奈良朝、北方との交流を示す出土品も多い。土の分析をしたら、オオムギなども含まれていました。この目梨泊の発掘調査と整理を、ほぼ独力でやり遂げたのが佐藤君でした」

佐藤さんと司馬さんが会っていたのは二時間ほどだったろう。その間、佐藤さんは頬を紅潮させながら、熱くオホーツクを語り続けた。そして司馬さんは佐藤さんの情熱に感じ入りつつ、その仕事量の多さを聞いて心配もしていた。食事を共にした時のことを書いている。

「佐藤隆広氏はひるみがちにメニューを見、ささやかなものを注文した。医者から脂を禁じられているという。『過労じゃないでしょうか』と、余計なことだが、きいてみた。『だと思います』。げんに心臓発作で倒れたことがあり、いまもポケットにニトログリセリンを入れているという。『そんなことより頭の整理が大変です』」

枝幸町を去る時、司馬さんと佐藤さんはぎりぎりまで話をしていた。いつまでもバスを見送っていた佐藤さんの姿が忘れられない。その後も佐藤さんの調査は続いた。考古学の調査は掘るだけでは終わらない。膨大な調査記録をまとめ、図版はすべて佐藤さんが描いた。分厚い調査報告は司馬さんにも届けられ、

「佐藤さんは頑張ったねえ」

と、枝幸を思い出していた。

九七年には博物館「オホーツクミュージアムえさし」をつくる構想が持ち上がった。

もちろん佐藤さんが中心になった。オホーツク文化、目梨泊遺跡が理解できるようにと、

館内に竪穴式住居を復元、収蔵品二十三万点から常時三百点ほどを展示するもので、九九年十月二十九日に開館した。

　しかし佐藤さんは、その直前の九月二十五日に肝臓がんで亡くなった。四十九歳だった。学芸員の高畠孝宗さん（二六）は言う。

「建設が始まってから、佐藤さんは入退院を繰り返していました。展示室をつくっている最中、病院から出てきて指示をしていました。もちろん館長になる予定でした。一番見たかった人が見られなくなってしまいました」

　高畠さんは、大学時代に目梨泊遺跡を見学した。

「その時に、佐藤さんが私の質問にいろいろ答えてくれました。帰りがけには、目梨泊遺跡の調査報告書を一冊ポンと渡してくれました。買うと高いのに、気前のいい人だなあと思ったんです。それが縁で、佐藤さんが私を枝幸町に呼んでくださったんです。佐藤さんは面倒見はいいし、お世話になった人、たくさんいると思います」

　九九年秋、目梨泊遺跡の発掘品を国の重要文化財（重文）に申請しようという話が持ち上がった。病院にいる佐藤さんに高畠さんが報告に行くと、

「そういうことならありがたいな」

　と喜んでいたという。

「今年（二〇〇〇年）四月二十一日、文化庁から重文指定を答申したと連絡がありまし

た。二十三万点の中から、とくに重要と思われる蕨手刀などをはじめとした三百十九点です。全国的に評価されるということですから、佐藤さん、喜んだと思いますね」

佐藤さんの妻、睦美さんはいま、枝幸町立図書館に勤めている。

「司馬さんにお目にかかったあと、佐藤は喜んでいました。遠い人だと思っていたけれど、とっても話しやすく、身近に感じたようです。発掘以外の個人的な話も多かったんだと言ってましたね。彼は、考古学をわかってくれる人に話をする時は、表情も目つきも話し方も変わると、私は思ってました。司馬さんにも、そんな表情をして話してたんでしょうね」

「オホーツク街道」が出版されると、佐藤さんの感激はさらに増した。

「『短い時間だったけれど、自分のことを普通の人とは違う視点で見ていてくれた』と。何度も何度も読んでいました」

佐藤さんは睦美さんに、枝幸に来た理由と夢をこう言っていた。

「枝幸に来て遺跡を掘って、出てきた物を整理して資料館をつくって、枝幸で末永くずっと守っていきたい。そんな資料館をつくるのが、自分の夢なんだ」

睦美さんは言う。

「私は考古学がよくわからない人間でしたから、佐藤は丁寧に説明してくれました。

『掘ったからといって、物が出てくるわけじゃないんだよ。出てきたところで珍しい物とは限らないんだよ』

でも、目梨泊から出た物はすべてが貴重な物でした。自分でも誇りにしていました。彼は考古学、目梨泊について言っていました。

『日本ができていく道のりが、出てきたこれ一つでわかる。そして、これによって枝幸が変わるんだ』

もっとも、考古学の仕事は特殊ですよね。出てきた物がどの程度の価値があるのか、普通に暮らしているとわからない。何年も発掘調査をやってきてはいたけれど、それほど町の人に関心を持たれていたわけではなかったようです。『枝幸町の宝なのに、まだよくわかってくれない』とぼやいていたこともあります。それが司馬さんに書いてもらって、本を読んで知った人たちが関心を持ってくれました。彼はそれが嬉しかったんでしょう」

佐藤さんは病名を告知されていたが、「必ず治す」と、睦美さんには言っていた。

「先はどれだけかということは思っていないようで、治るとだけ信じていたようです。それでも自宅へ戻った時は、本や手紙類を自分で整理していました。どうして整理してるのか怖くて聞けなかった。わかっていたのかもしれません」

佐藤さんの駒沢大学での先輩にあたる西幸隆さん（釧路市埋蔵文化財調査センター）は言う。

「彼は交際範囲が広くて、彼の結婚式には道内の考古学研究者が集まっていて、彼らしいなと思ったことを覚えています。自分が考古学のどの時期をやりたいのか、それをはっきり持っていた研究者でしたから、枝幸町に入っていったんです。最後まで自分の志の場所にいられたのは幸運でした」

西さんら仲間の研究者たちは、佐藤さんの研究の成果を追悼論文集としてまとめる予定になっている。

オホーツクの取材は秋のモヨロ貝塚に始まり、雪の知床峠で終わりとなった。

「『いい旅でした』」

と、あらためて野村崇氏に感謝した。オホーツク人の正体につき、私の想像力では手に負えなかった。が、そのことに後悔していない。そんなことよりも、私どもの血のなかに、微量ながらも、北海の海獣狩人の血がまじっていることを知っただけで、豊かな思いを持った。旅の目的は、それだけでも果せた」(「旅の終わり」)

オホーツク海は、サハリン、沿海州、千島列島、カムチャツカ、そして北海道によって囲まれている。オホーツクから見れば、北海道が南限になる。日本地図だけ見ていれば北海道は北辺でしかないが、世界地図を見れば、北海道の見方も変わる。司馬さんは道産子、野村崇さんにこんな手紙を書いている。

蝦夷錦、山丹貿易の資料ありがとうございました。大きな歴史であります。地球を何分の一周して、北海道経由で江戸にゆくのですから。北海道のひとびとには、北海道が世界の中心だという意識がうすいものですから、蝦夷錦は、なにやら道人を勇気づけるような気がします。

九一年六月六日

オホーツクに生きる人々の情熱、そしてそれを見守る司馬さんの優しい視線を感じた旅だった。

宇和島の友人たちへ

「てんやわんや」の世界

愛媛という県名の由来について、司馬さんは書いている。

「……伊予は愛比売《えひめ》で、文字どおりいい女という意味である。（中略）『いい女』などという行政区の名称は、世界中にないのではないか」（以下引用は、『街道をゆく14——南伊予・西土佐の道』から／「伊予と愛媛」）

「いい女」愛媛県。その中でも、とくに宇和島市が好きだったようで、司馬さんは何度も宇和島を訪ねている。

講演会だったり、『街道をゆく』や『花神』の取材だったり、結婚式の仲人を務めたり……。

空港に着くと松山には足を止めず、そのまま車で宇和島に向かうことが多かった。宇和島について、こんなくだりがある。

「宇和島は、ごく最近まで、日本国の街道のゆきつく果てといわれていた。いまでも国鉄のレールは宇和島駅で終っている。昭和三十年代にはじめて宇和島へ行ったとき、駅の構内のむこうで線路が果てているのを見て、つよい感動を持った。日本中の鉄道がなんらかの形で循環しているものだとおもっていただけに、宇和島という町は鉄道文明の上からみても際涯《さいがい》であることを感じたのである」（「法華津《ほけづ》峠」）

際涯とはいかにも「辺境」好きの司馬さんらしいが、それにしてもどうして宇和島をそんなに気に入ったのだろうか。夫人の福田みどりさんは言う。

「宇和島はまず城下町でしょう。そして穏やかで、あたたかくて、のんびりしていて。でも司馬さんが気に入ったのは、それだけではないのね。宇和島の町にも人にも、噴き出すような愛敬があるの。ちょうど獅子文六さんの奥さんのご郷里があのあたりで、要するに『てんやわんや』の世界ね。まじめな町だし、まじめな人が多いけど、なんともいえないおかしさがある。そんな宇和島が、司馬さんは気に入ったと思いますよ」

宇和島では多くの友人たちが、「てんやわんや」で司馬さんを待っていたのだ。

渡辺喜一郎さんもその一人。

渡辺さんは一九五〇年に創設された宇和島市立図書館の初代館長である。司馬さんの他にも、作家の吉村昭、津村節子ご夫妻とも交友があった人で、宇和島にかかわる資料を集めたい作家や学者ならば、渡辺さんを知らない人はいなかった。六〇年、市立図書館の開館十周年記念の講演会に司馬さんを招き、二人の交友が始まった。

「……宇和島に渡辺喜一郎氏という知人がいる。かつて市立図書館長だった人で、いまは定年退職されたが、町の人達から依然として、『館長さん』とよばれている。

私にとって二十年来の知人で、在職されているときには図書館をしばしば電話で利用させてもらった。このたび宇和島へゆくについてこの館長さんに無断というわけにもゆかず、あらかじめ電話をかけておいた」（「卯之町《うのまち》」）

渡辺さんは一九一一（明治四十四）年生まれ。旧制松山高校を経て京大法学部を卒業。新聞社に就職が内定したが、記者にはならなかった。

「……とりあえず報告のために宇和島へ帰ってきた。それっきり外界へ出ず、宇和島住まいになってしまった。

『ばばぁ育ちだったものですから』

と、渡辺さんはいったことがある。当時八十歳だったおばあさんが、六年も帰ってくるのを待ったのに、もうあんな淋しい目に遭わせてくれるな、と泣いて掻きくどいた。結局、宇和島にいるはめになった」（「微妙な季節」）

奥さんの渡辺ハツさん（八四）は言う。

「仕事のことは、うちに帰ってきてからは、なぁんも言わん人でした。でも司馬さんがおいでになる時はようわかりました。主人が『明日はお弁当はいらんよ』って言うんでハッさんは昼になると、図書館に弁当を届けるのが日課だった。冬は親子丼などのドンブリものもよくつくり、愛妻弁当はかれこれ二十七年も続いた。

「司馬さんが来なさる時は喜んで出よりまして、あそこに行く、ここに行く、と言うてね。『今日は司馬先生と落ち合うようになっとるけん、お弁当はいらんよ』って」

渡辺さん、司馬さんが来る日だけは愛妻弁当をあきらめたのである。

『街道をゆく』の取材は七八年。もちろん渡辺さんは大はりきりだった。

「『宇和島へついたらお訪ねしますから』というと、いや途中で待っていましょう、と館長さん——渡辺さん——がいう。

『それは恐縮ですから』

辞退すると、

『ひまですから』

渡辺さんはいう。忙しいはずであるのにお客にはひまぶってみせるというのも、伊予風なのである」（「卯之町」）

「城下の館長さんは渡辺さんだけや」

と、町の人から慕われ続けたが、定年退職の日がきた。七七年のことで、渡辺さんにお世話になった人たちが集まり、「渡辺館長さんご苦労さまでしたの寄り」が開かれた。

以下はその集まりに、司馬さんがあてた手紙である。

渡辺館長は宇和島の灯台のような人で、年つきながく照らしつづけたために、このたび隠退なさること、めでたいやら淋しいやらで、地平の彼方にいる私どもも心細い想いで一杯です。

これからは晴耕雨読の羨ましい御暮らしの中に入られるのでしょうが、かといって渡辺さんの溌剌とした英気は決して衰えるものではないと思います。あるいは俗務をお離れになれば御風姿にいよいよこくが出るかと思われ、再会の日を心待ちにしております。

四月二十三日

司馬遼太郎

「渡辺館長さん

ご苦労さまでしたの寄り」の御皆様へ

司馬さんからもらった手紙を、渡辺さんは大事に机の奥へしまい、たまに出してはこっそり読んでいた。

「私が『どうしていつも出さんの?』と言うたら、『人に見せるもんやない。これはわしがもろうたもんやけん』言うてね、私にも最初にちょっと読ましてくれただけでした。主人が亡くなってから、しもうとってもいけんなぁと思い出して、出してあるんです」

定年から十四年後、渡辺さんは八十歳で亡くなった。手紙は現在、渡辺家の居間に、渡辺さんの写真と向かい合う形で飾られている。

さて、司馬さんの宇和島での楽しみは、「寄合酒《よりあいざけ》」にもあった。

「寄合酒」に集う友

お酒が大好きな渡辺さんに司馬さんは頼みごとをしている。

「かねて元図書館長の渡辺さんに、

――宇和島に着いた夕、寄合酒ができればありがたいのですが。

と、たのんであった。（中略）

『純粋のは、もう』

時代が変ってもう無理だ、というような意味のことを渡辺さんはいった。（中略）

『似たようなことをしましょう』

と、渡辺さんがいってくれた」（「新・宇和島騒動」）

みんなで集まって、釣った魚をさばいて酒を飲む。そんな集まりが「寄合酒」で、それを見物しつつ参加したいと思ったようだ。こうして司馬さんを囲んでの「寄合酒」が始まった。

会場は宇和島市本町にある斎藤鮮魚店。渡辺館長をはじめ、司馬夫妻と宇和島での旧知の人々が集まった。

もっとも、自分でやりたいと言ったくせに、司馬さんはあまり魚が好きではない。せっかくの料理にもあまり箸をつけなかった。その代わり、司馬さんはその場にあった色紙を手に取り、さまざまな絵や言葉を描き始めた。

寄合酒に集まったメンバーの似顔絵が残っていて、描いてもらった一人の石崎忠八さん(八二)が言う。

「司馬さんは実にさらさらっと描きますらい。こっち向けとか何とか言うんじゃなくて、飲みながらワイワイと何げなく描きなさった。僕は本物よりずいぶんきれいに描いてもらっとります」

石崎さんは関西学院大学を卒業。東京の商社に勤めたあと、家業を継ぐために宇和島に帰った。在学中は新劇をやったりと、都会でモダンな青春時代を過ごした。『街道をゆく』ではこう書かれている。

「石崎さんは、大正五年うまれである。もう六十をいくつか越えておられるはずだが、相変らずベンツの入った明色のブレザーがよく似あっている。この人は昭和初期の青春を阪神間の関西学院というハイカラな学校ですごして、その時代のふんいきを化石のように保っている」（「微妙な季節」）

石崎さんは宇和島生まれだが、小学二年から五年まで、大阪の難波塩草小学校に学んでいて、偶然、司馬さんと同じ小学校だった。

「司馬さんは、私より七つ年下ですから当然、学校で出会うことはありませんでした。でも、そういう縁があったということで盛り上がった。神田川《じんでんがわ》沿いのおでん屋とかたこ焼き屋とか、中学生や高校生が行くようなところに司馬さんと行って、飲んだり食べたりしました。川っぷちやったから一緒に立ちションしたりしてねぇ」

石崎さんと同じように描いてもらったのが、画家の三輪田俊助さん（八五）。このとき、三輪田さんも司馬さんのスケッチをしていたから、お互いを描き合っていたのだ。

「司馬さんの線は伸びやかで人物を描くのがうまい。絵と字のレイアウトなんかもバランスがいい。墨だけでなく、そこにあった醬油も使って描いてます。バーナード・リーチがイカの墨を使って描いたりしていますが、そんな感じがしますね」

三輪田さんは『街道をゆく』の中では、こう登場する。

「『あす、東京へゆくんです』

『おやおや』

宇和島の画家も中央の画壇に統御されるようになったのかと思ったが、ちがった。役所への陳情だという。

『何の役所ですか』

『文化庁です』

言われてみて、やっと私のにぶいかんがうごいた。この人は『城山の緑を守る会』というのに熱中していて、昨年（一九七七）六月から一年のあいだにすでに四回も文化庁に陳情に行っているという（その後、十月までにさらに二回ふえた）」（「新・宇和島騒動」）

『街道をゆく』には、その時代の、その土地ならではのニュースが、司馬さんのネタになる。

「新・宇和島騒動」がそうで、宇和島には城山と呼ばれる、宇和島城が立つ小山がある。七八年当時、城山の木を伐採して武道館を建設しようとする市側と、城山以外に場所を求めるべきだという反対派が対立していた。これが「新・宇和島騒動」であり、

「とくに私の旧知のひとびとは、偶然ながら『伐るな』というほうの巨頭連なのである。自然、本町の追手門跡にちかい斎藤鮮魚店の二階での寄合酒はそういうひとびとが顔をそろえたが、べつに不穏だったわけではない」（「微妙な季節」）

三輪田さんは、その「巨頭連」の中でも代表的存在だった。

「司馬さんは、なにかと応援してくれて、文化庁へ紹介状を書いてくれましてね。励み

になりました」

　三輪田さんたちの運動はその後も続いた。結局、計画そのものが立ち消えになり、城山は守られた。

　石丸良久さん（七二）も似顔絵を描いてもらった。石丸さんの奥さん、博子さんがみどりさんと同窓生。この縁で寄合酒に招かれた。司馬さんは石丸さんの印象をこう書いている。

「……りっぱな初老の紳士があらわれた。

『博子の夫です』

　竹の枝を鋭利な刃物で削《そ》ぎはらったように簡潔な自己紹介である。このチェロの名手は、本業はふとん屋さんなのだが、音響学の気むずかしい実験研究家のような風貌のひとで、眉をしかめ、笑顔も吝《お》しんでいる。（中略）大変な論理家がやってきたと思った」（「微妙な季節」）

　似顔絵のほかにも司馬さんは石丸さんに色紙を贈っている。その色紙の言葉は、

「木綿こそ木綿こそ木棉こそもめんこそ」

　石丸さんは、

「うちは、いまはふとん屋をやっていますが、代々綿屋をやっていたんです。絹よりも毛のウールよりも、自然の綿のほうがいいよという意味でしょう。親切な方ですな。た

いへん嬉しかったです」

と言う。

寄合酒の舞台となった斎藤鮮魚店の主人、斎藤陽久《はるひさ》さん（五〇）にも司馬さんは色紙を残した。二文字のみで、

「海鮮」

その後も司馬さんが宇和島を訪れた際、時間がある時は必ず斎藤鮮魚店で寄合酒が行われた。

無名に徹した典型的な宇和島人

さて、司馬家の歴代のお手伝いのお嬢さんの出身地は、宇和島が多い。みどりさんは言う。

「島原の人は哀愁があるし、高知の人はハチキン（おてんば）で、元気でしょう。その土地の良さがある。でも、なんとなく宇和島の人が多くなったのね。やっぱり司馬さんは宇和島が好きだったんでしょう」

宇和島出身の初代のお嬢さんは、白坂啓子さん（五〇）。啓子さんは六七年から三年間、司馬家で働いた。その啓子さんの父上が浜田美登《よしのり》さんで、浜田さんも『街道をゆ

く』の重要な登場人物の一人である。

「……健康のはなしになった。

『こういう竹を』

浜田さんは上体をうしろへねじって、長短二本の竹の棒をとりだしてきた。まず短いほうを正座している両足のアキレス腱の上にのせ、正座しなおした。私もやってみると、尻の重みが竹を介してアキレス腱のあたりを圧迫し、気持がいい。

『なにかの健康法にあるんですか』

『私が考えたと言うちゃあれですが、まあやってみますと大変いいように思うんですが』（中略）

西式健康法に竹踏みというのがある。竹の棒を踏み、足の裏の『土踏まず』の凝りを解くようにする。浜田さんはそれをやっているうちに、竹の棒をつかってもっとほかに健康法はないかと思い、これを考えたというのである。（中略）浜田さんは、竹という道具がすきで、好きなあまり健康法まで思いついたのであろう。きいてみると、『ちかごろ、竹のことばかり考えちょります』といった」（「松丸街道」）

浜田夫人の秀子さんが言う。

「あの人は高血圧の持病があったせいか、とにかく〝健康法〟が好きな人でした。竹も好きでしたが、卵を酢でとかしたものや、小豆の煮汁が体にいいと聞けば実行したり」

司馬さんが訪ねたある日、秀子さんが居間をのぞくと、司馬さんと浜田さんが寝転がっていた。二人とも竹の棒で背中をゴリゴリ伸ばしている。

秀子さんは続けた。

「『ああ、これはいいわ、浜田さん。肩こりがほぐれるわ』と、先生が言うて笑いよった顔を思い出します」

浜田さんは愛媛県でただ一つある、蚕種会社に勤めていた。養蚕農家を指導する関係上、山村を歩くことが多い。ある時知り合いの農家から立派な自然薯《じねんじょ》をもらった。司馬さんが自然薯を好きなことを思い出し、すぐに送ると、司馬さんから本が送られてきた。そして手紙が添えられていた。

本日山芋到着、感謝感激致しております。御代川の山中まで行って下さった御苦労、目にみえるようです。御代川は土佐への間道で、大変景色のいい村だときいていますが、津島から入るだけでも大変でしょう。「きっとこの山芋は村の人があらかじめ見つけていたものを譲ってくれたのだ、啓ちゃんのお父さんは村の人に恩を着てしまったのだ」と小生申しました。

荷造りだけで三時間もかかりましたこと、まったくもったいなくて、何とも申しようもありません。

司馬生

浜田美登様

わざわざ御代川まで自然薯を採りに行って下さった労を思い、謹んで小生の「労作」をお送りいたします。

「自然薯は二、三回お送りしました。折れてしもうたらおいしくなくなりますけんね。主人が山からススキを取ってきて、その中に自然薯を丁寧に包んでね、長い木箱を自分で作って司馬さんに送ったんですよ」

司馬さんが送った労作とは『竜馬がゆく』だった。

浜田さんは四十三年間、養蚕の仕事に力を注ぎ、八〇年に会社を退職した。浜田さんの退職に際して、司馬さんが送った手紙もある。

御退隠の御あいさつ状を拝読し感動仕りました。すぐさま、そのときの気持ちをお伝えすべきでありましたが、怠りました。

今日、大晦日の除夜の刻もすぎ、新年になっております。

永く永く一つのお仕事を貫かれ、農村、山村の人々のために尽くされたこと、多くの御嬢さん方をすべて幸せにお嫁がせなされたこと、御夫妻も御息災に御円満に過ごされたこと、まことにまことに大いなる前半生であられたと存じあげます。
後半生はいよいよ稔り大いなるものでありますよう祈り上げます。
その第一年の新年を祝いつつ。
一九八一年　元旦
司馬遼太郎
浜田美登様

秀子さんは言う。

「やっぱり、それは感激してね。すぐ表装してもらって額縁を書斎に掛けていました。決して口では言わんかったけど、主人の知人が来ると、なんとなくそれを見てほしそうにしてね。だれかが気づいて、『わっ、浜田さん、これすごいなぁ』と言われると、嬉しそうにしとりました」

浜田さんは八五年に七十二歳で亡くなった。

司馬さんが翌年の新年に「夕刊うわじま」に寄稿した「宇和島人について」という文章があり、そこで浜田さんに触れている。

「にわかに個人レベルのはなしになるが、去年、私は一人の尊敬すべき宇和島人を、その死によってうしなった。

浜田美登氏のことである。

御代ノ川のうまれで、ほぼ半生を蚕の種紙の会社の宇和島支店でおくった。在職中、社用のため南予はおろか、西土佐の村という村を歩き、養蚕農家から、その人柄と技術知識によって頼りにされていた。

私は浜田さんに会うたびに、

（このひとは県の養蚕関係の技術職員よりはるかに能力が高いのではないか）

と思ったりしたが、そのほか、民俗学的な知識もあり、さらには孟宗竹や真竹その他の竹類についての植物学的な知識もすぐれていた。なによりも、人と自然を愛した。

浜田氏は、大正初年うまれの多くのひとたちがそうであるように、言うほどの学歴はない。しかし、真の教養人という感じがした。その上、みずからを誇るところがすこしもなく、つねにめだたぬようにふるまっておられた。いまここでこう書いても、この人の名を知るひとは、家族や親族のほかに、仕事で縁をもったひとたちだけではあるまいか。

私は檮原《ゆすはら》の山野を歩いているとき、

（浜田さんはきっとここまできていたろう）

と、しきりに思った。氏は私のなかにある典型的宇和島人のひとりで、そのなかでも典型としてはひときわ丈《たけ》高かった。浜田さんが、無名に徹したというあたりも、宇和島人らしい。現代という社会は、このような宇和島型のひとたちで支えられていることを、つねに恩として感ずるのである」

一緒に竹で背中を伸ばした浜田さんに送る、最後のエールとなった。

江南のみち／雲南のみち

中国雑感

司馬さんは『街道をゆく』の旅で、精力的に中国を歩いた。

蘇州、紹興、寧波などを訪ねた「江南のみち」(一九八一～八二年連載)、雲南省と四川省を訪ねた「蜀と雲南のみち」(八二年)、そして福建省などを訪ねた「閩《びん》のみち」(八四年)の作品が残っている。「江南のみち」の冒頭に司馬さんは書いている。

「古代中国というのは、文明の巨大な灯台であった。東アジアの周辺の諸民族は、古代、大なり小なり、その光を光被し、それぞれ独自の文化をつくってきた。その例として、朝鮮がある。あるいはベトナム、また日本がある」

日本は奈良時代や室町時代、中国から大きな影響を受けた。文化の原形を見ることが、旅の目的の一つでもあった。

司馬さんの尊敬する友人の一人に、元大阪外国語大学学長の伊地智善継さん(八一)

がいる。中国語の大家で、司馬さんは折に触れて伊地智さんに手紙を書いた。手紙と作品から、中国への思いをたどりたい。

司馬さんには『長安から北京へ』（七五〜七六年連載、中公文庫）という作品がある。高度な政治性に溢れた作品で、司馬さんはのちに四人組、姚文元氏にまで会っている。「あたらしい中国では、政治があらゆる価値の上に立っている。このことはわかりきったことでありながら、政治や政治家をとくに尊敬する習慣を持ちあわせていない私をしばしばとまどわせ、ばかばかしく思うことが多かった」（『長安から北京へ』）というくだりもあり、司馬さんの現代中国へのいらだちがストレートに伝わってくる作品ともなっている。

これに比べ、『街道をゆく』の旅に政治的な緊迫感はない。わずかにそれを感じさせるのは、「江南のみち」「閩のみち」に登場する魯迅の存在だが、きわどい話にはなっていない。伊地智さんへの手紙の中にも、魯迅について触れたものがある。

『伊地智善継・辻本春彦　両教授退官記念　中国語学・文学論集』拝受して、甚だ感動いたしました。造本のりっぱさ、諸先生方の先生への敬慕の心のつよさ。私自身、先生を尊敬するひとりとして、お仲間に入れてもらったよう

なうれしさでした。

論文の内容は、小生にはむずかしすぎて（あたり前のことですが）読めませんが、「文学」の部門はなんとか食いつけました。柳浦杲氏の『魯迅と厨川白村《くりやがわはくそん》』は、蒙《もう》をひらかれました。寡聞にして、魯迅が白村に関心があったことを知らず、小生の粗末な魯迅像がおかげでふくらみました。（以下後述）

八〇年三月四日

『東方中国語講座』ありがとうございました。太湖を六時間かけて周航されましたこと、うらやましいしだいです。（中略）紹興に小生もとまりました。（中略）季節は、屋根のカワラの間にはえる雑草が黄色い花をつけるころで、その雑草とカワラの配色がじつにきれいでした。「あれは何という草ですか」「瓦流草《がりゆうそう》です」ということでした。魯迅の生家は、民家として美しく、じつにありがたい旅でした。ご配慮いつもいつも痛み入るのみです。

孫文の記念館の講演の件、考えてみます。数日後に、先生御宅にお電話仕ります。台風一過、爽秋のにおいがあります。くれぐれもお身お大切に。

八四年八月

司馬さんは「江南のみち」で魯迅の故郷・紹興を歩いている。

紹興は「紹興酒」で知られるが、司馬さんは建物に関心を寄せている。

「(紹興の町には、赤や黄で塗りたてるような、いわゆる中華趣味がすくないのではないか)

という、勝手な思いが、いつのまにかできていた」(以下引用は「瓦流草」)

中華趣味とは、赤い円卓、中華そばのどんぶり、明かりとりのガラスに描かれる二頭の竜といったもの。華僑の影響が大きいのではないかと司馬さんは書いている。

「……紹興に行って古い民家を見れば、あるいはちがった印象をうけるのではないかという期待が私にあったのは、多分に魯迅の作品からつくられたものだと思うのだが、ともかくも、自分の目でこの町のたたずまいをたしかめてみたかった」

魯迅の「故郷」

魯迅の生家を訪ねると、瓦の間にたまった土に短草が花をつけていた。これが手紙にある「瓦流草」で、門をくぐると石畳が続く。その両側には黒い柱で支えられた美しい白壁があった。

「母屋に入っても、この白と黒の色調がかわらない。黒い梁と黒い柱が、白一面の壁に、直線の力学構造を表現していて、およそ厭味というものがかけらほどもない。(中略)

地元の人が、いった。（中略）『紹興では赤や黄は好まれません。白と黒が好きなのです』」（猹《チャー》というけもの」）

いわゆる中華趣味について、本当は中国人も気に入ってはいないのではないか、と司馬さんは書いているが、伊地智さんは言う。

「いやあ、それはどうでしょうか。たしかに紹興に限らず、江南の地ではモノトーンが好まれます。それは日本人の美意識ともよく合い、昔から日本人は江南の風景に魅せられますね。しかし、それは江南は大河や湖などに恵まれ、緑が豊かなせいでもあります。北のほうに行けば行くほど、緑は少なくなり、乾燥していく。まるで色彩の変化に乏しい土地だと、僕らから見ればどぎついほどの赤や黄色が好まれます。

昨今の資本主義的な傾向が強まれば強まるほど、俗悪的な色彩は増えているようです。まあ中国に限らず、私も大阪の道頓堀なぞ、よう歩きません」

司馬さんは本来、中国人のデザイン感覚、色彩感覚は違ったものではないかと考えていたようで、やはり伊地智さんにあてた手紙には、そのことに触れている。

孔子廟、孔子の住んでいた里のそばのホテルで「筆架」一つお需《もと》めになり、それを小生に賜りましたこと、驚きかつよろこんでいます。

眭が蘇州文字であるらしいこと、このことにも御学識におどろきました。「二十

五」が何を意味するか小生にはわかりませんが、妄想するに、清朝末あたり、宮廷に納めるべき作品をつくる職人のしごとだったかと思ったりします。あるいは王朝が亡んだあと、土地の文人に頼まれてつくったものかもしれず、銀の色づき、七宝のほどのよさ、陽刻の丹念さ、とても現代のものではなさそうです。小生は玩物の癖がなく、猫に小判というべきものであります。

十九世紀末、世界的にはアールヌーボーが衰えはじめたころ、世界にも日本にもチャイナ趣味が流行ったときいています。世界の一流のホテルや第館に、等身大の中国製の花びんを置き、小品の花鳥の絵を額装することが流行したころ、日本の大正時代にこの波がやってきて、応接室のゆかをおとして土間にし、チャイナ風のイス・テーブルを置いたり、座敷には宣徳の火鉢、紫檀・黒檀の机を置いたりしました。

そのころ、ひょっとすると、この筆架がつくられたのかもしれません。筆架は、かといってヨーロッパへゆくこともならず、中国にとどまり、やがて魯のホテルにおさまって、伊地智先生のお目にとまったかなどと想像をたのしんでいます。

それにしても小生が拝受いたしますこと、恐惶至極《きょうこう》であります。

恐惶のまま、御礼もしどろもどろに。

七月十二日

手紙には色鉛筆で描いた「筆架」のスケッチが添えられていた。

さて、魯迅について、司馬さんは言っていたことがあった。

「魯迅では、『故郷』がいいね。わくわくするでしょう。スイカ畑を荒らす謎の動物が出てくる。『猹《チャー》』だったかな。それを刺又《さすまた》で追っかける閏土《ルントウ》というのも出てくる。いるね、ああいう少年。すばしっこくて、大胆で、仲間が憧れる。光り輝いているけど、残念ながらそれは少年の時だけなんだな」

『故郷』は、魯迅の輝くような少年時代の思い出とともに、明け渡しを迫られ、生家を整理するために帰郷した三十九歳の魯迅の心象が強く伝わる作品となっている。司馬さんは二度にわたって、『故郷』の冒頭の文章を引用している。

「ああ、これが二十年来、片時も忘れることのなかった故郷であろうか。

私のおぼえている故郷は、まるでこんな風ではなかった。私の故郷は、もっとずっとよかった。その美しさを思いうかべ、その長所を言葉にあらわしてみようとすると、しかし、その影はかき消され、言葉は失われてしまう。やはりこんな風であったかもしれないという気がしてくる」（竹内好訳）

さらに魯迅を悲しくさせたのは、大人になった閏土の姿だった。たくましい少年の面影はなく、もはや友達言葉で話そうとはせず、「旦那さま」と繰り返す。司馬さんもおそらく閏土のことを考えながら、生家や隣接する魯迅記念館を歩いていたことだろう。

それを人民服姿の館長が案内してくれた。

「……章貴というひとだった。（中略）終始笑顔で台所などを説明してくださったが、百草園にきてから、土地のひとが、『章貴さんは、閏土のお孫さんなのです』といって、私をとびあがらせた。中国の人事も、なかなか味なことをするようである」

古代への郷愁

「江南のみち」の旅を終えた司馬さんは、四川省（蜀）を旅し、さらに雲南省を訪ねている。

「雲南省は、僻地などというなまやさしいものではなく、天涯であった。すくなくとも、曹操の視野にはなかったようである。第一、漢語族のひとびとは住んでおらず、山も谷も湖もタイ語系やチベット語系の人達の天地であった」（以下引用は「古代西南夷」）

　少数民族が昔から好きだった司馬さんらしい旅となった。

「牧畜好きのチベット系をのぞいては、ほとんど稲作民族であり、いまもそうありつづけている。かつ魚を食べ、それも、刺身で食べる。その民族が日本人に似ていることで雲南省で稲作する少数民族が私どもの先祖の一派ではないか、という仮説は、こんにち日本の多くの文化人類学者から魅力をもって唱えられているか、支持されている。私も、そのように感ずる」

そうした少数民族の一つ、イ族の村を司馬さんは訪ねている。

案内してくれたのは、イ族出身の作家、李喬先生。

「イ族の村にゆく。しばしばふれたように、夷族、猓玀《ロロ》族、西南夷、昆明蛮、昆明夷、烏蛮などとさまざまによばれてきた民族である。私もイ族です、といわれる七十余歳の李喬・老先生は、面長で長身無髯《むぜん》、四肢ながく、チベット系であるところのイ族の特徴的な体形をそなえておられる」（「イ族の村」）

伊地智さんへの手紙の中には、雲南省の思い出、そして李喬先生についてのものもあった。

雲南省という、およそ古典的中国にとっては異国の観のある処へゆかれたとのこと、すばらしいことだと思います。小生も、あかるい赤土とやや暗いセザンヌ風のコバルト・ブルーがまじったかの地のことがさまざまに思いだされます。

成昆鉄道に乗られたとのこと、小生も遠見にその鉄路に列車の走るのを見て、おおげさでなく文明の偉容を感じたりしました。

十月二十七日

牧田英二氏の『イ族の作家・李喬』は、李喬氏を知る小生として、うれしい論文

でした。あの李喬さんがこんなにえらいひとだったのかと驚きつつ、最後に、「奇を衒《てら》わぬ素朴な語り口」という文章をよんで、作家としてだけでなく、李喬さんの人柄もそうだと思ったりしました。少数民族好きの小生は、雲南に行っても、少数民族ばかりを訪ねました。終始、李喬さんが案内してくれました。「ロロ族と称ばれるのも差別を感じる」と、氏は言いました。「ロロ族」は、文化人類学的には学術語なのですが、まずいことばが登録されてしまったものだ、と思いました。英語や仏語なら表音なのでいいのですが、漢字ですと、猓とか玀とかというまずい文字ですから、李喬先生のおっしゃるのは当然でしょう。李喬先生は七十前後、髪黒く、顎の骨はぶあつく、色白で、甚だしく反歯であられ、口蓋摩擦音のつよいことばが印象的でありました。作家としては、リアリズムよりも、ロマンがまずおありになるような感じをうけました。（後略）

八〇年三月四日

伊地智さんは言う。

「司馬さんは、中国に対してノスタルジアを感じておられたのでしょうね。紹興や蘇州の風景もそうです。雲南省の少数民族に対する愛情にも、司馬さんの古代への郷愁を感じます。

一方で、社会主義政権というものに対しては、なにかスクリーンを置いて見ていたような気がします。中国に何度も入って現実を見るにつけ、その傾向は強まったのではないでしょうか」

伊地智さんは大阪外国語大学を退官後、念願の中日辞典の編纂作業にとりかかった。終戦直後からカード作りを始めていたが、さまざまな事情で完成には至っていなかった。司馬さんから励ましも受けている。

辞典編纂、御目がつかれることと存じます。コンピューター編集というものの圧倒的な用紙量は、なんとか想像できます。

十分十分、御体力を貯えられて、仕事量にお負けにならぬよう、祈りあげています。

「現在、第三校の『Z』までできています。英語だとZで始まる言葉はほとんどありませんが、中国語はXYZがかなりあるんです。ですから九七パーセントぐらい仕上がりました。私はかなりいろいろな注釈をつけすぎまして、出版社の人には、『先生、百科事典をつくっていただいているんじゃないんです。中日辞典なんです』と、お小言も言われました。まあ、このごろはわかってくれているようです。始めてからかれこれ十八年になりますが、来年にはようやく完成しそうです」

と、伊地智さん。声は若々しく弾んでいた。

望郷の人々――「耽羅紀行」

ルビーの指輪、マルタの時計

司馬さんは一九八五年に「アメリカ素描」を読売新聞に連載しているが、その冒頭に魅力的な人物が登場する。

「『そうですか、アメリカへゆくんですか』——と、出発の前、大阪のキタの小料理屋で一緒に酒を飲んだひとが、つぶやいた。六十を越えた在日韓国人で、生涯、自他に対して誠実であろうとすることを思い詰めてきたような人である。若いころ政治に絶望し、晩年、よりどころを日本仏教の中の普遍性にもとめようとしている人でもある。むろん、アメリカとは縁のない人なのである。私はこのひとにむかい、アメリカをことさらに概念化して意見をのべた。（中略）このひとはながく考えてから顔をあげた。口から出たことばは、べつの主題のことだった。

『もしこの地球上にアメリカという人工国家がなければ、私たち他の一角にすむ者も息ぐるしいのではないでしょうか』

かれは、経済や政治の問題をいっているのではない。（中略）決してそこへ移住はせぬにせよ、いつでもそこへゆけるという安心感が人類の心のどこかにあるのではないか。（中略）これが、ただの日本人でなく、在日韓国人のことばだけに心にしみる思いがした」（「私にとっての〝白地図〟」）

この印象的なひとことを司馬さんに投げかけたのは、玄文叔さん。

玄さんは一九二二（大正十一）年生まれ。五歳の時に済州島から日本に渡り、生涯、故郷を考え続け、九八年に世を去った。司馬さんとは韓国・済州島を旅し、京都・花背山や和歌山・古座川で遊び、北新地で飲み明かした。

司馬さんの朝鮮半島への思いは深い。まず玄さんとの交友、玄さんの人生を通し、司馬さんの思いの深さをたどってみたい。

玄さんと司馬さんが出会ったのは八〇年。司馬さんは若いときから多くの在日の人々と付き合ってきたから、玄さんは遅れて来たニューフェースでもあった。司馬夫人の福田みどりさんは言う。

「思えば短期間のお付き合いだったのね。それにしては濃密で、司馬さんはもうごじゃごじゃになりながらも、玄さんを可愛がっていました。司馬さんのほうが年下なのにね。

愛さざるをえなかったという感じかな」

きっかけをつくったのは、みどりさんである。司馬さんは「耽羅紀行」の中で書いている。

「……大阪城内にある市立博物館で主として韓国の出土文物が展示される展覧会があり、家内をさそってその初日に出かけた。……ふりかえると、家内が、色白の婦人と抱きあうようにして話している」（「焼跡の友情」）

みどりさんと話していたのは、文順愛（文順礼）さん。玄夫人だった。

みどりさんと文さんは布施第三小学校の同級生で、二年生から卒業までを共に過ごした。その後は互いの消息を知らぬまま三十八年がたち、声をかけたのは文さんのほうだった。

「とてもお天気のいい日でした。主人と展覧会を見ていたら、赤いポロシャツで白髪の司馬さんが入ってきた。その後ろに目をやると、どこかで見たような人がいる。思い切って声をかけました。みどりさんのあのメガネ、小学校から変わってなかったんです」

みどりさんは驚き、司馬さんを引っ張ってきた。

「司馬さんは私の顔を見て、『ああ、ブンジュンレイさんですか』とおっしゃいました。どうして私の名前をご存じなんですかと聞くと、『私は彼女と結婚して二十年来、一日としてあなたの話を聞かされない日はなかった』とおっしゃったんです。そこで私はみどりさんが司馬さんの奥さんやと、初めてわかりました（笑い）。秘書なのかなと思ってたんですね。私も主人を紹介しました。主人は穴があったら入りたいみたいな顔してました」

学問にも恋愛にも凝り上げる

こうして夫婦そろっての付き合いが始まった。八五年元旦、司馬さんは玄さんに毛筆の手紙を書いている。

旧臘《きゅうろう》御無沙汰つづきにて、失礼よりも、小生淋しく存じ、いつか機会を、と思い思い、あらたまの新春を迎えることになりました。
もし、一月、二月じゅうに、よき日（一月下旬が小生つごうよろしく……）がありますれば、姜在彦《カンジエオン》御夫妻ともども、熊野古座川のほとりの明神（あるいは鶴川）なる在所の小さき家にお招き致したいと存じます。右の家は小生友人の建築家の故郷にて、その人のために（?）小生建てたる家にて、めったにゆかず、去年もついにゆかず、管理人（近所の人）をやきもきさせております。まことに押しつけがましく、勝手なことでありますが、おつきあいねがいませんでしょうか。もし御賛同

頂けるなら、姜在彦先生にもその旨、玄様から御伝言くださいませんか――と、このような身勝手なおねがいであります。

山峡の家にて俳句ぐらいはできるかもしれませぬ。天王寺駅発特急くろしおにて三時間、串本下車、クルマで二十分、山中へ。集合は、天王寺駅構内になります。できれば二泊は如何かとお伺いし奉ります。（近くに那智の滝があります。酒はたくさんあります。部屋も温かくしておきます）

司馬さんは玄さんと知り合ったことについて書いている。

「交友がかさなることを中国では老《ラオ》といってよろこぶのだが、玄氏と私とのあいだも、そういう密度が加わるにつれ、目がさめるような驚きとともにその人柄がわかってきた。……玄氏にいたっては、稀代といえるほどに自分に厳格な精神のもちぬしで、槍の穂先の上にお尻をすえて坐禅をしているようなひとだった」（「焼跡の友情」）

さて、玄さんは学問にも恋愛にも「凝り上げる」人だった。

玄さんは関西大学、同志社大学を経て、二十五歳で京都大学文学部哲学科に入学。戦後の学生運動の荒波の中、京大で社会学を学んでいる。この京大時代、同じ済州島出身の文さんと出会った。文さんは六歳年下で、大阪女子医大（現・関西医大）の教養課程に在学していた。

「終戦後まもなく、学生同盟というものができました。アメリカからの物資の配給がそこでもらえるんです。お米、油、砂糖にビールまでありました。それ欲しさに登録したところ、ある時、欠席していた主人への届け物を頼まれたんです。面識もないのにと思いながら、女の子二人で行きました」

届け物を受け取った玄さんは、下宿から駅まで送ってくれた。その間ずっとキリスト教を語り続けた。

「そのころ彼はクリスチャンだったんですね。初めて聞く話だったから、おもしろかった。そう言いましたら、次に会った時、紙に包んだキリスト教関係の本を貸してくれました」

本の中には手紙が入っていた。

「ラブレターいうほど甘いもんではありませんでした。カントがどうの、ヘーゲルがどうの書いてある、難しい手紙でした（笑い）」

以後、玄さんの攻勢は続き、結婚を前提にした交際が始まる。そのしるしにとルビーの指輪が贈られた。当時、玄さんはこう話していた。

「自分の専攻している社会学は新しい学問だから、アメリカに渡って勉強したい。勉強のため、一緒にアメリカに行こう。君もしっかり勉強しなさい」

文さんはその言葉に安心し、まだ結婚は先のことだと思っていた。

「まだまだ勉強がしたかったんですね。日本の社会でわれわれが生きていくには技能だけではだめで、やはり免許を持たないと通用しない。だから、一番知的でプライドが持てて、人に誇れるのは医者だと思っていたんです」

ところが玄さんは、自分が大学を卒業すると結婚を迫り、文さんに学校をやめてくれと言いだした。この時、文さんは大学予科の二年生。卒業だけはしたいと言っても聞き入れてもらえず、ついに頭にきた。

それまでにもらった物すべてを京都に下宿していた玄さんに送り返した。その中には、ルビーの指輪も入っていた。

「玄文叔氏の失意は、大きかった。ルビーをドブ川に捨ててしまおうとおもい、何度も拋《ほう》ってみようとしたのだが、そのつどコブシがひらかなかった。ルビーが惜しいわけではなかったが、ルビーを手に入れるまでの苦労が、コブシをひらかせなかった」(「俳句『颱風来』」)

しばらく行き来はなかったが、文さんの予科卒業を待っていたかのように、玄さんから再び連絡が来た。こうして二人は結婚することになったのだが、福田みどりさんは言う。

「何度も別れようと思ったみたいだけれど、そのつど文さんはお母さんに言われたようね。『あなた本当に別れるの? あの人と別れたら大変よ』」

いつでも真剣勝負

玄さんは、当時としては珍しい「学生起業家」でもあった。

まだ闇市時代の大阪・梅田に洋書古書籍店を開いて成功した。四人兄弟の長男で、三人の弟たちは大阪市内で時計店を営んでいたが、学生だった玄さんが「会長」格でもあった。司馬さんは書いている。

「……苦学などというようななまなかなことはできなかった。自活せざるをえなかった。それが、その後の商いの基礎になり、こんにち堅牢で第一級の信用を築くにいたったのだが、一面、自足せず、商人である自分に苦味を感じつづけてきたように思われる」（「焼跡の友情」）

五九年に一番下の弟が交通事故で亡くなり、これをきっかけにして玄さんは時計・宝石店などの経営に専念することになった。しかし、文さんは言う。

「商才はあった人でしたが、商売人と言われるのが一番嫌い。『それでも商売人か』などと言われると、『ワシは商売人じゃない』と火が出るように怒ってました。飲みに行ってホステスさんに『この時計いくら？』って聞かれると、『そんなこと知らん！』って」

玄さんは国庫から援助の出る特別研究生として大学院に在籍していたこともある。学問への情熱は、いつまでもくすぶっていたのだろう。

そういう人だから、司馬さんと語り合える関係になったことが嬉しく、また司馬さんとの付き合いには懸命になった。文さんは言う。

「主人は真剣勝負をしていたつもりだったのでしょうね」

司馬さんは書いている。

「諸事、入念で、たとえば、以前、『空海の風景』という拙著をさしあげたところ、文順礼夫人によると、読むのに一年かかったらしい。なにしろ引用があれば、いちいちその原典をもとめてきて、ぜんぶ読んでから、おもむろにつぎの行へ読みすすむのである」(「神仙島」)

その「真剣勝負」にこたえるように、玄さんへ贈った『空海の風景』の上巻の扉に、司馬さんは書いている。

長江のはるか上流にて固有タイ語系の人達稲を育て、やがて中流に展開す。七千年前也。春秋の人は米を食う長江流域の人を荊蛮《けいばん》とよび、戦国の人はこれを楚《そ》とよぶ。下流については、呉、越とよぶ。呉越の人、長粒米を提げて朝鮮にゆき、やがて北九州に来る。二千数百年前なり。この三国は同種の盟友にして争ふべからず。

空海あり、長安に学ぶ。奇とすべきは、空海の教養にプラトンありと思はざるを得ざることなり。四海同胞。これは魏《ぎ》の曹操の子の曹丕《そうひ》のことば。

司馬さんに手紙を書く時も、下書きをして清書までずいぶん時間をかけた。思いが募って枚数が増え、便箋三十枚に及ぶこともあった。そういう手紙を受け取った司馬さんがぽつりと、

「これは『論文』やな」

もちろん「被害」は司馬さんにとどまらない。なんといっても玄さんにとって文さんが一番弟子。玄さんは文さんに対してよく「講義」をした。

「平素、家居しているときは〝受講者〟は夫人である。夫人がうっかり居眠ったりすると、鉱石ラジオのヴォリウムがあがる」（「故郷」）

時事問題もよく「出題」された。文さんがよくわからないと言えば、玄さんの解説が始まり、それこそ一晩じゅう語り続けた。玄さんはよく言っていた。

「なんで水道の水は出るんや？　それはな、そこまで水がきてるから出る。知識も同じで、人に聞かれたことが答えられるだけ知っているから、答えられるんや。だから、勉強せないかん」

外食の時も講義は続く。玄さん夫妻の向かい側に座っていた人が立ち上がり、聞いて

きたことがある。

「失礼ですが、ご夫婦ですか、不倫ですか」

文さんは言う。

「その人は常連の弁護士さんで、どう見ても普通の夫婦には見えなかったんですって。お店の人にも『あれは師弟にしか見えない。だから不倫じゃないか』って言ってたそうです（笑い）」

九三年、司馬さんが文化勲章を受章し、玄夫妻は、司馬さんに記念の時計を贈った。司馬さんも、まもなく礼状を出している（十二月九日）。

今度ハ拙者身辺ノ一事ニ対シ分ニ過ギタル禮ヲ賜ハリ、アマツサヘ、高価ナル記念ノ御品ヲ頂戴仕リ候事、言語ニ及ビ候ハズ、這事、重ネ重ネ御禮申上候

浪華東郊住　遼太郎

高価なる時計一顆、なんとも御礼申しあげることばもなく、なにやら寒書生が明治の紳士になったような趣にて、恐惶そのものであります。

さらには、御使者二人、玄関に進み出、口上、三方、目録、ことごとく室町の武家礼式どおりの礼を用い下され、家内も仰天、まことに野人にふさわしからぬ御慶

を頂戴仕りました。小生、無知にして、この世にこのようなよき時計があるとも存ぜず、「マルタ十字」に驚き入りました。

新約「ルカ伝」のマリアの姉に聖マルタがいて、イエスはこの家庭のひとたちを深く愛していたということを、かすかに記憶しています。イエスが、何とかという人を蘇生《よみ》がえらせるために危険を冒してゆく途中、その家に寄ると──ひかえめな「ルカ伝」のマリアは出てきませんでしたが──姉のマルタが出てきて、優しく応接したということだそうで、内省的なマリアもさることながら、人を接待して人の心を明るくさせるマルタの人柄には、つよい印象を覚えます。

初期キリスト教徒のうちのこの二人の女性のうちのマルタの名をとったのが「マルタの十字」とすれば、深い暗喩を感じます。大航海時代、日本にきたポルトガル船やスペイン船は、帆にたしか「マルタの十字」を赤く描いていました。聖フランシスコ・ザビエルを日本に運んだイスパニア船の帆も、「聖マルタの十字架」だったかのように思います。

深き御心持ちを拝受致しました。

右、かすかに言葉をのべて。

「使者二人というのは、うちの店に勤めていた女の子なんです。きまじめな子でね、玄関先でお伝えするために原稿を書いていたんですね。『そんなに硬くならなくても、司馬先生は気さくな人だから大丈夫よ。きっとお笑いになるわ』と言って、送り出しました。このお礼状が来て、二人に渡したら、家族に『お前はえらい使いに出してもらって』と褒められたそうです」

と、文さん。マルタの時計をもらって恐縮しきりの司馬さんの顔が浮かんでくるようだ。

孤高のソンビ

司馬さんの友人、玄文叔さんは、厳密、律義、そして愛すべき頑固者だった。

一九八五年十月、玄さんの故郷・済州島を「耽羅紀行」の取材で訪れた時のことを司馬さんは書いている。

「路傍で民家を眺めていたとき、玄文叔氏はすこし離れた場所にしゃがんでいた。そこは休耕地のような場所で、やがてこの人は土を掘りはじめた。かつて私に、この綿密な人は、――済州島は三〇センチ以下は岩盤です。と教えたことがある。その責任上、ずっと土を掘っているのである。掘りおえると、すぐ埋めもどし、『やはりざっと三〇センチでした』と、いった。感動的な性格だった」（「石と民家」）

玄さんは大阪市北区で時計・宝飾店を営んでいた。夫人の文順愛さんは言う。

「司馬先生が突然、『やあ、こんばんは』って店に立ち寄られることがありました。主人が、『先生、帰りに寄ってくださいね』と言うと、リクエストに応じてくださったんですよ」

大阪の北新地でよく飲んだという。ある時、司馬さんが一緒にいる文さんにぽつりと言ったことがある。

「玄さん、しんどいやろうなあ」

済州島から帰って数年後、玄家にとっても、司馬さんにとっても、「しんどい」問題が起こった。

玄さんは一男四女に恵まれた。しんどい問題の主人公となってしまったのは、長男・昌国さん。

昌国さんは、灘高校から東京芸術大学彫刻科に進学した。司馬さんは昌国さんの入学を喜び、陶芸家・八木一夫の作品を贈っている。

その後、芸大大学院へ進学した昌国さんが、日本人と結婚したいと言い出したのである。相手は芸大で日本画を学んだ女性。文さんは言う。

「主人にとって、一人息子が日本人と結婚するということは考えてもみないことでした。ですから大反対を始めたんです。司馬先生には、そのことを悩む主人がご迷惑をおかけしました。

電話で相談をするでしょう。主人は延々と自分の意見を話すんです。すると司馬先生、

『玄さん、ちょっと待ってな。しばらくしてからかけ直すからな』。みどりさんに聞いたら、受話器を置いた途端に司馬先生、『何かビタミン飲むわ。こんなシンドイ電話しらんわ』とおっしゃったそうです（笑い）」

玄さんは日本人が嫌いなのではない。一九二二年生まれの玄さんは、五歳で日本に来て、子供のころ洋服地の運搬屋へ丁稚奉公に出たことがある。店の朝食は、箱膳に載った芋粥だった。

「だからでしょうね。お皿にも凝るし、食事は目で食べるというほうでした。和食が好きで、キムチや焼き肉はあまり好きではなかった」（文さん）

京都大学文学部哲学科で社会学を学び、その後、事業家となってからも常に「勉強家」だった。仏教を学び、俳句を詠み、和服を好んだ。司馬さんは玄さんを評して言った。

「日本人よりずっと日本人やな」

そんな玄さんなのに、結婚となると「日本人」に拒否反応を起こし始めたのである。

司馬さんの説得が始まった。

まず司馬さんは玄さんに、その女性と会うことを勧めた。在日の友人からも、

「日本人だから反対というのは人種差別じゃないのか」

と言われた玄さんは、文さんと一緒に昌国さんたちと会うことにした。

「ホテルのロビーで待っていた二人を見た途端、主人の顔つきが優しくなりました。気に入ったんでしょう。食事しようと言いだして、結婚については何も言わず、二人を東京へ帰しました」

玄さんに届いた「論文」

玄さんは二人の結婚を認め、話が進んだ。ところが、しばらくすると一転、結婚式には出席しないとまたゴネはじめた。司馬さんは、そんな玄さんに長い手紙を書いている。

書生風の手紙です。用箋を用いず、原稿用紙などをつかって、失礼なことでありますが、お気軽にお読みすてくださるように、かくの如くであります。相変わらず文字もきたなく、玄家の皆々様にくらべてはずかしき極みです。

ひさしぶりに御奥様に拝顔仕り、うれしくさまざまなお話をいたしました。小生、冒頭のように、生涯書生をもって生きてゆこうと（大人になるまいと）思っておりますので、友人とのつきあいも、友人のみが友人であって、友人の御家族は友人にあらずと思ってきましたが、玄家については深く深く例外にして参りました。なぜ

なら、御子様の皆々様が大型で、すばらしい個性と能力のもちぬしばかりであられますので、小生にすれば、自分の友人のごとく（当方、老いていて、ご迷惑のことですが。ただ、小生は、若い人については、自分との年齢差を考えたことがありません。小生は、自分の特技？は漢文だと思っていますものの、およそ儒教的ではありません）思って参りましたので、御令息の東京芸大助手任官についても、うれしくわがことのようによろこびました。

御奥様御来駕（きょうの午後のことです）のせつも、くりかえしそのことをのべ、「あの人は、大きな人生を持たれるでしょうな」

と申したりしました。

席上、家内ともどもよろこびあううちに、御奥様、ぽろりと、〝こんなことをいうのは何ですが〟という物柔らかな前置きとともに坊ちゃんの御縁談について話されました。さらには――漢文風に申しますと――家大人甚ダ快カラズ――というお話をされました。小生たちへのお心許しの証拠と存じます。

玄大人の御不興察するにあまりあります。それこそ、dignity というものであります。小生、数年前、日本のある女性随筆家の本をよんでいまして、その人がニューヨーク滞留中、アメリカ人の男性と結婚した前後のいきさつが書かれているくだりに、北海道の父が断固反対して、ついにそのアメリカ人亭主といまなお会おうとしていない、ということが書かれていました。そのアメリカ人男性は、かれの女房のその父につき、

「それが、ディグニティというものだ」

と、尊敬をこめていうくだりがあります。最高の讃辞らしいのです。小生の英語単語では、dignity は単に「威厳」というだけの意味ですが、英語では、こういう場合（北海道の実父の精神）最高の人格評だそうです。the dignity of sentiment 心情の気高さ、ということだそうです。頑固ということでなくて。

その人物（北海道の実父）が、自分自身を造りあげてきた精神そのものが娘の結婚を拒んでいるのです。功利的にあらず、見栄にあらず、みせかけにあらず、そんなものとはまったく別な場所で、たとえば何万年前から北極海にうかぶ氷山のように、原理的、体系的な結果としてこばんでいるのです。精神のもっとも輝ける結氷として、もはや仰ぐほかなきものとして、それをことばであらわすとすれば、ディグニティである、というのです。小生にも、他の面では、ディグニティがあるかと思っていますが、とてものこと玄大人にはかないません。人間の高貴ということは、そういうことであろうかと存じます。

小生は、その尊貴にふれようとは思いません。ただこんどの場合、すでに御令息

は一人前以上の人物であります。

芸術家として、美学者として、すでに父君とはちがう世界におられて、その世界で独立した人格をもっておられます。また、父君の容喙《ようかい》不能の世界でご自分を確立されたればこそ、こんにちがあり、未来があります。どんなに大きな未来であるか、小生の想像もつきませんが、小生には、かすかながら予感ができ、その予感は、小生をさえ心ふるわせるような感覚のものであります。後生まことに畏《おそ》るべし。（ご存じのごとく『論語』「子罕《しかん》」のくだりのことばです。小生は若いころ、このことばを曲げて自分につかって、年長者のむれのなかでやや屈辱的な目に遭ったとき、後生可畏、とつぶやいてみずからを慰めました）

文さんは言う。

「息子が、結納はしない、東京で挙げる結婚式も自分の友人と知人だけを呼ぶと言いだした。主人は、『勝手にしろ。結婚式には出ない』と怒ったんです。それを聞いて向こうのご両親がいらしたんですが、あちらも若い者に任せましょうということでした。そのことを司馬先生にお話ししたんです。結納はともかく、式には主人の友人・知人を全員招いて、息子をよろしく頼むとお願いしたかった。それもできないのが悔しかったんでしょう」

司馬さんの手紙はさらに続く。

英国では、いまなお、二十歳をすぎた青年が、母親と一緒に家さがしをしていますと、だれも家を貸さないそうです。自立なし、と見るからです。又、娘が二十歳になると、家を出てゆきます。息子も、同様です。何も英国がえらいのではなく、鷹や鷲の世界もおなじです。ヒナ鳥が大きくなると、母親が巣から追いだします。育ったヒナは、他の谷に、自分だけのエサ場をみつけるべく飛びたちます。玄大人のお得意な英語の independence とは、本来、動物の世界のほうが先輩で、それが、十七、八世紀以後、プロテスタント化した英国の精神になったことはいうまでもありません。プロテスタンティズムが、オランダ、英国、ドイツ、十九世紀のアメリカを勃興させたことはいうまでもありません。マックス・ウェーバーが明快にそれを指摘したことは、ご存じのとおりであります。

それまでのカトリックは、清朝までの中国のように一族がかたまってくらしていました。依存しあっていました。インデペンデンスがありませんでした。カズノコの卵のようにびっしりと教会に頼り、一族に頼ってかたまっていました。

キリスト教学に通暁しておられる玄大人は、カール・バルトのプロテスタント神学をよくご存じだと思います。神はその個人に垂直にきているのです。神に対して人間はマッス（この場合、家族でしょう）として参加しているのではなく、個人に、一人一人に、一人のみに、垂直にかかわり、その個人が常住坐臥《ざが》、神に監視され、神と交信し、神のことばを基準にして言動するのです。バルト博士はご存じのようにスイス人でしたが、西洋が、スペイン、ポルトガルなどカトリック国を置きざりにして勃興したのは、マックス・ウェーバーやバルトのいうごとく、個の全き責任（神への。社会への）の精神によるものでありました。このとき、東アジアの儒教社会は、カトリックとともに、ヨーロッパに負けたのです。

日本も、変わりつつあります。こうも、悪しき差別社会が、すこしずつ変わろうとしているのです。在日韓国・朝鮮人に対して、小生のように、敬意とあこがれとロマンティシズムをもっている人が、大きくふえつつあります。

「日本文化を自分ほど理解している者はいない。しかし、それとこれとはべつだ」という玄大人のことばも覚えています。どうやら、〝それとこれとは〟というくだりは、あのころからでさえ、大きく世が変わって、無用のことばになってしまっているようです。

また、ご令息が灘高に通っていらっしゃったころ、ある朝、朝食のときに、突如、〝自分は時計屋なんぞ継がんぞ〟といわれたとき、玄大人がとびあがってよろこばれ、

「お前はえらいやつだ」

といわれたというお話もおぼえています。玄大人は、御令息の independence をよろこばれたのであります。鷲であることをよろこばれ、それを、バルト的に、マックス・ウェーバー的によろこばれたのであります。

小生、何をもって喋々しましょう。以上の小生のことばは、すべて玄大人の思想でもあります。

この手紙、玄大人にのみ読んでいただきたい小生の「論文」であります。でありますが、この問題にかかずらわってこられた御奥様、御嬢様にも読んでもらってください。小生の心血のことばであります。

八九年十二月二十四日

長い手紙を司馬夫人の福田みどりさんに見せたところ、

「あの人、本当に力こめて玄さんと付き合ってたのねぇ」

と、感心しきりだった。そして、文さんは言う。

「商売人と言われるのが主人は嫌いでした。ですから、店も自分一代で終わりにすると言っていました。息子が店を継がないと言った時、『いまから親の仕事をあてにしてたら大成しない。さすがオレの子や』と喜んだんです」

生き辛く生きる現代のソンビ

司馬さんは、式が近づいているのに首を縦に振らない玄さんを気遣い、共通の友人である姜在彦・花園大学教授にこんな手紙を速達で送った。

お手紙ありがとうございました。

玄昌国氏の結婚式、押しかけ参加なさるとの御事、ほっといたしました。小生の資格も、押しかけ参加かと思います。いまだに招待状が来ておりませず、また招待状を出すということは、玄大人の論理に適合せぬことでありますから。（小生に招待状を出せば、玄大人の他の日本人の友人のすべてに招待状を出さねばならなくなります）

まことにこのたびのこと、玄文叔という人に遠き世のソンビを見た思いでありました。

どうして玄さんがそうなのか、仰ぎ見る思いでいつつも、不思議の感慨がずっとつきまといました。五歳で日本に来、長じて韓学を学ぶことなくふつうの高等教育をうけた人でありますのに、どうして道学先生のようであるのか、ぼう然とする思いでありました。基礎に李朝士大夫《したいふ》の哲学があって、いかにも論理もまたそうでありました。アリストテレスをいい、ヘーゲルを言う人でありますが、一筋の長い縄（論理）をとりだしてきて、他の思想や論理をよせつけず、かといって他を傷つけず、ついには一筋の縄で自分自身を縛りあげて行ったあたり、声をあげて讃えたくなりました。

「玄さんは、正しい。一分のすきもなく正しいです」

と、小生も申しあげました。正しいだけでなく、卑しからず、まことに諸欲についても無垢で、この問題についての玄大人の精神は、米を研ぎこんで、研ぎに研いでついには水晶のように透きとおらせてしまうといった観がありました。

が、なにものをも生産しませんでした。御家族の中で孤立（愛を持たれつつも）し、さびしげでありました。遠き世の士大夫もこうであったかと、ほとほとあきれながら思ったのは、このことであります。

りっぱなものでありました。

さらには、お苦しかったろうと思います。

金源植さんや姜在彦さんをよべない結婚式というのは玄文叔においてありえない、というのが、基本としてありました。

「その御両方《ごりようかた》をおよびすれば、それにつながる人々として数十人およびせねばなりませんね」

と小生がいいますと、

「そうです」

だから苦しかったのでしょう。

「ボーズはまちがっています。人間はつながりの中で生きているのだということを拒否しているのです」

こんな話を（玄さんの一方的な演述を）一晩二時間ずつ、二回ありまして、当方もくたびれましたが、気持ちのいい音楽をきいたあとのように、いい余韻がのこっています。

小生は、玄昌国的な考え方の人間であります。しかし玄大人は小生に対して「あなたはまちがっている」とはいわず、「自分の考えはこうだ」ということのみをおっしゃいました。それはみごとなものでありました。

東京でお会いできる日を楽しみつつ。（中野区の先方のお宅までお邪魔しました〈玄御夫妻のおともをして〉。先方の両親はまれにみるほどに立派な方々でした。お嬢さんも、いい感じでした。昌国氏の舅姑、嫁としてふさわしい人々でした）

九〇年三月十六日

司馬夫妻と姜在彦さんが「押しかけ」出席すると聞いて、玄さんはついに観念した。文さんは言う。

「『お二人が行ってくださるのに、自分が行かないというわけにはいかん』って（笑い）、腰を上げたんです」

九〇年三月二十九日、東京・目白の教会で結婚式は始まった。それでも式の最中、家族は心配しどおしだった。

「ちょっと席を立とうものなら、帰ってこないんじゃないかって、ずっとヒヤヒヤしてましたね。

子供たちに、『お母さん、お父さんと結婚しなければ、もっと精神的に優雅な生活ができたのに』とよく言われました。私も、『そうしたら、あんたたちは生まれてなくて、お父さんで苦労することもなかったわね』と答えてました（笑い）。だから、司馬先生が姜先生に書いた、『愛を持たれつつも家族の中で孤立し』というのは正しいんです」

司馬さんは、「ソンビ（士）」についてこう書いている。

「ソンビとは、きわだった精神のもちぬしのことをいう。（中略）朝鮮精神史をごく感覚的に見て、ごく一部ながら病的なほどに自分の節操をまもり、骨まで透けるほどに自己を清らかにしてゆきたいという、他国には見られにくい精神の流れがある。……日本人や中国人の大方からみれば、まことに生き辛く生きている」（「俳句『颱風来』」）

国籍の壁

司馬さんは「耽羅紀行」の中で書いている。

「私にも、若いころからそこへ行ってみたいという念願の地があった。（中略）残るのはアイルランド島とハンガリー平原と済州島である。（中略）あれやこれや考えているうちに、アメリカにゆくことがあり、数週間の旅は気骨《きぼね》が折れた。帰国したあと、その反動のように、アジアのどこかにゆきたいという渇《かつ》えがおこり、もはやこれは済州島であらねばならぬと思い決めた」（「常世《とこよ》の国」）

常世の国とは、日本の古代人が憧れていた不老不死の仙境をいう。遠い海のかなたにあるとされていて、それは「耽羅（済州島）」のことだったのかもしれない。

その常世の国を目指し、司馬さんが済州島を訪ねたのは一九八五年。この旅には、済州島を故郷に持つ、姜在彦・花園大学教授（七三）も同行している。姜さんについて、司馬さんは書いている。

「姜在彦という名は、朝鮮音ではカン・ジェオンという。私は、このひとと知りあった十余年前、おぼえにくい異国の漢音を記憶するために、観世音《かんぜおん》という日本語に当てはめておぼえた。まことにこの場合、その当てはめどおりの霊験をこの名は与えてくれた」（「焼跡の友情」）

純粋な儒教の国の人

姜さんは言う。

「この年の正月、司馬さんの古座川の別荘に遊びに行ったんです。玄文叔さん、文順礼さんも一緒で、とにかく朝から晩までお酒を飲んで過ごしました。『済州島へ行きましょう』と僕が言ったのかもしれません。でも酔っ払ってましたからね、覚えてないんです（笑い）。ともかく済州島へ行くことになったわけですが、正直に言うと、あんな小さな島へどんな関心をもって行くのかと思いましたね。だってね、香川県くらいの大きさなんですよ」

もっとも、済州島と大阪は縁が深い。

「済州島出身者は大阪の生野区、東成区、司馬さんのおうちのある東大阪市に多く住んでいます。大阪に住む在日二十万人中、約六万人が済州島出身者です。もしかしたら司馬さんにはそういう関心があったのかもしれませんね」

戦前、済州島と大阪を連絡船「君が代丸」が結んでいた。この船に乗って、大阪の工業地帯へ工員として働きに来た人が多かったという。済州島への旅が近づき、姜さんは何冊かの本や雑誌を送った。さっそくその礼状が届いている（八五年八月二十九日）。

『耽羅研究』『季刊三千里』第六号コピーありがとうございました。さっそく読み、金允植氏に敬慕の心がおこりました。耽羅に独自の文字があったらしいということは、新鮮な驚きでした。古代段階でもあれほど人口のまとまった社会になると、文化の力の出方がちがうという感じでした。金石範氏の「済州島と私」もおもしろくよみました。

〝……それは奪われた人間の奪還、自分をもふくめた人間解放なのである〟という文章は心にしみました。人間の目的は人間の解放にある、という小生の唯一の歴史観、人間観に適《かな》うものでした。形而上《けいじじよう》的に自己を解放する人もあれば、形而下《けいじか》的に自己解放する人もあり、歴史にもし前進があるとすれば、そのことによるムーヴィングだと思います。

済州島に入ったのは八五年十月二十七日。翌日の朝のことだった。

「一階の食堂に降りてゆくと、姜在彦氏がいない。『市内にすむ親戚の長老たちの家々をまわっておられるようです』……当方が寝呆けているせいもあって、なにか、クリスチャンが教会にお祈りに行っているという感じにもうけとれた。（中略）よく考えてみると、儒教においてまっさきに長老の家にゆき、寿を祝うことは、クリスチャンが教会へ行って神に祈るのと、作法や手続としてはおなじと言えそうである」（「塋域《えいいき》の記」）

韓国の旅の重要なテーマとして、「儒教」がある。まして姜さんは儒教の専門家。その姜さんが韓国儒教の「サンプル」となってくれたことになる。姜さんは言う。

「あとで読んで驚きました。われわれにとって普通のことが、司馬さんにとっては異文化として感じられたことになります。日本と韓国の儒教は違うんだなと、肌で感じました。司馬さんはよく言うでしょ。

『イデオロギーは研ぎ澄まされれば研ぎ澄まされるほど不毛である』

これは当たってますよね。日本と朝鮮の儒教の違いは、日本の儒教は雑だということ。これは社会の寛容さにつながります。日本は何でも許しますね。迷信もあれば、神仏習合がある。西洋の思想も取り入れる。

ところが朝鮮半島の儒教は純粋なものです。違う要素を認めない。西洋と徹底的に対決する思想で、だから近代化が遅れたでしょ。イデオロギーは純粋を追求すると排他的になる。司馬さんの儒教は勘どころをつかんでいて、深かったですね」

長老に挨拶した姜さんは、父親の姜英彬さんの墓参りにも行った。一人で行くつもりだったが、司馬さんの発案で、同行者たちが追いかけてきた。姜さんは言う。

「あんまり賑やかで、父はびっくりしたでしょうね（笑い）」

装画の須田剋太さんは、その様子を絵に描いた。

「須田さんは熱心に描いてくれたんですが、あとで友人に言われました、『お前、死んだことになってるぞ』。父の墓なのに、『姜在彦氏の墓』と絵に書き込んであった。だから須田さんの絵の中で、僕は死んだことになってる。抗議したけど（笑い）、もう直らないんだ」

司馬さんは黙って見つめていた。そして、その光景について書いている。

「いまは、姜家は済州島に存在しない。長男の姜在彦氏は日本にあり、弟君はソウルにあって大学教授であり、妹さんはアメリカにあって大学の医学部教授の職にある。泉下《せんか》の姜公の子女はことごとくこの故郷にはいない。（中略）姜在彦氏も、石垣の上にのぼってきた。大役を果たしたひとの晴れやかさで、青空を抱くように大きく両腕をひろげ、『われわれ（姜家の子女）が、世界のどこに居ようとも、ここ（この墳墓）を中心にまわっているんです』と、いった」（「塋域の記」）

司馬さんの姜さんに対する思いは常に温かかった。『現代日本・朝日人物事典』のなかで、姜在彦さんの項目の執筆者にもなっていて、短い文章の端々に友情を感じさせる。

「姜在彦　歴史家　一九二六年、韓国済州市生まれ。一九五三年大阪商大研究科修了。六八年まで在日朝鮮人運動に従事、その後政治活動から離れ学究生活に。（中略）専門は朝鮮近代史・思想史。朝鮮に開化思想ありしやを仮説にし、精密に文献に当たってみごとに実証した……」

　姜さんは言う。

「私たち在日一世にとって、故郷というものはしんどい（笑い）。しんどいものでした」

分断された二つの祖国

四八年、朝鮮半島に大韓民国（韓国）と朝鮮民主主義人民共和国（北朝鮮）が成立。在日の人々にとって、国籍の選択肢が二つになった。主義の異なる二国に分断され、在日一世の人たちは数々の苦悩を味わう。

　自分の故郷と国籍がねじれてしまうケースが続出した。つまり、故郷は済州島でも国籍は朝鮮籍といった具合で、姜さんもその一人。

在日一世という立場で、朝鮮思想史を探究し、故郷を思い続ける。そんな姜さんにとって、国籍という壁との闘いが続くことになる。在日本朝鮮人総連合会（朝鮮総連）の幹部教育に携わった姜さんだったが、六八年、朝鮮籍のまま朝鮮総連から脱退している。

「六六年十月ごろから、朝鮮労働党史の講義が変わっていきました。金日成氏の個人崇拝にとどまらず、その神格化が始まった。私は歴史家です。この個人神格化による歴史の歪曲を認めることは到底できませんでした」

姜さんは激しい批判を浴びた。姜さんの古希を祝ってまとめられた『論集　朝鮮近現代史』（明石書店）の中に、「わが研究を回顧して」という姜さんの文章がある。この当時のことについて、姜さんは書いている。

「……例によって『総連』では『転向』した、『変節』したと組織的なキャンペーンをはじめた。（中略）私がもし『変節』したとするならば、『個人』への忠誠に追随できなかったこと、とりわけ個人神格化にともなう歴史の偽造に加担できなかったこと、このことに他ならなかった」

組織を通じて知り合った友人は離れていく。村八分の状態となり、姜さんは研究に没頭した。

『海游録——朝鮮通信使の日本紀行』（東洋文庫、七四年）の訳注者となったのもこの時代。司馬さんは書いている。

「十余年前からの友人だが、それ以前は平凡社の東洋文庫の『海游録』の訳者として知っていた。（中略）みごとな旅行記で、何度読んでも、そのつどあたらしい発見があるという本である。それにしても姜在彦氏の訳文がじつにいい」（「焼跡の友情」）

こういった研究が評価され、さまざまな大学に非常勤講師として迎えられることになる。北は北海道大学から南は琉球大学まで、大阪市大、京大、阪大など十数校で教えた。京大の文学博士となり、八五年からは花園大学の教授に迎えられている。

ところで花園大学といえば、臨済宗妙心寺派の大学である。仏教にはそれほど自信がなかった姜さん、司馬さんに質問したことがあるそうだ。

「韓国の仏教について理解したいと思うんだけど、宗派が多くて何を学べばよいのか、わからないんです」

司馬さんは、こう助言した。

「華厳宗と禅宗、これをやったらわかります」

姜さんは言う。

「それでも僕には何を言っているのかもわからないから、大学のある教授に聞いたんです。そしたら、『それは正解だ』という。司馬さんとお酒飲みながらの話が、僕には役に立ってる。勉強するつもりで話しているわけじゃないけどね（笑い）」

司馬さんも姜さんの飲みっぷりは好きだったようで、こう書いている。

「酒ということになると、姜在彦氏の酒は、とびきりあかるくて品がいい。ときどき歌が出る。むかしはやった旅ガラスとか何とか道中の歌で〝ど～せ、おいらぁぁは〟という歌詞が出てくる。〝やくぅざぁあの……〟と来るくだりでは〝やくぅじゃあの〟となる。ザが、どうしてもジャになってしまう。この名文家が、喋りことばになると、幼児のようにあどけなくなるから、言語というのはふしぎなものである」(「故郷」)

司馬夫人の福田みどりさんも言う。

「酔うと可愛い人でね、『白い家に行こう、白い家に行こう』って、そればかりなの。北新地のいきつけの店なのね。結局、姜先生、ぐじゃぐじゃになるまで飲んで、あとで奥さんに叱られることになるの。

そうね、司馬さんは姜在彦さんのことが大好きでした。難しい話をしたがらず、それでいて思想的には大変なご苦労をされた人でしょう。姜さんにはなにかもの悲しい風情もありますね」

おのれの故郷を見る権利

姜さんの国籍の壁との闘いは、八〇年代に再び大きなヤマ場を迎える。

八〇年五月、韓国・光州市で学生や市民と戒厳司令部の軍隊が衝突し、多くの死傷者を出した。「光州事件」である。この当時、韓国国内では旅行中や留学中に逮捕された三十人以上の在日韓国人が「政治犯」「スパイ」として勾留されていた。死刑宣告を受けた人もいる。

姜さんは八一年三月、友人で作家の金達寿《キムダルス》氏、考古学者の李進熙《リジンヒ》氏らと韓国へ渡った。

「この時はまだ朝鮮籍でした。当時の全斗煥政権に政治的に利用されるだけだと反対する友人も多かった。

しかし、私は思っていました。なるほど私は総連を脱退してはいましたが、総連の活動家として十七年あまり活動してきた。若い人たちに影響を与えてきた責任があると」

姜さんたちは、韓国マスコミからは「転向文人がソウルに来た」と書かれたという。

「韓国の新聞社の記者に言いました。

『転向という意味は、権力の圧力に負けて自分の考えを変えることだ。私は自分の意思でソウルに来ただけだ。おのれの故郷を自分の目で見て何がいけないんだ』

しかし、帰国してから、再び友人を失いました。書く場所も一時は失いました。それでも私は行ってよかったと、いまでも思っています。ソウルの現状を知らずに研究はできませんから」

その後、姜さんは、たびたび韓国を訪ねた。八四年には韓国籍に転籍した。

「妹がアメリカにいて、朝鮮籍ではアメリカにも行けません。朝鮮籍を固持する理由もありませんでした」

済州島への旅は、韓国籍となってからの旅だったことになる。その後、姜さんはソウル民音社から朝鮮語の著作も発表している。九〇年に司馬さんが書いた手紙は、そのことについて触れている（十月十七日）。

『西学史』お送り下さいましてありがとうございました。母国語での学術書刊行はおはじめてのこと、うかがってああそんなことだったのかと景色がひらけた思いでした。それだけに、一点一画もゆるがせにならぬようにと大変だったと思います。たれにとっても、故郷はおそろしいものであります。おそらく朝鮮語圏においても、この本は、将来たくさん引用されてゆく原典になってゆくと思います。歴史を経済で見、経済経済せずに人文のレベルに昇華させるというのは、姜先生が母校でなさった学問が基礎になっていることを思うと、人間は、物事をやりぬけば、過去のキャリアがすべてプラスになるものですね。在日人だったという、第三の視点におられたことも、学問にプラスでありました。

姜さんは言う。

「この本は朝鮮語で、韓国で出版したものですからね。故郷の人々が読むことになる。

内容がどの程度なのかわかってしまうから、ウソも通用しない。たしかに故郷は恐ろしい」

　でも、と姜さんは続けた。

「思想の問題で孤立した時、よりどころになったのは親戚だし、やっぱり済州島に行くと、一番ほっとしますよ。どこよりも開放的でね（笑い）」

　先に紹介した「わが研究を回顧して」は、アメリカの詩人ホイットマンの詩、「ある歴史家に」で結ばれている（岩波文庫　ホイットマン詩集『草の葉』杉木喬・鍋島能弘・酒本雅之訳）。

「過ぎ去ってしまったことを祝福するあなたよ、かずかずの民族の外面を、表面を、生命が外に現われ出でた姿を究《きわ》めゆくあなた、人間とは政治、集団、支配者、僧侶どもの被造物だと考えてきたあなたよ、わたしはアレゲニー山脈の住人、あるがままに、生まれながらの権利のままに人間を歌い、古来ほとんど外には現れ出でぬ生命の脈搏を、（人間がおのれ自身にいだく偉大な誇りを）、しっかり捉《とら》え、わたしは『人間性』の歌びと、やがて生まれてくるものの輪郭を示しつつ、未来の歴史を描き出していく」

　姜さんは青年時代、マルクス経済学を学びつつも、英文学が好きだった。へこたれない、不思議な明るさがそこにはある。

和して同ぜず

一九八五年十月、「耽羅紀行」でのエピソードから。済州島には西宮市に住む張準《チャンジュン》錫《ソク》夫妻も同行した。張さんは慶尚北道出身で、姜在彦さんの大学の後輩、玄文叔さんの友人。張さんは言う。

「旅の途中で司馬さんが、韓国の料理に少し飽きたんでしょうか、『張さん、僕は変わったものが食べたい』と言われた。何が食べたいんだろうと少し緊張したんですが、司馬さんは笑って、『カレーライスが食べたい』。そこで、カレーパーティーになったんです」

張夫人で済州島出身の金成順さんも、この夜をよく覚えている。

「玄さん、姜さん、うちの主人と酒飲みがそろった旅で（笑い）、毎晩酒盛り。あの夜の司馬さんはカレーと慶州法酒でご機嫌でしたね。モンゴルの歌を披露されていました」

済州島でどうしてモンゴルの「気分」になったのか。姜在彦さんは言う。

「済州島は小さな島ですが、大草原もあるんです。漢拏《ハンラ》山と海岸の農耕地帯との間にあり、司馬さんが、『島じゃないみたいだね。モンゴルの草原に立っているみたいだ』としきりに言っていましたね」

「耽羅紀行」には「森から草原へ」という章がある。

「草原に出た。なるほど、まわりを見わたしても海がみえず、モンゴル高原に似ている。（中略）草原に立って遠い小山《オルム》をながめているうちに、禅のことばの『父母未生已前《ふもみしょういぜん》の自己』という奇抜な表現を思いだした。……この形而上的表現をことさらに形而下的につかいたくもなる。ひょっとすると父母未生以前に自分はこの耽羅国にいたのではないか、という遺伝子が喚《よ》ぶような実感が、粘膜に濡れた感覚とともに湧きあがってくるのである」

済州島は十三世紀、元朝の直轄領だった。高麗を征服したモンゴル騎馬軍は、この漢拏山草原が気に入り、駐屯地とした。モンゴル兵たちは元朝が滅びたあとも土着し、済州島の人々に溶け込んだ。さすがに現在、済州島でモンゴルの痕跡を見つけることは難しいが、馬には残っている。

「十三世紀の大モンゴル帝国の馬は、済州島にだけのこっているといっていい」（「モンゴル帝国の馬」）

司馬さんはさらに書いている。

「ツングース語というのは、言葉のくみたてが、朝鮮語に似ている。発音もやや似ている。日本語ともくみたてが似ていて、その点からいえば、日本語およびモンゴル語、また朝鮮語もともどもにウラル・アルタイ語族に組み入れることができる。まことに民族間の交流ということからいえば近代は卑小で、古代は雄大だったといえなくはない」

（「森から草原へ」）

姜さんは言う。

「司馬さんの朝鮮への思いは温かく、そして辛口でもあります。朝鮮は儒教の国でしょ。中華を尊び、夷狄《いてき》をばかにする。周辺の異民族を一段下に見てきた。異民族で、ツングースの女真族が清朝をつくった時は困ったが、それでも自分のことを『小中華』と言って、清国を夷狄視しました。ところが、司馬さんは『朝鮮も日本も同じツングースじゃないか』と。同じ遺伝子によってつながっていると言う。そう言われると、朝鮮人はプライドを傷つけられたような気持ちになるんです（笑い）」

雄大な古代では、「国籍」など問題になることはなかった。しかし近代にあって、「国籍」は大きな、厄介な問題であり、姜さんはまぎれもなく当事者だった。

前回も触れたように、姜さんは済州島に生まれ、戦後に日本に渡った。朝鮮近代史・

思想史の研究家であり、

「李氏朝鮮は、儒学のなかでもっともイデオロギー性のつよい朱子学を官学とし、他の思想をゆるさなかった。（中略）私など、若いころ、朝鮮ほどの思想文化をもつ文明国が、なぜ近代化への思想をもたなかったのだろうと思っていたが、それは無知で、堂々と存在し、思想家も多く出た。……それらのことを知ったのは、すべて姜在彦氏の半生の研究のおかげである」（「焼跡の友情」）

と、司馬さんは書いている。一方で朝鮮総連の活動家でもあったが、六八年に朝鮮籍のまま脱退。

「当時の韓国は軍事政権下にあり、言論の自由がない国でした。私は金日成を神格化する総連を認めることができなかったが、当時の韓国の政治体制も支持できませんでした。ですから朝鮮籍のままでした」

歴史家としての執念

時代の変化を見つつ、八四年に姜さんは韓国籍へ転籍した。

しかし、韓国籍になったことで、姜さんには新たな問題が生まれた。当時、韓国と中国は国交を正常化していなかったため、今度は中国に入国できなくなってしまったのである。姜さんは言う。

「私は自分の研究のために、ぜひ、中国吉林省の延辺に行こうと思っていた。延辺行きについては、司馬さんにずいぶん心配をかけました」

延辺は中国の自治州の一つで、朝鮮族が住む。旧満州（中国東北部）の間島省にあり、日韓併合以後、朝鮮半島から朝鮮族が数多く移り住んだ。満州事変以後、朝鮮族の抗日パルチザンの拠点にもなった。金日成もかつては延辺など満州の抗日パルチザンの幹部の一人であり、ここでの活躍はいわば〝神話〟となっている。姜さんは当然、〝神話〟を認めない。

「金日成への個人崇拝と神格化で、満州での抗日パルチザン時代のことも真実が隠されるようになりました。例えば、その当時、金日成より上の立場でパルチザンを指揮していた人たちがたしかに存在しました。しかし、彼らの存在は無視され、北朝鮮の歴史から抹殺された。金日成の唯我独尊的な歴史ですね」

姜さんは続ける。

「幸いなことに、延辺にはパルチザンだった金日成を知る人たちが多く残っていました。彼らに会い、中国共産党が持っている資料を見たい。当時の抗日パルチザン、そして金日成の本当の姿を知りたい。これは私の、歴史家としての執念でした」

済州島から帰ってしばらくして、姜さんは司馬さんにも念願の延辺行きの話をした。

すると翌日、さっそく手紙が来た。

昨夜はおもしろかったですね。まことに心ゆくばかりといった楽しさでした。

さて、今日は用事のみ。

「延辺大学」

ときいたとき、びっくりしたのです。その前日、その地（吉林省延吉市・中国作家協会延辺分会）の作家、金学鉄という人から、お手紙をもらったばかりだったからです。早稲田の大村益夫教授がかの地に一年間留学（？）していて金先生と親しくしておられたらしく、同封して大村教授の手紙が入っていました。

金先生の手紙では、〝司馬さんの小説を中国訳ばかりで読んでいる、自分は日本語が読めるのに〟とあったので、気を利かせて（姜在彦さんにはごめいわくながら）本をさしあげようと思ったのです。

金先生には〝七月にわが畏友姜在彦博士がご当地にゆかれる〟旨書いておきました。

しかし、姜さんの願いはなかなか叶わず、話は進まなかった。司馬さんは落ち込んでいる姜さんを励ましている（八六年六月十一日）。

延辺ゆきのこと、金学鉄先生に会見できる機会をうしなわれたこと、かえすがえす残念に思います。おそらく御無念なことと存じます。しかし、いつか機会というものはやってくると存じます。

耽羅紀行、こんなに楽しく旅のことを書いた記憶は以前にありません。この紀行で、済州島のこと、朝鮮のこと、においだけでも他に伝えたいものだと思っていま す。

さらに一カ月後の手紙もある。

大村益夫教授から来翰《らいかん》あり、〝七月はじめに延辺の金学鉄先生からお便りがあり、司馬先生から著書をいただいたので御礼を申しあげてほしい、とのことでした。直接手紙を出しても問題はないはずですが、学鉄先生は以前着便はみなつくのに、発信した外国便はみな着かない時期がありましたので、あつものにこりてナマスを吹いている態でしょう〞とあり、又〝近代史の姜在彦先生は延辺行をことしは断念せざるをえないようです。韓国籍がひっかかっているようです〞とありました。さらに〝私は目下『延辺朝鮮族自治州概況』を訳しています〞ともありました。御来翰

と同じ朝だったので、おどろいて、このようにコレスポンダンスを致しました。信書のヒミツということではいかんことでしょうが、大村益夫氏は『三千里』にも、又他のことにも、すこしはお役にたつ方かもしれないと思いまして。延辺行のこと〝ことしは〟とあるのがいいですね。もうすこし運動なさいませんか。もしお役に立つようでしたら、小生も行ってもいいです。

八六年七月九日

姜さんは言う。

「結局、二年かかって、臨時ビザを出してもらい、ようやく八八年に延辺に行くことができました」

念願の旅の思い出

姜さんは抗日パルチザンの戦いのあとを歩き、資料や文献を収集した。金学鉄さんとも会うことができた。

「金学鉄さんは延辺の元老作家です。数奇な人生を送った人なんです。元山生まれで、中学生の時、朝鮮から中国に亡命し、朝鮮義勇軍に加わりました。山西省の太行山で八路軍とともに抗日戦に参加し、銃創を受けて捕虜となり、諫早《いさはや》刑務所で片足を切断しています。戦後に帰国して南から北へ、さらに朝鮮戦争中に延辺に移っています。戦後に北朝鮮に帰国した彼の戦友たちのほとんどが粛清されたと話していましたね」

北京や延辺で研究ばかりしていたわけではない。

「北京の人は『万里の長城に行かず、北京ダックを食べないやつは男じゃない』と言うんです。朝鮮族の人は、『白頭山を見なけりゃ男じゃない』と言う。だから、勧められるまま、やれることはすべてやってきましたよ（笑い）。熊の手だって食べました」

白頭山は、北朝鮮と中国の国境に位置する。「ナポリを見て死ね」と同じように、朝鮮の人は「白頭山を見て死にたい」と言うそうだ。さっそく姜さんは念願の旅の報告の手紙を書いた。受け取った司馬さんの手紙がある。

ぶじお帰りあって、ほっとしています。御旅行中、ふと思いだしては、どこをどのように歩いておられるかと思ったりしました。下痢をされなかったことは、大きなことでした。そのぶんだけ、愉快な心で朝鮮領域をご覧になれたと思います。白頭山の山頂に立たれたときのご感動はいかばかりであったでしょう。あの山ほど、朝鮮族の心そのものである山はありません。それにしても延辺・延吉の朝鮮人たちは、アジア人の模範のような人達であります。よく働き、他者を大切にし、自然を

よき心でながめ、人類を不幸にする無用の妄想をもたず、隣人に親切で、遠くからきた友人をあつくもてなし、別れるときは泣き、別れてからもその人のことを思い、そして毎日のくりかえしの仕事を厭わない。……さらには、古俗が、北・南・日本・ソ連よりもよく残っているだろうと想像します。金学鉄先生も、ご自分の大いなる余生を、老子の国のようなあの自治区で送られていることに、おそらく自足されていると思います。〝馬上少年過ぐ〟学鉄先生の若きころの御事歴や思想を、たんのうするほど聴かれたと思います。またまたの御拝眉《はいび》のときに。

八八年八月十七日

九二年、韓国と中国の国交が正常化した。姜さんも中国往来が自由になった。九三年、姜さんの延辺への執念は、『満州の朝鮮人パルチザン』(青木書店)という一冊の本に結実したのである。

姜さんはいま、朝鮮の儒教史についての本を執筆中だ。

「この本を生涯最後の仕事にしようと思うんだけど、書きながら、司馬さんはどう読むだろうと意識します。不思議ですね」

ソウルからさまざまな招きがあるが、最近は「年だから」と断ることが多い。

「アメリカで妹に会った時、大学や研究所にいる友人たちから、アメリカへの移住を勧められました。アメリカは実力社会だ。一年ぐらいの生活費は大学教授をしている妹に面倒を見てもらいなさいと。でも僕は行こうと思わない。だってアメリカには銭湯がないでしょ（笑い）。僕は銭湯に行って、その帰りに一杯飲み屋でお酒を飲むのが楽しみなの」

と、姜さんは言う。

九六年二月、司馬さんを追悼する姜さんの文章がある（二月十七日付朝日新聞夕刊）。

「私は必ずしも、その歴史認識のすべてについて意見が一致したわけではない。むしろ問題によってはかなりの開きがあった。にもかかわらず、お互いにひびき合うところで語り合い、『和して同ぜず』の長い付き合いであったことをなつかしく思う」

散歩から生まれた雑誌

京都市北区紫竹に高麗美術館がある。小さな美術館だが、中に入ると、高麗・李朝時代の磁器や民芸品など約千五百点がぎっしり詰まっている。

この美術館の表札を書いたのは司馬さんである。一人でこれらの展示物を収集した鄭詔文理事長の情熱にほだされたのかもしれない。司馬さんは高麗美術館の開設に深くかかわり、理事も務めた。一九八八年十月の開館の時、「高麗美術館によせて」という文章を寄稿している。

どの民族であれ、それが生きつづけてきたことそのものに、宝石のような輝きがあります。

たとえば〝低い土地《ネーデルラント》〟という国名をもつオランダは、高緯度にあってしかも土地

がせまく、従って人口も十九世紀にはわずか二百数十万人にすぎませんでしたが、しばしば他国に独立をおかされつつも民族の自尊をうしなわず、すぐれた文化をつみかさね、人類への大きな貢献を果たしてきました。

ユーラシア大陸という歴史空間を前にすると、茫茫《ぼうぼう》たる思いがします。それは、とほうもなくはげしい民族の興亡の歴史でした。

そのなかにあって、民族の自尊と、文化の積みかさねをつづけてきた国として、西方のオランダを思う場合、東方の韓国・朝鮮を思わざるをえないのです。

二千数百年を、よく凌いできたと思うほどに、その歴史は苦渋にみちたものでした。同時に、楽土の民としてののびやかな心の歴史をもきざんでもきたのです。

頭上ともいうべき北方に剽悍《ひょうかん》な素朴民族と域を接し、またもう一つの頭上として西方に中国という巨大な文明圏からの圧迫をうけつづけてきました。また、足もとともいうべき南では、日本という、十三世紀以後、活性化した文化圏と一水をへだてて境域を接してきたのです。

こんなにくるしい地政学的位置はないと思うほどですが、それでもなお、みずからを失うことなく、特異な文化を築いてきた点で、オランダとともに讃えられるべき国であり、民族であり、さらには文化であるといえるでしょう。

ごく主観的なことをいうようですが、韓国・朝鮮の文化には、朝鮮語でいうmŏt（モッ）でつらぬかれているような気がします。

私はモッを単に優美さ、しなやかさ、粋っぽい、といったことばに置きかえて理解していましたが、平凡社の『朝鮮を知る事典』のその項（金学鉉氏・担当）によりますと、もっと複雑なようです。

日本の〈いき〉〈わび〉やフランスの〈エスプリ〉などと同様、固有文化を象徴する語。

と、同項では言います。mŏtは〝芸術の諸分野における理想的概念〟らしいのですが、こまったことに（あるいは、考え甲斐のあることに）人によって定義がすこしずつ異なるということなのです。

たとえば、直線よりも曲線的で、しかもユーモアと遊戯の気分がある、といいます。さらには、同項によりますと「興に乗る無心の状態」という精神内容もまた、重要な要素であるようです。

同項は、こうもいっています。

〈自由・奔放〉のうちに、現象の〈真髄〉を感じ、人間実存の〈無限の飛翔〉を夢みる美意識といえるのではないか。

私同様の初心の人たちに申しあげたいのですが、韓国・朝鮮の美術品や民芸品を見る場合、私どもはまず自分の mŏt を、定義を自分なりに立てておく必要があるかもしれません。やがて多くの作品を見るにつけ、自分のなかの定義がこわれてゆく快感をまず味わうのです。次いで、こわれた定義を再生させ、さらにまたそれがこわされるよろこびを感じるというくりかえしから始めれば、いかがでしょう。

ついに不動の mŏt を確立したとき――私はそこまで至っていませんが――きっと一個の民族の本質と手をにぎるという劇的なことが可能かもしれません。さらには、手をにぎりえたとき、自分のなかの〝人類〟が、数センチでも丈高くなっているということを発見できるかもしれないのです。

となると、とりあえずこの美術館の発展を祈らざるをえないのです。さらには、利用者のみなさまの気分が、これらの展示品を見ることによって、よりさわやかになることも、願わざるをえません。

もう一つ、つけ加えます。これらを集めることに半生をささげた鄭詔文氏に、熱い敬意をささげたいということです。

李朝の壺との出会い

鄭詔文さんは一九一八（大正七）年、韓国慶尚北道醴泉《れいせん》郡憂忘里生まれ。家族とともに六歳で京都にやってきた。織物屋へ丁稚奉公に出て、小学校四年生で編入。小学校を卒業してからは、日本全国を働き歩いた。

四九年、当時はまだ珍しかったパチンコ屋を京都に開業し、これが当たった。焼き肉屋、居酒屋、すし屋、ビリヤード店と、商売を広げていった。パチンコ屋の同業者を集めて「京都朝鮮人遊技場組合」の組合長にもなり、京都朝鮮中高級学校の建設にも力を注いでいる。

実業家でもあり、活動家でもあったのだが、その活力の源泉は一個の李朝白磁だった。詔文さんは四九年ごろ、京都の三条縄手通の骨董屋「柳」の店先で、白い丸壺に魅せられた。長男の鄭喜斗・高麗美術館常務理事（四〇）は言う。

「父が店に入っていくと、店の人が、『それは李朝のいいもんでっせ』と言う。たしかに朝鮮のものは高いとは聞いていたけれど、父はどれくらいするものなのか知らなかった。値段を聞くまで何度もその店に通ったそうです」

やっと店の人から五十万円と聞き、詔文さんは衝撃を受けた。

「このころ父は通名でした。日常生活では朝鮮人とわかればさげすまれる。しかし、朝鮮の壺は高価なものとして扱われている。矛盾していますよね。父はその壺を月賦で買いました。これを手始めに、朝鮮の美術品や民芸品を集めるようになった。父には商売の目標ができたんでしょう」

最初は「李朝」という言葉さえ知らなかった詔文さんだったが、骨董屋通いを続けているうち、目が養われていく。しかし苦労はした。空手形を切ったり、十年の分割払いにしてもらったり。

「商売が立ち行くかどうかの時でも、良いものに出合ってしまうとだめなんです。父も全国を訪ね歩きましたが、骨董屋も評判を聞いて父の所へ来るようになりました。そして、一週間、うちに置いて帰る。うまいですね。明日取りに来るというとなると、父が涙を流すんですよ。朝鮮のものが朝鮮人の手から離れてしまうかもしれない。そう思うと、父には悲しい別れに思えてくる。とにかく買ってしまう。父は裸一貫で日本に来たから、だめになったら韓国にその姿で帰ればいい。そんなふうに思っていたんです」

（喜斗さん）

さて、司馬さんと詔文さんの縁は、「散歩」で始まった。運動嫌いの司馬さんだが、毎日散歩はする。たまたま近所に、詔文さんの兄・貴文さんが住んでいて、二人は散歩仲間となり、この縁で詔文さんも司馬さんを知った。ある時貴文さんが司馬さんに言った。

「こんなことをしていてもはじまらない」

司馬さんは「砂鉄のみち」で書いている。

「こんなこと、とは散歩のことではなく、ご自分の人生についてである。貴文氏は、職業が制限されている在日朝鮮人として、他の多くの人々もそうであるように、喫茶店や遊戯場のようなものを、その当時経営しておられたのだが、それをいっそ整理したい、という。当時、貴文氏は五十二歳で、詔文氏は二歳下だった。（中略）貴文氏は歩きながら、『朝鮮と日本の関係は、古代では測り知れぬほど大きかったと思うのです。そういう主題で半学術雑誌のようなものを出すというのは、考えられないでしょうか』と、いわれた。……兄の貴文氏は商売をたたみ、弟の詔文氏はその雑誌の費用を出すという目的でさらに商売にはげむという」（「山鉄ヲ鼓ス」）

こうして詔文さんと貴文さんは、「日本のなかの朝鮮文化」（以下、「朝鮮文化」）という雑誌の創刊を目指すことになった。司馬さんは、二人に歴史学者の上田正昭・京大名誉教授（七二）を紹介した。上田さんは六五年に『帰化人』（中公新書）を出版しているが、この本は、司馬さんも読んでいたし、鄭兄弟も読んでいた。上田さんは当時を振り返る。

「いまの中学や高校の教科書で『帰化人』という言葉はほとんど出てきません。しかし当時は朝鮮半島から来た人を帰化人ということのほうが多かった。国家や戸籍ができていない段階に帰化人というのはおかしいでしょう。帰化と渡来という言葉は区別して使うべきだと書いたのですが、右翼の人はずいぶん文句を言ってきました。でも、司馬さんは評価してくれていたようです。それまでにも面識はありましたが、鄭兄弟のことで親しくなりました。『朝鮮文化』の話を聞き、これは協力しなくてはと思いました」

司馬さんと上田さんは顧問となった。作家の金達寿さん、考古学者の李進熙さんも趣旨に賛同した。金達寿さん、李進熙さんは鄭兄弟の古くからの友人である。詔文さんの朝鮮民芸品集めの旅の道連れでもあった。

やがて雑誌の方針が決まった。上田さんは言う。

「史実に基づき、日本と朝鮮半島の関係を考える。そして、それは古代を中心にすることとしました。近現代はあえて避けた。もしも近現代史を含めていたら、この雑誌は続かなかったでしょうね」

六九年三月に創刊。年四回の季刊で、学術的な論文の他に、必ず座談会が開かれた。司馬さんはほとんど参加している。

「詔文さんは、まず最初に司馬さんの予定を聞いてから座談会の日程を決めるんだから、

司馬さんは忙しくても欠席はできないですね。(笑い)

座談会の中で、改めて司馬さんは相対的にものを考える人だと思いましたね。さまざまな比較の手段を持ち、『絶対』を嫌っていました。イデオロギーや国境を超えていて、歴史を鳥瞰《ちょうかん》している感じだったな」(上田さん)

最初、司馬さんは「三号まで続けばいいだろう」と思っていたが、「朝鮮文化」は反響を呼んだ。時代もよかったのかもしれない。七二年に高松塚古墳の壁画が発見され、古代朝鮮と日本の関係は「ブーム」となっていた。

「……すでに二十四号をかぞえた。私は、人間の志とか営為というものがどういうものであるかを、この兄弟に教えられてしまった」(「山鉄ヲ鼓ス」)

と、のちに司馬さんは書いている。

ささやかな片隅の雑誌

二千部、広告なし。ミニコミながらも、集まった顔ぶれは大家ばかり。考古学の有光教一さん、森浩一さん、歴史学の林屋辰三郎さん、民法の末川博さん、そして湯川秀樹さんもいた。松本清張さんも参加していて、上田さんは言う。

「司馬さんと清張さんでは、ずいぶんタイプが違いますね。司馬さんから質問されて答えると、何かお返しがあります。しかし清張さんだと、質問攻めです。執念の勉強家ですね。前の晩からずっと質問され、翌朝のホテルのチェックアウトぎりぎりまで聞かれ、ヘトヘトになったこともある。清張さんにたまらず言ったことがあるんです。『松本さんはスポンジや。吸い上げてばっかりやないか』（笑い）。でも『朝鮮文化』には、清張さんも快く協力していただきました」

経費節約のために、詔文さんの家で座談会が開かれることもあった。

「朝鮮の家庭は、家族ぐるみで接待するのが普通です。だから、座談会が終わると、母が手料理でもてなしました。うちで初めて朝鮮料理を知ったという方も多かったそうです」（喜斗さん）

やがて歌って踊る宴会になる。そのまま泊まる人もいた。詔文さんの家は五部屋あったが、七人家族。喜斗さんは、だれかが泊まるたびに廊下で寝たという。

「皆さん酔っているから、廊下で寝ていると蹴られるんですよ（笑い）。いま考えると、あれは末川先生かな、上田先生かなあ（笑い）。僕はまだ子供でね、当時はだれがどういう人なのかも知りませんでした。司馬先生にはサインはもらいました。『こっちにおいで』って声もかけてもらったんですが、近寄れませんでしたね（笑い）」

司馬さんは、丹波出身の上田さんに「雲と陶」という題をつけた掛け軸を書いたことがある。詔文さんにも頼まれたので、同じ言葉の掛け軸を書いた。

熟柿《じゅくし》落ちず　碧き丹波の雲と陶

為鄭詔文氏　司馬遼太郎

座談会の会場、つまり詔文さんの家に来た大家たちはみな驚いた。詔文さんが集めた高価な壺、民芸品が、それこそゴロゴロしていたからである。

「倉庫がなかったんです。仕方なく家の中に置いてあったんですが、いま思えばそれもよかったですね。皆さん、手に取って、大事そうに触っていたのを覚えています。司馬先生も白磁の壺をなでていらっしゃいましたね」

と喜斗さんは言う。京都に住み、古都の町や生活を書いてきた随筆家の岡部伊都子さんも第二号の座談会から参加していた。岡部さんは言う。

「詔文さんの苦労して集めた宝物ばかりでしょう。私、壺に頬ずりしていると、涙が出てきました」

もっとも、イデオロギーや国家を論じずに古代文化を中心に据えた雑誌だったにもかかわらず、朝鮮総連からは苦情がきた。上田さんは言う。

「総連は、雑誌を出すことは個人のやることではないから、われわれに任せなさいということだったんでしょう。

しかし、『朝鮮文化』は好調で、十五号までの座談会を中央公論社が本にしてくれることになった。鄭さんたちも大変だろうと、『励ます会』をすることにしました。東大阪の司馬さんの家に行ってこの話をしたら、目の前で発起の趣旨をサラサラと書かれました」

毛筆で書いた司馬さんの文章が、上田さん、金達寿さん連名の、発起人挨拶文になった。

思わざる仕合わせとはこういうことでございましょう。

京都の北郊にて同好の士が集い、ささやかにはじめた雑誌「日本のなかの朝鮮文化」が、おおぜいの先生方の御支援を蒙りつつ、今月で十六号まで出すにいたりました。しかも雑誌に掲載された座談会を中央公論社が、論文を新人物往来社がといったぐあいに、それぞれ一冊の本にまとめて下さるという望外の仕合わせを得ました。ささやかな片隅の雑誌を見守って参りました私ども友人一同としましては世間への感謝の気持ちでいっぱいでございます。

今後とも片隅の雑誌として居つづけると思いますが、このさい、御好意への甘えついでに大それたことながら出版記念会に似たような、御励ましの声を頂戴する会を企画し、あつかましくも会場、日どりなどを決めさせて頂いたわけでございます。

中さでもの事でございますが、この雑誌にも、このたびの会にも、当節流行の政治色などすこしもございませぬ。当方と致しましては、京都の「れんこんや」さんや、新宿の「あづま」さんから樽酒を持ちこんで頂いて、生のままを味わって頂きたいと願うのみでございます。

この片隅の雑誌「日本のなかの朝鮮文化」を出しておりますところの、無名の、つまりは町の編集者たちを励まして頂きたく、右、御賛同下さるであろう皆々様の御気持ちを勝手に代弁させて頂いた次第でございます。

昭和四十八年二月吉日

「雑誌『日本のなかの朝鮮文化』を励ます会」が七三年二月十四日、東京の中央公論社ホールで開かれた。大勢の文化人が出席者に名を連ね、総勢で百八十人のパーティーとなった。「朝鮮文化」第十七号には司馬さんの挨拶も収録されている。

「……パチンコ屋のおやじさんといったものが、こういう雑誌を出しているということが、ひじょうにおかしくて、かたわらで少しお手伝いをしておったわけであります。(中略)ここで鄭詔文さんをご紹介申し上げます。この人は朝鮮総連に属しておりまして、朝鮮総連というのは社会主義国家の日本における団体でございますから、プライベートの刊行物を出すことは好ましくないとされておるわけです。ところが鄭詔文さんはこういう雑誌を出したものですから、たいへん叱られまして、いまのところ叱られっぱなしの状態であります。そういう意味から申し上げましても、まったくこの雑誌には政治色がないということになるわけです。（中略）詔文さんはひじょうに恥ずかしがりで、いま、さらしものになっているのがたいへん苦痛だろうと思います。ですから壇を降ろさせていただきます。どうもありがとうございました（拍手）」

泣いた父

一九七二年十二月といえば、発行人の鄭詔文さんの情熱が実り、雑誌「日本のなかの朝鮮文化」（以下、「朝鮮文化」）は順調に号数を重ねていた。随筆家の岡部伊都子さんが言う。

「どしゃ降りの雨の日でね。足元がズブズブになりながら忘年会に行ったことを覚えています。だれが言いだしたのかな、忘年会の出し物で『文士劇』をすることになりました。ちょうど司馬さんは『坂の上の雲』を新聞にお書きになっていたから、それにちなんだ文士劇で、私も引っ張り出されたの」

劇のタイトルは「二〇〇一年度芸術祭参加作品　朝鮮文化文士劇『陽はまた落ちる』」。岡部さん扮する「ひとり旅のお伊都」が、司馬さんの「『坂の上の雲』助」に襲われるが、上田正昭さんの「『帰化人』の正」に救われるという筋書き。森浩一さんは「墓守の浩助」、鄭詔文さんは「だんまり詔文」という配役だった。

「春は花見で秋は紅葉狩り。花見は京都の平野神社。ムシロをしいて、チャンゴ（朝鮮太鼓）も登場して、みんなで歌って踊りました。ただただ楽しかったですね」（岡部さん）

上田正昭さんも言う。

「司馬さんも忙しかったでしょうに、よく花見に参加されてました。ある年の花見の時は、司馬さん、鄭詔文さん、作家の金達寿さん、考古学者の李進熙さん、僕の五人で連書をしたこともあります」

七五年四月十九日、京都・原谷での花見の宴のことで、この時司馬さんは書いている。

山城の原谷の山つつじ
薄紫して詩人金時鐘の言ふ
知るやつつじは朝鮮原産やと
山上人々湧くが如く謡い
鳴るが如く踏み
李進熙言ふ
森浩一詩へども

所詮は土工やと帰りきて
鄭家にて姜氏したたかに酔ふ
達寿しきりに淫声をあぐ　遼

その場にいた詩人の金時鐘さん、考古学者の森浩一さん、朝鮮近現代史の姜在彦さんも詠み込まれている。

当時、「朝鮮文化」の編集に携わっていた金巴望・高麗美術館研究所室長（四五）は、鄭詔文さんの素顔を長年見てきた。

「鄭詔文という人には、三つの顔があるなと思っていました。

詔文さんはもともと儒教の教えを受けた朝鮮人で、家では泰然としている。まず家父長としての顔がある。

ところが、司馬さんや上田さん、金達寿さんと会っている時は、朝鮮古美術を愛する文化人の顔になります。人をもてなす時など、見ているこちらが痛々しくなるほど気を配って、先頭に立って指示を出しています。

もう一つは、実業家の顔です。『朝鮮文化』を支えるため、朝鮮古美術を収集するためには、資金がいる。商売相手に対する時は、相手になめられたら終わりなんでしょうか、そういう時は厳しい顔でした」

詔文さんの長男、鄭喜斗さんも言う。

「父の前ではいつも正座でした。テレビは十メートル離れて見ろと言われていたし、漫画もだめ。だから父がいると、子供としてはつまらなくてね（笑い）。母が親戚の所へ行くため何日か家を空けたことがあり、正座はしてたんですが、テレビを見ながら食事をしていました。本当に、すると父が『どちらかにしろ』と怒りだした。私はゴルフクラブで殴られました。本当に、まったく反抗できないほど厳しかったんです」

ところが大学生になった喜斗さんは、金達寿さんの小説『対馬まで』を読んで、ショックを受けたという。

「そこに登場している父は、私の知らない父でした」

〝対馬まで〟の世代と〝対馬から〟の世代

司馬さんも詔文さんと旅をした「砂鉄のみち」に書いている。

「雑誌『文芸』の四月号（一九七五）に、金達寿氏が、ひさしぶりで小説を書いている。『対馬まで』という題の七十枚ほどの短編で、中年と初老の年配の在日朝鮮人が何人かで対馬まで旅をする話である。（中略）周知のように、朝鮮半島の政治的状況は、そこに故郷をもつ在日朝鮮人が国籍を変えることなしに帰国することを許していないのである。作中に登場する人物の過半は、私の友人なのである。たとえば丁正文は、鄭詔文氏のモデルであろう。丁正文は、ことし五十六になる。日本の支配によって洛東江畔の醴《れい》泉《せん》の名家である鄭家がかたむき、詔文氏は六歳で日本にきたという話をきいているが、作品の中の丁正文もそうで、五十年間帰ったことがない。(中略)かれらは対馬北端から釜山までわずか五〇キロあまりにすぎないということを知って、標高二八七メートルの千俵蒔《せんびょうまき》山にのぼるのである。前夜につよい風が吹いたために、登ったその朝は、海は晴れていた。やがて釜山の絶影島が見え、他の島々も見えた。その帰路、車を運転していた丁正文が急に車をとめ、ハンドルに顔を伏せて泣くのである」(「出雲の朝鮮鐘」)

『対馬まで』には、丁正文が静かな声で問いかけるシーンがある。

「国とか民族って、いったいなんなのだい」

その後すぐに喜斗さんは、無銭旅行で対馬まで行った。詔文さんと同じように千俵蒔山に登った。

「父は対馬までしか行けず、故郷を思って泣いた。私も涙は出ました。しかし、思い浮かべるべき祖国のイメージはありません。その時、私にとって祖国とは一世なんだなと思いました。同時に一世の精神を受け継ごうとも思いました。同じ二世でも、そういう気持ちを持っている人ばかりではありません。私などはいわば、『一・五世』です。『対馬まで』の世代の父とは違い、『対馬から』の世代なんです」

八一年、「朝鮮文化」は五十号を迎えて休刊することになった。

その後の詔文さんは、これまで自分が集めた朝鮮古美術品や民芸品を展示する美術館をつくることに奔走した。

「朝鮮文化」の巴望さんも、詔文さんとともに走り回った。

「司馬さんにもお世話になりました。私にとって司馬さんは、作家というよりも、相談をすると筋道をつけてくれる文化事業経営アドバイザーのような方でした」（巴望さん）

八八年一月、美術館を財団法人として設立するための準備会が開かれた。司馬さんも出席し、

「入館料は五百円、会員は年一万円にしたほうがいい」

と、きわめて具体的な話をした。

「司馬さんが提案したことがすべて、現在の美術館に反映されています。詔文さんは京都の清水寺の近くに美術館を建てたいとこだわっていたんですが、これも司馬さんになだめてもらいました。『いまの家のある場所でいいじゃないか』と、司馬さんはおっしゃった。われわれ在日は、ばかにされないようにと見えを張るでしょう（笑い）。もし清水のあたりに建てていたら、土地代や維持管理費など、大変なことになったと思います。司馬さんは、美術館をどう活用していくのかという先のことを考えてくださってい

たんですよね」（巴望さん）

司馬さんは理事にもなり、美術館の表札や会員に送る会報の題字も書いた。歴史学の林屋辰三郎さんが館長に決まり、八八年十月、高麗美術館が開館した。さらに、考古学の有光教一さんを所長にして研究所を併設することになった。巴望さんは司馬さんに相談の手紙を書き、返事をもらった。

研究所の件、有光先生の所長ご就任の案の件、すべて賛成し、めでたく存じます。ただし、無理があります。

①何を研究するのか。考古学的な分野なら、いまから収集するとなると、気の遠くなるような歳月と経費が要るでしょう。②家具となると、民族学・民俗学・文化人類学の分野になります。それをあつめるとなると、朝鮮の農家を一つ持って来なければなりません。その経費・スペース、大変です。それに、そのことについては、韓国においてすでに研究が進んでいます。それに対して、独自の立場を展開することは、困難です。むしろ、民族学（民俗・文化人類学）のほうは、本国にまかせるべきです。③鄭詔文氏の寿命を二百年と考えて、右の困難を克服すべきですが、人間に限りがあるということを思うと、茫々たる思いがあります。

研究所といっても、正規のものとは考えず、「有光先生に研究室を持っていただ

く」という程度にすべきかと存じます。林屋先生、有光先生のお二人に研究室をもって頂くというだけで、大変なぜいたくなのです。それだけで十分です。（余談）小生は、かつて「高麗美術館」は、どこかの大学院生が修士論文を書けるだけの内容にすべきだと申しましたが、それは、お二人がいらっしゃるということだけで満足すべきで、学芸員の充実、収蔵品あつめ、分類整理ということまでは、想定しませんでした。もしそれができるならすばらしいのですが、それを理想とすることにとどめるべきでしょう。当座の実質は、啓蒙にあります。〝啓蒙から研究へ〟という飛躍には、七、八十億円の金とか、千坪の建物とか、スタッフやらが要るわけで、大変なことになりましょう。

八九年一月十六日

この手紙を読んで、巴望さんは少しカチンときたと言う。

「これからスタートという時に、いきなり『無理があります』でしょう。もう少し見守っていただいてもいいじゃないかと思ったんです。でも、やっぱり司馬さんは正しかった。日本のアカデミズムに入っていくための視野と、存在を示す実績が必要なんですが、これが難しいんです。私は最後まで、司馬さんというお釈迦様の手のひらの上で跳びはねている孫悟空でしたね。十年たっても、私にとって司馬さんからの手紙は宿題になっています」

美術館が開館して一番喜んだのは、もちろん鄭詔文さんだった。開館後は理事長として日本内外からの取材や、見学者への説明などに追われた。

そして一カ月後、詔文さんは病に倒れてしまう。長男の喜斗さんが言う。

「父はお酒が強かったんですが、六十歳の時、医者に言われて、酒もたばこもやめていたんです。ある日、体調が悪いと言うので病院へ連れていくと、腹水がたまっていて、肝硬変で余命二カ月とのことでした」

鄭詔文さんは八九年二月二十三日、肝不全のため七十歳で亡くなった。生涯をかけた「高麗美術館」ができて、わずか四カ月後のことだった。司馬さんは会報誌に追悼文を書いている。

高麗美術館への思い入れ

鄭詔文理事長は、愛のゆたかな人でありました。朝鮮への愛も、そのあらわれでした。祖国や民族への愛は、ときに、政治によって阻まれたりしますが、突きぬけて文化にまで達しますと、なにものもそれを邪魔だてすることができなくなります。氏の高麗美術館への思い入れは、一にこのことにあったでしょう。

しかし、文化にまで達するのは、よほどの知性と感覚と不断の陶冶《とうや》が必要なのです。鄭さんでこそできたということは、あります。ときに鄭さんでさえ、それらの不足を愛でおぎなってきました。愛は、偉大です。

この場合の愛は、自己愛でなく、他者への愛です。自分の民族と祖国、そして日常のまわりのひとびとへの愛のことですが、それほどの愛を、たれもがもっているわけではありません。

愛はときに、身をそこなうものでもあります。それについても平気でいるという勇気が、支柱として必要なのです。

林屋先生は、日本の中世の美意識の一つに、「数寄《すき》」（好き）というものをとりあげられ、数寄は危険なもので、ときに身をほろぼす、といわれたことがあります。身をほろぼしても悔いはない、というところに数寄の精神があった、といわれました。

愛と数寄とはすこしちがいますが、かさなるところもあります。昂揚というところが重なります。勇気も、知性も感覚もかさなります。ただ、数寄は自己愛から出ているのに対し、愛は、もっと大きなものから出ていることが、異なります。

詔文理事長のあとをどなたが嗣《つ》がれるにせよ、理事長の職には、右のようなことが必要なのです。どなたであれ、むずかしい職をつがれる方のために、心から同情

と尊敬をもちます。

八九年三月五日

大学卒業後、東京で働いていた喜斗さんは、八八年一月、詔文さんの求めに応じて京都に戻り、家業を継いだ。いまは高麗美術館の運営にも常務理事として携わっている。

「結局、父と同じ道を歩くことになりました。実業で稼いで、美術館などの運営に苦労するのも同じです。美術館は盗難にも遭いました。窓から入った泥棒は、朝鮮の石仏の頭を踏んで展示室に入り、陶磁器などを盗み、また石仏の頭を踏んで逃げたようです。これからも大変でしょうが、『一・五世』ですから仕方ありませんね」

なお、九八年四月から、館長は上田正昭さんとなっている。

最後に、司馬さんが親友の姜在彦さんにあてた手紙を紹介する。司馬さんが朝鮮半島の人々について抱いてきた「気分」が伝わる手紙となっている。

大沼保昭先生のことは、御文章などで存じあげています。このたびの「在日韓国・朝鮮人処遇改善に関する提案」（案）も送って頂き、ご内容に感じ入りました。一も二もなく賛成であります。

小生は、日本人の一人として、日本国における定住外国人の法的処遇を恥ずかし

く思いつづけてきました。オランダの場合なども調べたことがあり、その先進性に、目のさめるような思いをもったことがありました。

ところが、小生は、お気づきと存じますが、連名アピールなどをしないことを原則としてきました。

昭和二十年代、京大担当の記者として、連名アピールの記事を書きすぎたせいだと思っています。

小生は、小説を書いているために多少の虚名をもっていますが、それはあくまで虚名で、自分自身ではないと思っています。その虚名を、自分で利用すまいと思ってきました。

アピールに名を連ねない理由の一つは、そういうことでもあります。

そのかわり、在日朝鮮・韓国人がすこしでも居心地よくなるように、個人のつきあいを通じて、いわば近所のオジサンとして、多少の力を費やしてきました。

鄭貴文氏も、近所の人でありました。たまたま貴文氏が詔文氏の兄で「日本のなかの朝鮮文化」という大きなことになってしまいましたけれども。小生は、元来、友人とは友人としてのみつきあい、その息子さんなどとはべつだという考え方をつらぬいてきましたが、在日韓国・朝鮮人の友人の場合だけは、その子息についても一臂《いっぴ》の力になれたらと思って参りました。それは、日本社会に住むマジョリティの側の義務だと思っているからです。

そういうわけで、まことにマスコミ的ではなく、村落的なあり方としてこの問題に触れつづけてきました。

文章を書いてくらしている以上は、そのことについて自分で（アピールより）文章を書け、と自分に言いつづけている者です。そのくせ、今日的な、あるいは政治的なことは書かない、ふれない、という原則をもっていて、それを調べて書くというのは、他の巨人たちにまかせる、というふうで、矛盾のはざまにいます。（政治的な、今日的なことは書かない、という自分の原則には、理由があります。小生は、歴史上の権力について書いています。浮世の小生が、左右中庸いずれにしても社会的な言動をしますと、人々はその行動から溯及《そきゅう》して小生の考え方にレッテルを貼ろうとします。そのレッテルを避けるために——自由を得るために——今日的・政治的・社会的な言動をしないのです）

九〇年四月二日

竹内街道、奈良散歩

日本国の中央線

一九七一年に始まった「街道をゆく」の旅。司馬さんはまず近江を歩き、それから奈良県に入った。奈良は司馬さんにとって、大切な〝故郷〟でもある。司馬さんは書いている。

「……古道である竹内《たけのうち》街道は大和高田で北へ折れず、そのまま西走をつづけてまっすぐに竹内峠にいたる。その大和高田・竹内峠間の道路はいまは枝道になり、道ざまは鄙《ひな》びてしまっている。われわれはそれをとる。これが古代ミワ王朝や崇神王朝、さらにはくだって奈良朝の文化をうるおした古代のシルク・ロードともいうべき道だからである」

（以下引用は「竹内街道」）

その竹内街道沿いに、司馬さんの母の実家があった。

「竹内に貧農なし、といわれて、むかしから暮らしやすい在所だったようにおもえる。

坂がいよいよ急になり、車が村のなかに入ったが、車窓から家並みをのぞくだけで、降りることは無精した。村の様子は、私の子供のころとさほど変りがない。

『でえもんさん』

とよばれている家が、私の母親の実家であるが、善右衛門という意味らしい。いまは従弟の代になって、叔父は数年前に亡くなった」

住所でいうと、奈良県北葛城《きたかつらぎ》郡當麻《たいま》町竹内。大阪から近鉄電車で約四十分。子供時代の司馬さんは盆休みや正月などに帰省し、村の子供と走り回った。

終戦直後にも焼け野原の大阪を避け、一家あげて竹内で過ごしたこともある。

その思い出の地に、いまも実家は残っている。当主の河村博三《ひろみ》さん（六四）を訪ねた。

河村さんは當麻町にある「イワキ木材」の社長。事務所と工場、材木置き場を合わせると千坪ほどの敷地の会社だが、もともとはブドウ畑。子供だった司馬さんのお気に入りの遊び場だった。

河村さんは、司馬さんのことを「ニィちゃん」と呼ぶ。司馬さんのほうは「ヒロミちゃん」である。

河村さんは言う。

「『ヒロミちゃん、ブドウ畑はそのままおいといてくれ』って、ニィちゃんはよう言うてたなあ。でも、僕も仕事せんわけにはいかんからね、昭和五十年代の初めに、畑をつぶして仕事場にしたんや。そしたら、土地をならすときに鏃や石刀やら、石で男性のシンボルをかたどったものやら、ぎょうさん出てきてなあ。県から調査員が来て、ずいぶん発掘調査してな、えらい目におうたわ」

そういえば司馬さんも書いている。

司馬さんのルーツをたどる

「私のこどものころ、村の子供のあいだでヤジリヒロイが流行した。……子供のかんで他の石ころとヤジリを見わける眼力ができ、半日タンボを歩くと二十も三十も拾えた。（中略）一反の刈田で、多い日には五つも六つも見つけることができた。雨の翌日がとくによかった。土が雨に打たれて均《なら》されている上に、石鏃の土銹《つちさび》が雨にあらわれて田の表面にチカリと浮きあがって見えるからである」

竹内は、考古学少年だった司馬さんの原点でもあった。司馬さんはこんな話をしていたことがある。

「僕はちょっと賢かったからね（笑い）、自分で探すのは限界があるから、近所の子供たちにラムネや飴玉をやって集めたんだ」

そんな司馬さんゆかりのブドウ畑からの大発見だったのである。

――それは司馬さん、喜んだでしょう？

「そんなもん、石器が出てきたなんて言うてへん。ブドウ畑つぶしたて言うたら、怒られるもん（笑い）。発掘が終わって、出てきた石器やらを『これはあなたのものです』と言われたんやけどな、そんなもんもろてもなあ。みんな県に寄付したわ」

當麻町役場によると、この遺跡は縄文晩期のもので、「竹内遺跡」。石鏃など二百数十点が出土した。古くから遺跡の存在は知られていたが、きちんと調査が行われたのは戦後は初めてだという。出土品は奈良県立橿原《かしはら》考古学研究所付属博物館に寄贈されている。司馬さんは博三さんに何枚かの色紙を書いているが、その一枚からは、考古学へのあこがれが伝わってくる。

遠き世の石器　あまた浮かびたり　昨夜の雨に　打たれし冬の田
少年の日、竹内の冬田に石器を拾いしことを想いだしつつ
河村博三様

少年時代の司馬さん、鏃を拾っていただけではなかった。

「夏は池で泳いだり、沢ガニを取ったりしてたようやなあ」

泳いだ池については、「竹内街道」に詳しい。

「村の上の方に池がある。大和の池には万葉ぶりの名のついた池もあるがこの池は単に、

『カミノイケ』

　という。シモにも池があるからである。……子供たちはカミの池を怖れていたが尊敬もしていた。なぜなら、これほど大きい池はちょっと近在になかったからである。

『海ちゅうのは、デライけ?』

　と、なかまの子供たちからきかれたことがある。デライ、というのはドエライということで、大きいという意味であった。……『デライ』と、断定すると、子供たちはうなずいてくれた。子供たちはさらに、『カミの池よりデライけ』ときいた。私は比較の表現に困り、『むこうが見えん』というと子供たちは大笑いし、そんなアホな池があるもんけ、と口々にののしり、私は大うそつきになってしまった。そのころからみると、いまの日本はじつに文明開化したものである」

　河村さんは言う。

「いまとなっては笑い話やけど、ホンマに昔は、このへんの子は海へなんて連れてってもろたことあらへん。ニィちゃんみたいに大阪から人が来た、っていうだけで、みんな珍しがったもんや。せやなあ、天皇陛下が来たようなもんかもしれへん」

　この竹内ではほかにも司馬さんのルーツをたどることができる。司馬さんの特徴的な白髪である。

「私も町を歩いていて、ときどきこどもに、『あっ、シロケ』といわれることがある。『シロケがきた』というやつもいて、じつに不愉快である。私は十五、六歳のころから髪に白い毛がまじっていて、三十代のなかばですっかり白髪になってしまった。そのわりに顔が若いから、四つや五つの子供には変な毛色の犬でもきたように唐突で、おかしいらしい」

河村さんによると、これは竹内の遺伝ということになるらしい。

「ニィちゃんの母方の親戚には、髪の毛白い人が多かったな。僕のお父さんも白かった。一九六二年に僕のお父さんが亡くなって、仮通夜にニィちゃんが帰ってきてたん。お葬式まで、畳の部屋にお父さんを寝かせといて、その隣でニィちゃんが本を顔の上にのせて、居眠りしてた。そしたら、お悔やみに来た近所の人が間違えてな、ニィちゃんのほうにお悔やみしようとした。それで、『オイ、そっちは生きとるぞ』って。そのくらい白髪の感じが似てたんやな」

司馬さんはそのとき何冊も大学ノートを持っていた。

「ちょっと中を見たらね、ページの最初にちょこちょこっと何か書いてある。それでまた十ページくらいめくったら、また何か書いてある。一冊全部見ても、正味、文字の書いてあるページは一ページ分くらい。変なノートやなあ、とその時は思たけど、その白紙の部分がニィちゃんの頭の中ではつながってんのやろな。それで小説になるんかなあと、ぼんやり思ったことあるよ」

実家は現在建て替え中で、昔の面影を見ることはできないが、「カミノイケ」は健在。原水池として當麻町の水源を保っている。司馬さんの色紙をもう一枚紹介する。

子供のころ　村の道を　大道と聞きき　長じて　大道とは天平白鳳の官のことばなるを知る　日本国の中央線なりしことを知りたり

昭和六十一年春

竹ノ内　河村家にて

「僕は親戚やからね。そんなニィちゃんを『司馬遼太郎先生』って特別な意識をしたことはないけどね。この前、『街道をゆく』の展覧会を大阪で見てきました。それ見てたらね、せやけど偉大な人やなあ、と思いましたよ」

博三さん、司馬さんの従弟らしく、ユーモアの達人だった。

さて、司馬さんは、その後もたびたび奈良を歩いた。

八一年には岩船街道、柳生街道を歩き、八四年早春には東大寺を訪ねている。司馬さんは、東大寺について書いている。

「東大寺の境内には、ゆたかな自然がある。

中央に、華厳思想の象徴である毘盧遮那仏《びるしやなぶつ》（大仏）がしずまっている。その大仏殿をなかにすえて、境内は華厳世界のように広大である。一辺約一キロのほぼ正方形の土地に、二月堂、開山堂、三月堂、三昧堂などの堂宇や多くの子院《しいん》その他の諸施設が点在しており、地形は東方が丘陵になっている。ゆるやかに傾斜してゆき、大路や小径《こみち》が通じるなかは、自然林、小川、池があり、ふとした芝生のなかに古い礎石ものこされている。日本でこれほど保存のいい境内もすくなく、それらを残しつづけたというところに、この寺の栄光があるといっていい」（以下引用は「奈良散歩」）

案内人は、須田剋太画伯だった。

司馬さん、旅の道中に須田剋太画伯と奈良を語り合っている。

「『結局は、旧奈良市域に尽きるんですね』

と、画伯に言ったことをおぼえている。

『それも、東大寺ですね』

とも言ってみた。

須田さんは、遠い目をした。

『私《わつち》も、奈良時代が好きです』

ただし、このひとがいう奈良時代とは時代区分としての奈良時代ではなく、ご自分の年譜上の区分である」

須田画伯の「奈良時代」

須田さんは一九〇六（明治三十九）年、埼玉県熊谷市に生まれた。その後、浦和、京都、奈良、西宮に住んだが、それぞれが「浦和時代」「京都時代」「奈良時代」となるのである。

「『奈良時代』のある日、東大寺境内で写生をしていた。ついでながら須田さんは画架《イーゼル》を立てて描くことが身ごなしとしてできないらしく、アトリエでも野外でも、背をまるめてカンバスを左腕でかかえこみ、イノシシが芋畑を掘りおこしているようなかっこうで描く。陽が傾いてきても、やめなかった。ある日、薄暮の境内をいそいで歩いていた故上司《かみつかさ》海雲氏が、血相を変えて南大門を描いている画伯をみて驚き、警備のひとに、『あのひとだけは、夕方、閉門後も、大目に見てあげなさい』と、耳打ちしてくれたらしい。やがて上司さんが画伯に声をかけ、塔頭《たっちゅう》の観音院につれて行って茶をふるまった。以後、同年輩ながらも、父子のような関係がはじまるのである。須田さんの『奈良時代』、ひとすじに庇護しつづけたのは、上司さんであった」

その後、須田さんは観音院の蔵で絵の修業を続けるようになる。

上司さんは一九〇六（明治三十九）年に生まれ、十四歳で得度。三九年に観音院の住職となった。のちに華厳宗管長、東大寺別当となり、東大寺大仏殿の大修理事業に携わり、七五年に亡くなっている。『東大寺』『毘盧遮那仏』『壺法師独語』といった著書がある。

上司さんは多くの芸術家に慕われた人でもある。歌人の会津八一、陶芸の河合卯之助、画家の杉本健吉、須田剋太らと志賀直哉を囲む「天平の会」を結成。観音院は一大文化サロンとなった。

安倍能成、吉井勇、堀口大學、高村光太郎、棟方志功……。観音院には多くの人々が残した色紙や美術品が、いまも飾られている。高村光太郎の色紙は、『智恵子抄』の、もうひとつの最終章のようでもある。

「智恵子は死んでよみがへり、わたくしの肉に宿ってここに生き、かくの如き山川草木にまみれてよろこぶ。　光太郎」

司馬さんも五〇年十月、観音院を訪ねている。司馬さんは新聞記者時代で、上司さんから『東大寺史』を渡されている。

「上司さんは、初対面の若僧に、当時としては（いまでもそうだが）入手しがたい本をくれたのである」

と、司馬さんは書いている。

その後も上司さんとの交友は続き、月刊誌「料理手帳」で対談、奈良と京都の寺の違いについて語り合ったこともある。司馬さんの、上司さんへの手紙がある（七四年三月二十日）。

先日は奥さまともどもに拝眉の機会を得　全身に精気がみなぎっておられる御様子に接し嬉しく存じあげました
本日は意外にも越後里仙もなかを頂戴仕り恐惶々々に存じつつも好物にて大よろこび致しております
向春　日日好き御気色でありますことを　御礼やら何やらを併せ言上仕りつつ

上司さんは七五年一月に亡くなっているから、司馬さんはお見舞いに訪ねたのかもしれない。

現在の観音院住職は新藤晋海さん（七三）。上司さんの甥にあたり、四二年に上司さんの弟子となった。

「最初は叔父にも坊主なんて嫌や、と言ってました。朝の法事に寝坊したりして、不肖の弟子やったと思いますよ。若いころは、けんかっ早かったですしね。観音院にいらしてた安倍能成さんが帰られる時、僕が電車の席取りをしたことがあったんですわ。リュックサックを置いて場所を取ったんですけど、どこぞのおじさんが席を横取りしたんです。何すんのや、ってことになって大げんかになりましてね。その様子を見てた安倍さんが、次に観音院に来た時に『昭彦（新藤さんの本名）に与う、〝慈悲忍辱《じひにんにく》〟』という条幅を書かれて赤面したこともあります」

新藤さんは、もちろん上司さんの人となりに詳しい。

司馬さんも新藤さんの言葉を引用している。

「上司さんというひとは、好悪の情まで唯心的で、しかもうまれつき病的なほどはらわたが透きとおりすぎていた。後継者として観音院に住した甥御の新藤晋海氏などは『悪く申せば一種の禁治産者的性格、良く申せば宗教的実践者たる師海雲が、若し東大寺に生れ育ち、東大寺の住職になっていなかったならば、きっと破滅の人生を辿らなければならなかったであろうと思われます』（『壺法師海雲』）と、みごとに言い抜いている」

上司さんはお金にこだわらない人でもあった。新藤さんは言う。

「叔父は志賀直哉さんを本当に尊敬していました。亡くなる間際まで、枕元には志賀直哉さんの写真がいつもあったほどです。そして志賀さんからいただいた李朝の白磁の壺も大事にしていた。でもね、やっぱり禁治産者なんでしょうなあ（笑い）。そんなに大事な人からもらった、そんなに大事な壺でも、道具屋に質入れしてしまうんですから。人にサービスすることが大好きで、京都で芸者遊びをしたり、麻雀、ビリヤードも得意だったしね。文化サロンの維持は大変だったんでしょう。まあ僕も競馬はするけどね」

上司さんが亡くなったあと、新藤さんは志賀直哉ゆかりの壺を買い戻した。上司さんがかつてしていたように、観音院の客間に花を生けていたのだが、五年前、その壺が狙われてしまった。なにせ時価数億円である。

新藤さんは壺を抱えて逃げようとする泥棒を発見、格闘になった。泥棒は新藤さんを振り切って寺を出ようとしたが、

「そこへ警備員が駆けつけ、追いかける私と挟み撃ちの格好になったんです。泥棒は壺を石畳にたたきつけ、門柵を乗り越えようとした。警備員につま先を捕まえられて、さかさまになりながらも、私と警備員にスプレーをかけて逃げたんです」

壺は大阪市立東洋陶磁美術館の手によって修復された。しかし当時、新藤さんは六十九歳。泥棒と格闘するのだから、まだまだ若い。

「今年の修二会《しゅにえ》（お水取り）では、和上でした。和上は三回目で、和上になるとすることはあまりありません。もう隠居みたいなもんです」

司馬さんはお水取りにおける、「和上」の役割について書いている。

「……その首座を和上という。和上は長老であるだけでなく、一同に戒をさずける。鑑真がわざわざ戒をもたらすために日本にきたように、戒は僧が受くべき最高のものであったことがわかる」

奈良と空海

一九八四年三月、司馬さんは「奈良散歩」の取材で奈良県を訪ねた。東大寺を中心に巡る旅だが、まず初めに立ち寄った場所がある。

奈良県桜井市の多武峰《とうのみね》。破裂山《はれつやま》の南斜面中腹で、桜と紅葉の名所である。司馬さんは書いている。

「ことし（昭和五十九年）は、日本じゅうが、異例の寒さだった。三月一日、東大寺二月堂のお水取りの行《ぎょう》がはじまった日、奈良市にゆき、池畔の宿にとまった。翌日、多武峯をめざした。私にとって三度目の多武峯である」（以下引用は「奈良散歩」）

奈良盆地は底冷えがする。さらに出発の日、大阪は雪が降っていた。司馬さんは寒がりだし、ずんずん歩くので、滑って転ぶおそれもある。そこで夫人のみどりさん、司馬家で家事修業中のお嬢さんたちは、司馬さんに短めのブーツを用意した。しかし司馬さんは気乗り薄。みどりさんは言う。

「ぶつぶつ言っていたわね。女の子が履くようなものを履きたくないってことだったんでしょう」

そのうちに担当者らが迎えに来た。

「どうも奈良のほうも雪が降るみたいですよ」

それを聞くと、司馬さんは胸を張って答えた。

「そうですか。いや、僕はね、ブーツを用意したんです」

みどりさんもお嬢さんたちも、この言葉には驚いたし、笑ってしまった。

「あんなに嫌がってたのに、さも自分で用意したみたいに言うんだから」

と、みどりさん。こうして「奈良散歩」は始まった。

「美の脇役」の主役

さて、みどりさんが司馬さんに多武峰に連れていってもらったのは二度目になる。

「こどものころ、遠足で多武峯に登った。……私は家内に、むかしから、『多武峯につれて行ってやろう』と、ハワイへでもつれてゆくように恩着せがましくいっていた。

……十余年前の夏、当時、奈良市に住んでおられた歌人の前川佐美雄さんとどこかで落ちあう話が出て、『いっそ多武峯で会いましょう』ということになった。このとき家内を同行した。永年の約束が果たせただけでなく、私にとっても小学校の遠足以来のことで、樹林のなかの石段の下に立ったときは、ほのかに昂ぶりを感じた。……前川佐美雄氏は、じつは駘蕩《たいとう》とした人なのだが、しかし眉間にたてじわをつくり、起きあがるのも大儀そうな駘蕩である。……そのくせ、人としての前川さんは多くの奈良県人と同様、縁あるひとびとには親切で、肌が匂うほどに優しい。そういう駘蕩である」

前川さんと司馬夫妻には縁がある。みどりさんは言う。

「私の母が女学生の時、近所のお医者さんの娘さんを可愛がっていて、そのお嬢さんが前川さんの奥さんになった人なのね。子供ながらずいぶん話がいのあるお嬢さんで、名前が緑さん。いつも連れて歩いていて、母はそのころから、結婚して女の子ができたら『みどり』という名前にしようと思ったみたい。それで私も『みどり』になりました」

司馬さんは産経新聞の文化部デスク時代に、前川さんに原稿を依頼している。「美の脇役」という文化欄の連載で、前川さんには多武峰についての文章を書いてもらっている。その縁を大切にして交流は続いた。前川さんが亡くなった時にも、追悼の文章を寄せている。

さて、「美の脇役」の連載には主役がいる。

「奈良の古建築や古彫刻などの世界にも、めだたない脇役がいるはずだと思い、当時、写真部にいた井上博道氏に相談した。かれは奈良にくわしかった。私は、東大寺二月堂の戒壇院に鎮まっている広目天を例にあげ、広目天を主役だとすれば、その足に踏んづけられている天邪鬼は脇役だ、というと、即座に理解してくれた。『美の脇役』というタイトルだったが、写真はすべて井上博道氏だった」

カメラマンの井上博道さんは兵庫県・香住《かすみ》町の生まれ。実家は禅宗の寺で、父親が東大寺観音院の上司海雲さんと親交があったため、東大寺は子供のころからよく知っていた。

「遊びに行くと、おかみ（上司海雲さん）が観音院から南大門のところまで下りてきて、提灯を持って迎えに出てくれました。小さい時ですから夜道が怖くてね、おかみの着物のたもとをギュッと握りしめてついていきました。提灯の明かりで木々がゆらめいているのを覚えてるな。お水取りの時に遊びに行くと、珍しいお菓子をよばれたり、お坊さんたちが入る大きなお風呂に入れてもらったりもしました」

龍谷大学に入学。学生時代は西本願寺や南禅寺など、京都の神社や仏閣をカメラ片手に歩き回った。西本願寺の月刊誌「大乗」でアルバイトをしていたためで、この時宗教記者クラブの一員だった司馬さんと知り合っている。五五年に産経新聞に入社。デスクの司馬さんの存在は心強かった。

「司馬さんには入社の時の保証人になってもらいました。写真部でいじめられると、文化部に駆け込んだりもしてね。『何やオレ、兄貴分かいな』なんて笑ってましたけど。〝福ちゃん〟があだ名で、良い先輩でした」

井上さんは入社後、報道写真がおもしろくて仕方なかったという。どちらかというと、司馬さんが手がけていた文化面に興味は薄かった。しかし、「美の脇役」の舞台は、井上さんが幼い時から慣れ親しんでいる場所である。

「まだ撮りやすい時代でもあったし、顔見知りの場所も多かった。国宝の仏像もね、ちょっと斜めにして撮ったりしました」

連載は評判を呼び、写真集にもなっている。その後、井上さんは六六年からフリーとなり、写真家の入江泰吉さんらを中心にした「水門会」のメンバーとなった。雑誌「太陽」などで活躍を重ねたが、迷いもあった。

「あのころは、関西のカメラマンは東京へ行くのが流行でした。東京へ行き、努力をすれば仕事も多く有名になれる、そんな風潮があって、僕も東京に行こうと思った。それを司馬さんに相談したら、『なに言うてるんや。何のために〈美の脇役〉を撮ったと思ってるんや。東京へ行って君が何を撮るんや』って。それで目が覚めました」

井上さんは関西を拠点にして、仏教美術、奈良の風物を撮り続け、今日に至っている。いまも奈良市に住んでいて、

「司馬さんには『骨肉やな』と言われたことがあります。僕が撮るのは、やっぱり子供

のころから過ごした奈良、京都。寺が一番向いてるという意味やと思います」

最後に井上さんはこんな話をしていた。

「『空海の風景』ってタイトルが不思議やなあと思いましてね、『人物を書いた話やのに、なんで〈風景〉なんですか』と聞いたら、司馬さんは言ってました。『わからん。空海は経歴が謎めいてて、ぼやっとして摑めへんとこがあるから、風景や』って」

さて、鹿をかきわけ、司馬さん一行は東大寺に入った。

東大寺がつなぐ友の輪

訪ねたのは東大寺観音院。

ここにも旧知の人がいた。上司海雲さんの甥で、跡を継いだ観音院住職、新藤晋海さんの夫人・美也子さんである。美也子さんは五五年、大阪外語大学モンゴル語学科を卒業。司馬さんの後輩である。

外語大で司馬さんの講演会が開かれたことがある。美也子さんは幹事だった。

「迎えに行くと言ったら、司馬さん、『一人でよう行くがな。そんなに老いぼれてへんで』ですって。車の中で司馬さんの小説を読んでますと言うと、『あんた、そんなしょうもない本、読んでんの』。とにかく愉快な方でしたね」

そして「奈良散歩」の時、久しぶりに顔を合わせることになった。

「『あんた、こんなとこにいるの』って。私が観音院にいたので、ずいぶん驚いていらっしゃいましたねえ」

新藤さん、美也子さんは動物好き。「フビライ」「ジンギスカン」という名の秋田犬、それに「テムジン」という猫に囲まれ、観音院を守っている。

さて、観音院といえば、須田剋太画伯である。須田さんは絵の修業のため、東大寺観音院を拠点にしていた時代がある。司馬さんは書いている。

「昭和二十五年といえば、須田さんの『奈良時代』の絶頂期である。上司さんがこのあどけない同年の四十男に善財童子というあだなをつけ、東大寺でさまざまにふるまうことをゆるした。山内の闇も、古堂から洩れる灯火の色も、木立のみどりも、総がかりで須田さんの心を染めあげた。また天平の仏たちを見つづけ、あるいは二月堂の床を踏む僧たちの木《き》沓《ぐつ》の音に千数百年前の音をきいたりした。須田さんの画業は、浦和時代の十九年よりも、その後の奈良時代にできあがったといっていい」

須田さんは、司馬さんに友人を紹介している。東大寺史研究所所長の堀池春峰さん（八二）。須田さんは、

「堀池クンは、東大寺のことならなんでも知っていますよ」

と説明している。

堀池さんは昔から「小綱《しょうごう》」と呼ばれる東大寺の会計を担当してきた堀池家の出身。天平の時代から続く旧家なのである。

「『電話をかけます』

須田さんがいうのを、私はひきとめた。私は、私立奈良大学教授である堀池春峰氏の著作の恩恵を多くうけている。それに、私より五歳先輩で、未知の私が突如食事に誘うなどはぐあいのわるいことだ、と須田さんにいったのだが、きかなかった。

『ペッ、と来ますよ』と、須田さんは、いった。（中略）

『どうです、来たでしょう』

私にささやいたが、よく考えてみると、須田さんは、堀池春峰氏がまだ紅顔のころから、上司海雲さんのもとで親しんできているのである」

堀池さんは振り返る。

「須田さんは『万年青年』というあだ名がついていました。観音院に泊まり込んで、いつも時間さえあればジーンズのつなぎ姿で、東大寺のあちこちや奈良博物館の仏像をスケッチしていましたよ。その須田さんから『出てこい』といきなり電話がかかってきました。司馬さんが来てるという。司馬さんにお会いしたことはなかったんですが、行ってみたら、福田さんでした。ええ、産経の福田さんには会ったことがあるんですよ」

久しぶりの再会を喜んだ司馬さんは、堀池さんに手紙を送っている。

わざわざお手紙ありがとうございました。ある席で上田正昭氏に〝堀池さんの家は日本でももっとも古い家の一つだ〟というとびっくりして、〝堀池さんとは大学のころから知っているが、そんなことをきいたのははじめて〟といっていました。日本上代史の先生が、堀池さんを知って堀池家を知らないのですか、とむろん冗談で、からかいました。

八四年五月十三日

堀池さんは会計の仕事は継がなかった。

「父親の代までは、東大寺の会計の仕事をやってました。でも、僕はお金を勘定するのがかなわんのです。それで、東大寺の研究を始めたんです」

著書に『東大寺』（京都院書館）、『重源上人の研究』（南都仏教研究会）などがある。

司馬さんにも送ったところ、お礼の手紙が来た。

造東大寺大勧進重源上人と仁王門像の造顕についての御論文お送り下さいましてありがたくありがたく存じます。

むしあついですね。奈良雑司町あたりだと吹き通る風もちがうでしょうが、当方、

市井雑鬧《ざっとう》でうだっています。

御礼のみを。

九一年七月九日

堀池さんは言う。

「東大寺には、宗性《そうしょう》という東大寺尊勝院の学僧が一二六八（文永五）年に書いた『調伏異朝怨敵抄』があります。元寇の少し前、蒙古から国書を携えた使者がやってきました。その国書の写本です。そんな話をしてたら、司馬さんはモンゴルがお好きだからね、喜ばれたでしょうね。でも、奈良にいらっしゃった時は、奈良の話しかしませんでした」

三十二杯のうどん

須田さんの友人で、観音院ゆかりの人がもう一人いる。

画家の杉本健吉さん。須田さんとともに観音院を拠点にして、一時期奈良を精力的に回った。

杉本さんは一九〇五（明治三十八）年生まれ。二五年ごろから京都で岸田劉生に師事し、二六年、春陽会に「花」が初入選。その後、国画会、新文展でも入選を重ねた。

五〇年から「週刊朝日」連載の吉川英治作「新・平家物語」の挿絵を担当した。大阪・四天王寺の「聖徳太子絵伝」の画稿などの大作は、愛知県知多郡美浜町の「杉本美術館」で見ることができる。

杉本さんを訪ねてみた。

現れた杉本画伯は元気そのもの、とても九十四歳とは思えない。

「奈良にいたころは須田クン、入江泰吉クンの三人で一番仲が良かったんじゃないかなあ。奈良を出たあとで、須田クンが抽象画に走ったり、道元に夢中になった時には、少し距離を置いた時期もあったけれども、ずっと仲は良かったね。須田クンときたら本当に常識のない人でね、夏は暑いから、東大寺の大仏殿の前で裸でスケッチしたりするから、『こんなところで裸になるなよ』と、よく注意したねえ」

杉本さんは「奈良散歩」にも登場している。

「『あれは昭和二十四年でしたかな、観音院さんのお客がうどんの食べくらべをはじめたというので、注文がきました。そのあと、わしはここからうどんの岡持《おかもち》をもって走りづめでした』

『一番は、たれでしたか』

『どなたでしたやろなぁ、わしは運ぶばかりで』と、笹田さんがいう。須田さんはにがい顔をしていたが、やがて、『杉本（健吉）君です』と、いった。相変らず卓越した記憶力である。

『三十二杯でした』

杉本画伯は体格も声も大きいから、健啖《けんたん》家にちがいないが、それにしても大きな記録である。

「三十二杯」の真偽を聞いてみると、

「あれは間違い（笑い）。司馬さんは小説家だから、須田クンの話を聞いておもしろおかしく書かれたんでしょう。須田クンは数字に関してはまるきり幼稚だからね、数のことはあてにしなさんな。それに近い数は食べたけどね」

杉本さんは、司馬さんとはそれほどの交友はない。

「ソウルで一度お話ししたぐらいかな。でも、司馬さんには感謝しているんです」

杉本さんは名古屋市の自宅から美術館まで、毎日のように電車で通っている。その時『空海の風景』を読むことが多いそうだ。

「空海が中国に渡って、重要な経典をもらって帰ってきますね。語学の力がないとそんなものもらえないし、わからないでしょう。外語大を出た司馬さんならではだね。『空海の風景』には、司馬さんにしかわからないことを書いてると思います」

その影響を受け、九二年には「金剛界曼陀羅」「胎蔵界曼陀羅」、九三年には彫刻「弘法大師空海像」を完成させている。絵は二年で描くつもりが、一年で描き上げてしまった。縦二百九十一・三、横百八十センチの大きな一枚和紙に、極彩色で大日如来を中心とした曼陀羅が描かれている。

美術館の中を見学させてもらうと、一つひとつの作品をいとおしそうに解説してくれた。美術館を歩きつつ、司馬さんの言葉を思い出した。

「作家に比べると、やっぱり画家のほうが長生きだなあ」

それを伝えると、杉本さんは笑って答えた。

「画家はのんきだもん。人のことを考えないから長生きなんだよ。司馬さんは早すぎた。でもね、須田クンも早すぎた。いまでも本当に惜しいと思ってるよ」

須田さんが亡くなったのは八十四歳の時だったが、杉本さんからみればまだまだなのである。

杉本美術館にはずらりと近作が並んでいる。九八年作の「JIVETALIAN（AA20世紀末）」は、名古屋の繁華街で地べたに座る若い連中を描いた作品である。

「地べたに座るのは汚いねえ。でもシャツを出して着るのは、見慣れるとなかなかいいね」

九十四歳、好奇心がいっぱいの杉本さんだった。

ニューヨーク散歩

星条旗と兄妹

一九九二年二月、司馬さんはニューヨークを訪ねた。司馬さんにとって二度目のアメリカになる。この年、コロンビア大学を退官するドナルド・キーンさんのために記念講演をするのが旅の義務となっていた。

「でも、決まっているのはそれだけなんだ。あとは気楽にニューヨークを散歩して、『街道をゆく』を書こうか」

と、旅の前の司馬さん。

もっとも、「ニューヨーク散歩」が始まったのは、それから一年後と、間があいた。その間、長編となった「オホーツク街道」を書き上げるなど、いつにも増して司馬さんは多忙だった。

「ニューヨークのことなんか忘れてしまうんじゃないか」と、編集部では心配していたぐらいだったが、ちょうど一年後、担当者に「業務連絡」の手紙が届いている（九三年二月二十八日）。

「ニューヨーク散歩」は、人間の林のなかの散歩になりそうですね。

しばらく司馬さんの「アメリカ人脈」の林の中を散歩したい。

そもそも司馬さんはアメリカが好きだったのだろうか。夫人の福田みどりさんに聞いた。

「私はあの人とアメリカにだけは行くことはないと思っていたの。ヨーロッパやオーストラリア、中国、韓国、モンゴルと、いろいろ行ったけれど、アメリカは避けているようだった。でも、それは嫌いだからではなくて、よくわからないままで書くのが嫌だということでしょうね。それなのに結局アメリカに行ったのは、読売新聞の野村宏治さんのおかげ。断られても断られても気長に口説いてくれて、それが『アメリカ素描』（八五年）になった。口説かれている間にアメリカの小説を一生懸命読んで、あの人なりのアメリカを発見して、それからは好きになったんでしょう」

もともと嫌いなのではない。

「フランス映画よりは、アメリカ映画のほうが好きでしたよ。それも西部劇ばかり。呆れるぐらいに繰り返し見てた。『駅馬車』とか『OK牧場の決闘』とかね」

西部劇といえば、菅泰男・京都大学名誉教授（八四）に、こんな手紙を書いたことがある。テーマは「バンダナ」である。

……秋はさわやかであるなどというのは若いころのことで、昨今一日のうちの寒暖が気になるとのおおせは、胸のいたむ思いであります。

小生などむかしから寒暖の専門家で、室内でも室外でも、すこしくびすじがつめたくなると、いそいでポケットの中からもめんの布ぎれをとりだしてくびに巻きます。

ちかごろはちょっとハイカラぶって、バンダナというものを巻きます。インド語起源だそうで、若い娘さんなどもよく持っています。ハンカチよりもふたまわりほど大きいもめんのぬのであります。

西部劇のジョン・ウェインなども、頸に赤いぬのをまきつけて、荒風の中に立っています。西部劇の壮漢にしてなおかくの如きかと思い、小生も荒風を厭うようになって、いつもポケットにしのばせています。

夜はゆるやかにくびにまいてねます。おかげでここ五年間、風邪はひかず、のど

の痛みなどもありません。

きょうは体がしんどいな、というのは、としのせいでなくて、どうも軽度の（あるいは広義の）風邪のせいのようです。

八九年十月二十六日

アメリカ文学もよく読んでいた。みどりさんは言う。

「司馬さんは若いころに『どんな小説が一番好きですか』と聞かれ、『風と共に去りぬ』と答えていたことがありました。スタイロンの『ソフィーの選択』、カポーティの『ティファニーで朝食を』も好きだった。アーウィン・ショーを熱心に読んでいたのは二度目のアメリカの前ですね」

アメリカの小説は、まず文章がいい

九二年の旅の相談をしていると、アーウィン・ショーの話になることがよくあった。

「『夏服を着た女たち』という短編があるけど、ああいうのが小説だね」

ニューヨークの街角が舞台。中年の夫婦が歩いていて、夫のほうは、すれ違う夏服を着た女たちをちらちら見る。妻はそれが許せず、やがてけんかになってと、こう書いてしまえば、とりとめもない。

「ショーのように、恋愛の一瞬を書くのが本当の小説かもしれない。つまり小説というのは、セックスを書くか権力を書くかでしょうね。僕もそういうものが書けたと思うけれど、結局、書かなかった。権力のほうにいってしまった」

　とまで言う。

『アメリカ素描』（新潮文庫）で、司馬さんは書いている。

「アメリカの小説というのは、まず文章がいい。（中略）ともかくも、この国の小説は、リンゴを丸かじりするように、前歯を現実という果肉に突きさし、皮ぐるみ、つまりはコトバぐるみ、その咀嚼の快感まで言語化して食ってしまう。（中略）他のアメリカの作家もそうだが、スタインベックも、現実という牛肉の大塊にいきなり五指を突きさし、肉塊をむしりとってずしりと台にのせる」

『ガープの世界』についても書いた手紙がある。やはりお相手は、菅泰男さんである（八六年九月十九日）。


……先生の視野の中ではあるいは小さすぎる存在かと思いますが、アメリカの若い（一九四二年うまれ）作家ジョン・アーヴィング（John Irving）の『ガープの世界』（筒井正明訳）のなかに、作者自身を投影しているらしい主人公ガープ（変

な名ですね）が、幼い息子に、作りばなしをしてやります。トラックの廃車に何年もつながれっぱなしになっている犬のはなしです。その犬に対して、いやな大猫が襲撃をかけるはなしです。はなしをしているときに、奥さんが話の腰を折ります。息子のウォルトがいらだって、父親のガープに、「お話、つづけてよ。犬はどうなったの？」とせがみます。

以下は、作者の地の文です。

話をするたびに、ガープには責任感が重くのしかかってくる。なにかが「どうなる」かをつねに期待する人間の本性とは、いかなるものなのであろうか？　人間についてにしろ、犬についてにしろ、なにかの話をはじめた途端、人間か犬がどうかならないと気がすまない。「つづけてよ！」とウォルトが焦れったそうにいう。

右の地の文に、「人間の本性」というふうに筆者がいっています。原文はどういうコトバか知りませんが、小生はむかしから、このことをふしぎに思っています。人間は幼時、少年のとき、イマジネーションにくるまれて生きています。世界を感じつつ生きています。それを形にしてひきだしてくれるのがコトバでありましょう。いったん大脳にコトバがふきこまれて、その幼児の想像力を喚起してしまうと――

世界ができあがりはじめますと——その世界が完成するまでいらだちつづけるようです。その世界が、シャボン玉のようにパチンと割れてしまおうとも、「つづけてよ！」とせがみつづけるのです。

幼児のこのすばらしい心、能力が、オトナになって衰退してゆくのも、ふしぎなことであります。（まったく衰退せずにいる人もいます。私は、太宰治という人を知りませんが、その娘の太田治子さんは、日々〈主として家内が〉親炙しすぎるほどの立場（役まわり）でいます。遺伝というのはあるのだな、と思うことがしばしばです）（以下略）

さて、九二年の「ニューヨーク散歩」では通訳に恵まれた。まずニューヨーク在住で、司馬さんに「徳と良心のかたまりのような人である」と書かれた平川英二さん。「身ごなしがすっかりニューヨーカー」と書かれた、コロンビア大学の大学院生の高田弘子さん。

そしてもう一人、コロンビア大の大学院生がいた。インドラ・リービさん。「インドラ・リービさんは、ゆたかな栗色の髪を学生らしく七三にわけている。その上、黒っぽい半オーバーに暗い色の襟巻をして、せっかくの美少女がいわば息を殺したように地味な格好でいる」（「さまざまな人達」）

流暢な日本語に加え、お母さんが中国系なので、日本人のようでもある。

可愛らしくニコニコしているのだが、夏目漱石の「文学論」について司馬さんと議論になった時は、一歩も譲らなかった。同行者たちを驚かせ、司馬さんはインドラさんをすっかり気に入ってしまった。道中、インドラさんが司馬さんに言った。

「兄が東京にいるんです」

「何をされているんですか」

「作家です」

会話はそれっきりだったが、二カ月後、司馬さんが教えてくれた。

「インドラ・リービさんのお兄さんがわかったよ。大江健三郎さんの文芸時評に取り上げられている人で、リービ英雄さんのことでしょう」

ネーティヴの日本人、何ほどのことやあらん

リービ英雄さんはこの年、『星条旗の聞こえない部屋』（講談社）で、野間文芸新人賞を受賞。一躍、文壇の寵児となった。年末には、「週刊朝日」で司馬さんと対談もしている。「ニューヨーク散歩」の登場人物にもなった。

「彼女には、十七齢上の兄君がいる。リービ・英雄氏である。イアン・ヒデオ・リービ

という本名でもって、ある時期までスタンフォード大学の日本学の若い教授だった。それよりすこし前、『万葉集』の翻訳で全米図書賞という大きな賞をもらった。その後、教授の職をすて、新宿の畳何畳かの下宿に住み、小説『星条旗の聞こえない部屋』を発表した。(中略)後日、会うことがあり、妹さんのすばらしい議論のたて方についていうと、

『妹は柄谷行人の弟子ですから』

と、適切、かつユーモラスに即答した。議論の素人である私は、千葉周作の門人と野仕合したようなものである」(「ホテルと漱石山房」)

対談には「新宿の万葉集」というタイトルがつけられたが、これを考えたのも司馬さんだった。すっかりリービさんがおもしろくなった司馬さんは、また菅泰男さんに手紙を書いている。

……最近、リービ英雄(アメリカ人、ユダヤ系なれどユダヤ教と無縁、父は国務省高官。アメリカの大学の職をすてて、新宿の陋屋《ろうおく》に住む)という四十一歳独身青年の『星条旗の聞こえない部屋』という本(小説)をよみました。日本文学(私小説的な)の伝統の末にある作品で、みごとなものでした。二世でもなく、日本うまれでもないアメリカ人がこんな作品を書くのかと驚き、会ってみましたところ、激

してくると主語や人称が飛んで、小生いちいち「それはたれが言ったんです」「それはあなたの持ち物だったのですか」と問いなおさねばならず、まったくの日本語でした。（以下略）

九二年十二月九日

手紙をもらった菅さんはさっそく『星条旗の聞こえない部屋』を読んで、感想を送ったらしい。それに対し、また司馬さんはリービさんのことを書いている。

さっそく、とは先生のおとろえることのない知的好奇心には驚嘆しました。リービ英雄さん、対談のあと、いよいよ夢中になって話しはじめ、それが主語ぬきの日本語（ああ、正統なる！）なので、私がいちいち〝それ、リービさんがいったんですか？〟〝それ、つまり彼の品物を？〟〝それ、結局かれに返したんですか〟〝それ、彼がいったんですか〟と半畳みたいに、二人称、三人称をたしかめざるをえなかったくらいで、なんだか「志ん生」の噺の中の人物みたいになりました。（中略）リービ英雄さんの頭には日本語の部屋があるんですね。そこには日本語しかなくて、なんとべんりな頭だろうと思いました。ですから自分は日本人だときめこんでいます。

世界はかわったんですね。日本でもヘーゼンと英語をしゃべる（発音どおりに）若い娘、息子がたくさんいて、ロックその他の金属音（子音だと思います）サウンドをききすぎて、子音馴れして、あの子音から子音へ八艘飛《はっそうと》びしてゆくような米語をしゃべれるのか、と思ったりしましたが、リービ英雄さんの場合は、母音をいちいち入れる日本語ですから（もっとも、これも今様ミュージックのせいかもしれません）。

それにしても、「自分は憶良じゃなくて人麻呂です」というのです。なりきろうとして、なりきっているのです。「ネーティヴの日本人、何ほどのことやあらん」と思っているのです。この競争心のつよさ、先生好みではないでしょう。ひょっとすると〝与次郎〟かもしれません。しかし〝与次郎〟でないかもしれません。なにしろ万葉集の番号を、重要なのはほぼおぼえているようなのです。古代の学者みたいなところがあります。後生畏るべし。

九二年十二月三十日

「与次郎」は、漱石の『三四郎』の登場人物。江戸っ子ではないが、江戸っ子を気取る。その与次郎よりも、『星条旗の聞こえない部屋』の主人公、ベンはもっと「江戸っ子」のようだ。

領事の息子、ベンは家出して騒然としていた新宿に飛び出す。喫茶店でバイトをして、欧米人が好まない生卵に〝挑戦〟する。司馬さんは対談「新宿の万葉集」の中で言う。

「……小説のなかの意地悪い日本人が『おまえに呑めるか』という。主人公は、こんちくしょうと、だれもいないところで割って呑み込んで、おれはこれで日本人になったぞというあたりは、十七歳の少年らしい気負い込みというか、新宿人になったぞという感じがありますね」

現在、法政大学教授でもあるリービ英雄さんは言う。

「司馬さんは僕がやろうとしていることを的確にわかってくれる人でした。そしていま改めて思うのですが、正確にわかってくれない人がどれだけ多かったことか（笑い）。司馬さんは表層的な、安易な国際化論を振り回す人ではなかったし、日本語についての深い関心があった。いま日本では日本語についての議論なしに現実や社会を語るか、現実や社会を抜きに言語ゲームに熱中するか、どちらかでしょう」

リービさんはカリフォルニアに生まれ、少年時代を台湾、香港で過ごした。以後もワシントン、横浜、ニューヨーク、新宿と、いろいろな土地に住み、自己を掘り下げてきた。最近は中国に関心を持ち、九六年に『天安門』（講談社）という小説も発表した。

「中国がもう一つのアメリカに思えることがある。大陸国で多民族で、民族へのこだわりがない。自分たちの文明に従うものを、人間として認める。日本と正反対ですよ。日本では日本語を上手に話せば話すほど、変な外国人ということになる。こんなに努力してどうして報われないのか（笑い）。ところが中国では、中途半端な北京語でも話せば、全然扱いが違う。そしていま中国では、自分たちをアメリカに代わる文明の担い手とする考え方が強くなっている。近代の歴史の揚げ句に生まれた『新中国』ですね。政治的には共産主義の枠組みは維持したまま、経済的にはどぎつい資本主義となっている。その混沌としたいまの中国の都市を、司馬さんと歩けたらおもしろかっただろうな」

リービさんは相変わらず熱く語っていた。

文通した少女

一九九二年八月、ニューヨークから司馬さんを訪ねてきた人物がいる。

平川英二さん（五二）。

半年前の「ニューヨーク散歩」の取材で通訳を務めてくれた人で、里帰りの忙しい日程を割き、大阪にやってきた。さっそく食事をすることになり、司馬夫妻と平川さんはホテルで再会した。ロビーで待つ平川さんを見つけた司馬さんは足早に駆け寄り、強く手を握りしめた。普通ならこんな挨拶になるだろう。

「ニューヨークではお世話になりました。お元気そうですね」

しかし、司馬さんはやはり常人とは違う。開口一番、出た言葉は、

「いまね、世界で好きな人が三人いますが、平川さんはその三番目です」

それを聞いたみどり夫人が噴き出し、平川さんも恐縮しつつ、笑いだしていた。平川

さんは言う。

「本当に、司馬先生は人を嬉しくさせてくれる達人ですね。だって三番目ですよ（笑い）。一番目と二番目がだれかは知りませんけど」

一番目と二番目がだれかはいまも謎だが、平川さんのランクが高いのは間違いなかった。「ニューヨーク散歩」での平川さんの存在は大きい。「平川英二氏の二十二年」という章を読めば、それがよく伝わってくる。

平川さんは秋田県能代市に生まれた。能代高校から神奈川大学に進み、卒業後にKDDの夜間オペレーターとなって英語を習得。二年勤めたあとに世界を放浪した。

カルカッタからバスや鉄道を乗り継ぐ旅で、ネパールのカトマンズ、ヒンズー教の聖地ベナレスを訪ね、アフガニスタンを通って、最終的にはアムステルダムに到着。帰路も陸路で、イスラエル、トルコのイスタンブール、そして再びインド……。

壮大な旅は一人旅ではなかった。奥さんの恵美子さん、それに生まれたばかりの茉莉子さんが一緒。そして一家はアフガニスタンで危機に陥る。

「小さな村にとめてもらって夫妻が荒野に立っていると、むこうに砂塵があがり、疾駆してきた中世の騎士のような男が、突っ立っていた平川氏の腕から赤ちゃんをすくいあげ、赤ちゃんを馬上高く掲げながら夫妻のまわりを祝福するように何度かまわった。やがて男は赤ちゃんを抱いたまま砂塵だけをのこして去ってしまった」（以下引用は「平川英二氏の二十二年」)

ずいぶん時間がたってから、男はようやく赤ちゃんを返してくれた。

「『空想家だったのです』

平川氏は、自分自身のことをそういう。(中略)

(ついに、こんなざまになった)

赤ちゃんをとられてつっ立っていたとき、そんなことを思ったかもしれない」

その後、平川さんは秋田に戻って、工業高校で英語を教えたり、さらには英会話塾を開いた。塾は評判となって五年が過ぎた。

「謹直な外貌についてもう一度ふれておくが、戦前の江田島出身の海軍士官がこれほど似合いそうな人もめずらしく、この年四十四だから、駆逐艦の少佐艦長にふさわしい。五年能代にいて、この謹直な艦長は、〝航海〟したくなった」

七九年、三十一歳の時、アメリカに留学生として渡り、以後はアメリカの人生が始まる。主としてニューヨークに暮らし、東京銀行に勤めたこともあれば、タクシードライバーになったこともある。やがて日本の新聞社、放送局の通訳・取材を引き受けるようになった。現在はニューヨークの仕事の他に、故郷の能代文化学院の学院長も務めていて、日本とアメリカを忙しく往復している。平川さんは言う。

「僕はアメリカがそんなに好きなわけではないんです。昔から憧れていたわけでもないし、アメリカのような社会に日本がならないほうがいいと、いつでも思っています。そう考えると、僕は愛国者なのかもしれません。西欧的な価値観が支配的な世界にあって、唯一対抗できる価値観を持っているのは日本ではないかとよく思います。

もっとも、日本人にイライラすることはありますね。ニューヨークは個人一人ひとりが勝負する街なんです。コスモポリタン的な生き方がしやすい街でもある。でも、ニューヨークに来る日本人は『飾り』が多くて……。企業の顔しか見えない人とかね。むしろ僕はアメリカ人のほうが、コミュニケーションをしやすいと思うことさえある。娘たちはさらにそう思っていますよ。彼女たちは日本で生まれ、アメリカで育ったわけで、いろいろな国の人々と付き合っています。一番コミュニケートしにくいのは、残念ながら、どうも日本人のようです」

さて、ニューヨークに滞在当時、すっかり平川さんを気に入った司馬さんは、平川さんの自宅も訪ね、恵美子夫人に歓待された。さらには毎晩食事を共にして、娘さんの茉莉子さん、沙羅さんとも会った。

小さな日米関係

「アフガニスタンでご難に遭った赤ちゃんは、いまはニューヨーク大学の一年生になっている。茉莉子さんという。彼女とは、ニューヨークの日本料理屋の座敷で会った。透きとおるように色白であるほかは、日本人の美人の理想だった観世音仏像そのままの顔だちだった。秋田県能代で出産した妹の沙羅さんにも、このときお目にかかった。（中略）彼女ら二人は、私の願いをうけいれてくれて、私が帰国したあと、月に一度手紙をくれた」

取材したのは九二年だが、実際に書き始めたのは一年後。ニューヨークの気分を忘れないようにするため、司馬さんは〝文通〟を思いついたのだった。

当時十九歳だった茉莉子さんは、いまもニューヨーク在住。ヨガのインストラクターとして、忙しい毎日を送っている。

「司馬先生と文通することになり、大変な日本語の勉強をさせていただきました（笑い）。あれほど集中的に日本語の手紙を書いたことはありません。でも、お返事はいつもおもしろかった。手紙のトーンが、時に子供から子供へ書いたもののように思えることもありました」

最初の手紙で、茉莉子さんは日本料理店での司馬さんを思い出しながら書いたようだ。

「司馬先生も奥様も、本当に小食なので驚いたんです。私はそんなに厳格なベジタリアンではないんですが、その私よりも食べるエリアが狭い感じで、二人ともたばこばっかり！（笑い）」

苦笑しながら、司馬さんは返事を書いている（九二年三月二十七日）。

いいお手紙でした。地下鉄の情景のことや赤ちゃんの目のことなど、NYと能代のこと、小食のいましめのこと、みなすばらしい日本文でした。（この手紙、万年筆だと滲みますので、ボールペンで書きます）

「お手紙、四月からスタート」

といっておりましたが、三月のおわりにきました。手紙のことを、明治以前の日本語では〝雁《かり》の便り〟といったりしますが、うれしいことでした。

小生の小食は（家内もそうですが）子供のころからです。ですから、よく食べる人には、いつも劣等感を感じます。生命の生存のあるいは生物としての、基本的な場所での劣等感です。

茉莉子さんから指摘されて、ヴェジタリアンからたしなめられちゃったとおかしかったです。小生は、うまれてほどなく、魚を食べない子だということがわかったそうで、いまでもサシミとカバヤキのほかは食べません。父も祖父（大昔の人で、よく知りません）も、魚をたべませんでした。劣性遺伝です。家内も、魚はあまり食べません。小生は牛肉がすきですが、家内にいたっては、それも食べず（外食のときは食べます）うまれついてのヴェジタリアンです。小生の父は、人生に欲望のすくない人でした。七十七まで生きましたが、色白で、若々しい顔をしていました。祖父も父も数学がとてもよくできた人でしたが、小生にはそれが遺伝せず、あわれな小食だけが遺伝しました。（中略）遺伝といえば茉莉子さんも妹君も、ご両親のよき遺伝をうけてよかったですね。あの席で、たしか小生申したとおもいますが、秋田県と鳥取県が日本の代表的美人県で、秋田県はCaucasoidに似、鳥取県は北方アジアに似ています。だからお二人とも美人だといったのです。（以下略）

追伸（こんどのお手紙で、つぎの英語を教えてください。エセックス・ハウスで泊まっているとき、ドアマンやメイドに、こちらがサンキューといいますと、おそらく〝どういたしまして〟という意味かと思いますが、必ず、ムニャムニャムニャということばが返ってきました。あれは、文字で書くと、どんな英語なのでしょう）

多くの手紙を残した司馬さんだが、十代の少女と一年かけて文通した例は珍しい。日本とアメリカを考える「ニューヨーク散歩」を書くにあたり、司馬さんはこの小さな、そして身近な「日米関係」を築くことに熱中した。

茉莉子さんもまた頑張った。辞書を引き、わからない言葉の意味は、恵美子さんが教えた。

茉莉子さんは小学四年生になってわずか一週間で、秋田からアメリカに渡ったという。

「最初は英語がわからないから、小学二年生のクラスに入れられたんです。毎朝、合衆国憲法を暗唱するんですが、わからないから口をパクパクしていただけでしたね」

タテ書きの文化、ヨコ書きの文化

二度目の手紙で、〝どういたしまして〟を茉莉子さんは解説している。「You're welcome」か「My pleasure」、あるいは「Don't mention it」。

小さな英語教師に、司馬さんはお礼の手紙を書いている（九二年五月十八日）。

茉莉子さん、お手紙ありがとう。

それに「日本」に興味をもって下さって、うれしいことです。日本は、世界史のなかでも、第一流の歴史と文化をもっています。

たとえば、十五世紀に、世阿弥（能の player であり、作者であり、かつ美学的な本を書いた）を持ったというだけで、日本人は世界を歩けます。もっとも、いまの私どもには、テンポがのろくて、退屈ですが。

「どういたしまして」

のムニャムニャを教えて下さってありがとう。こちらがお礼をいったときに返ってくるあのムニャムニャが、とても感じがよかったのです。日本は礼儀の国といわれていながら、アメリカで感ずるひとびとの礼儀作法に、こちらはいつも打たれています。

日本も、紀元前から八世紀ごろまで、ずいぶんいろんな血が入りました。たとえば、おなじ秋田県でも、県の北のほうの人の体は、平均して大きいのです。なぜだかわかりません。奇説の一つに、『聖書』のユダヤの十二支族のうちの一支族が秋田県にやってきた、というのがあります。

近畿地方は、血液型がA型が多く、頭の形も短頭形が多くて、頭形に関するかぎり、朝鮮半島に似ています。小生の家系は、四百年来、ずっと近畿地方にいるようですから、どうも、北方の人々とお仲間かもしれません。

日本における新石器時代を、日本では縄文時代といいます。縄文時代は、九千年ほどつづきました。紀元前三世紀のころ、稲作が入ってきて、社会も文化も一変します。稲作はどこからきたか、人によっては揚子江下流と言い、人によっては朝鮮半島からと言い、また人によっては両方からきた、といいます。もとからいた人々は、アイヌか、アイヌのような人々でしたが、かれらは北のほうに追われてゆきます。日本は、多様な民族の入りまじった国だったのです。

紀元前、アジアの各地から、

「どこか、稲作の適地はないだろうか、そうだ、あの列島だ」

ということで、ひとびとがきたのです。ボート・ピープルの国だったという点、アメリカとおなじです。

今月のお手紙、ほんとうにおもしろかった。

ありがとう。

それから二カ月後の手紙は「タテ書き文化、ヨコ書き文化」について。司馬さんの手紙はだんだん熱がこもってきている（九二年七月八日）。

こんども、小生の手紙は、タテ書きです。

ちかごろ、日本でも、手紙は横書きで書かれることが多くなりました。教科書も、地理や物理、化学などの教科書は、数字や方程式その他が入るために、横組みです。

茉莉子ちゃんは、ずっと横書きでお手紙をください。そのほうが、若い人らしくていいです。

私はなにしろ一九二三年八月七日うまれですから、横書きで書くと気分が出ません。

私は、タテ書きかヨコ書きかについて考えたことがあります。単に、日本では十一世紀の『源氏物語』(世界最初の小説)以来、タテ書きです、というだけでは、答えにならないようです。

中国の本の影響か、といわれれば、そうでもあるでしょう。中国の古典は、ぜんぶタテ書きでした。

が、こんにち、中国語の新聞・雑誌は、ほとんど横書きです。これはひょっとすると、孤立語(言語学の用語)のせいかもしれません。単語が孤立して順序によって意味がわかるという言語です。英語もそうです。我愛你《こうちやく》(I love you)。日本は助詞(テニヲハ)という膠《にかわ》で単語をくっつけますから膠着語といいます。

膠着語は、いちばんかんじんのことが、文章のおしまいにきます。私はあなたを—愛します。—愛しません。ですから、膠着語を話す人は頭がいい(記憶力がいいという程度の意味)という冗談があります。なにしろ、かんじんのことを、最初から頭の中におぼえておいてしゃべるのですから。もしこんなに(つぎのように)長い sentence なら、おぼえておくのに大変(?・)ですよ。

「けさ天気予報をきいていると雨だというので傘を持って出ようとしたら、このあいだ友達の家にわすれてきたことを思いだし、このため持たずに出たので、途中で降られてしまい、ずぶ濡れになった」

やっと、ずぶぬれになった事態がわかります。しかしまあ、ことばの実際としては、なるべく文章の前のほうに出すようには、皆さんしていますが。ともかくも、かんじんなものがあとにくる。

タテ書きは、ガラス戸に当たった雨がタテに流れるようにして下へゆきます。日本語は、心理的にもタテなのかもしれません。

ですから、新しがり屋の新聞や雑誌も決してヨコ組みにしませんし、また小説の本もそうです。もしヨコ組みにすれば、一冊も売れないでしょう。

CNNを見ていると、英語国のみなさんは、しゃべっていて句読点《コンマ》にあたるところで、顔を横に振ったりしますが、日本のテレビに出てくる日本語のスピーカーたちは、区切り区切りで、点頭（たてにうなずく）します。横文字とタテ文字のちがいが、顔のふり方にまで出ているのですね。

若いころ、小生がならったモンゴル語は、十三世紀以来、タテ書きでした。モンゴル語も、膠着語だからです。（モンゴル文字は、横書きのアラビア文字をタテにしたものです）

モンゴル人民共和国は、ソ連の影響でロシア文字（キリル文字）になり、当然ながらヨコ書きになりました。ソ連崩壊後、キリル文字をすて、もとのモンゴル文字になりました。ヨコをすてて、タテを復活したのです。

こんどの手紙は、以上でおわりです。

茉莉子さんは言う。

「いま思えば、楽しい文通でした。私は日本に生まれたけど、日本をよく知らない。司馬先生のお手紙は、手紙というよりも、そう、私に特別に書いてくださった『本』のようでした」

「guts」と「はら」

司馬さんへの講演依頼はひきもきらなかったし、似たような依頼が重なるケースもあった。

例えば、「文藝春秋創立七十周年記念」と「週刊朝日創刊七十周年記念」が同じ年に重なり、どちらも司馬さんに講演をお願いしたことがある。この時は朝日が断られた。司馬さんの断りのひとこと。

「文春を先に引き受けちゃったからなあ。だいたい、そんなにあちこちで『七十周年』の講演をするのも変だろう」

一九九二年のニューヨークでも講演依頼が重なった。

コロンビア大学を定年で退官するドナルド・キーンさんのため、記念講演をすることは決まっていたが、出発が近づき、もう一件の依頼があった。関西大学文学部長の河田悌一教授は言う。

「そのころ私はプリンストン大学の客員研究員だったのですが、プリンストンのマリウス・ジャンセン教授もこの年に定年を迎えられることになっていました。司馬先生とジャンセンさんも長い親交があります。司馬先生がいらっしゃることを知り、プリンストンのほうもお願いできないかと私が電話をしたのですが、もう予定が細かく決まっていたのですね、『残念ですが』というお話でした。もっとも、ジャンセン先生については司馬先生も懐かしい思いがあったのでしょう、ニューヨークからお帰りになったあと、丁寧なお手紙をいただきました」

河田さんへの手紙には、ジャンセンさんのこと、やはり交友が深かったプリンストン大学のアール・マイナー教授のこと、そして「ニューヨーク散歩」の取材について書かれている。

お手紙、ありがとうございました。胡適《こてき》についての再評価、興味ぶかく読みました。ゆたかであかるい胡適を感じました。（小生は、好みでいえば、魯迅が好きで、林語堂にも魅力を感じます）

先般のお電話で、マリウス・ジャンセン教授のお誘い（プリンストンでの講演依

頼）をお伝えくださったこと、うれしく存じました。小生のジャンセン教授への尊敬心は二十余年来のものであります。

ジャンセン教授の『坂本龍馬と明治維新』は、当時（二十余年前）、大岡昇平氏が送ってきてくれました。ちょうど『竜馬がゆく』を書いていたときで、あふれるような好奇心でもって読みました。英語を忘れてしまっていたので、一頁に三十分もかかったことがありました。辞書を何百回もひきました。その後、同書が時事通信社から日本語訳されて刊行されました。それも、さっそく買いました。日本史についてて書かれた偉大な書物の一つ（外国人によって書かれた最高の書）と思って、いまなお愛蔵しています。

アール・マイナー教授のお人柄とするどい頭脳が、いまも懐かしく思い出されます。

「マイナーとは、鉱山で働く人のことですか」（小生）

「墓掘りということです」（マイナー教授）

なんとすばらしい人でしょう。

ジャンセン教授が、ちかぢか定年とのこと、もし日本に来られる予定があれば、前もって御一報くださるよう、河田さん、おとりはからいください。必ず。

NYは、コロンビアでの講演の前後、たのしい休日を送りました。あの公園（注・セントラルパーク）の南にあるESSEX HOUSEにとまり、子供のように、公園を馬車に乗って見て歩いたり、摩天楼に登って（！）夜景をたのしみました。五、六回、ブルックリン区へもゆきました。

ブルックリンはアメリカの都市文学の一母胎でもあり、またふるくから写真集などを集めていましたので、他国のまちのようには、思えませんでした。こんどの旅は、ブルックリン歩きが、私的な目的でした。

つねに、アフリカ系の人の運転するフォードのワゴンでゆきました。このドライヴァーは、「マクドナルドとよんでくれても、ドナルドとよんでくれてもいい」というのんきな人のくせに、考古学が趣味という風変わりな人物でした。アメリカのアフリカ系の静かな成熟を見た思いでした。

小生をマンハッタン島の北端のINWOODにつれてゆき、蠣殻《オイスター》の貝塚をみせてくれました。

「あなたが発見したのか」

「そうだ」

あとで、インディアン・ミュージアムにゆきますと、すでに調査済みの貝塚であることがわかりました。当然なことでした。

以上、ジャンセン教授やマイナー教授に深い愛を覚えつつ、河田さんのご研究がみのることを祈って。

九二年三月十七日

キーンさんの退官を記念する講演のタイトルは「日本仏教小論」。もっとも、このテーマは直前になって変更されたもので、この経緯については、司馬さんが「ニューヨーク散歩」に書いている。

「講演は、最初、明治について話すつもりだった。文明の転換についてである。(中略)が、状況がわるかった。私のニューヨーク滞在(一九九二年早春)の前後は日米経済摩擦が——といっても多分にマスコミが増幅したものだろうが——極限に達していた。たとえば、三月一日付のワシントン・ポスト紙は、『二カ月前のブッシュ大統領訪日以来、日米関係はもっとも深刻な下降線を描いている』と言い、『日本では〝侮米〟ということばが次第に使われるようになってきた』とまで言う。(中略)要するに、こんな時期に明治のことを話せば、日本はいかにして経済発展を遂げたか、というお国自慢にきこえかねない」(「奈良絵本」)

この旅に同行した平川英二さんは言う。

「まだバブルの余波が続いていた時代でしたね。日本の企業がニューヨークのシンボル的な不動産を買っては、話題になっていた。日本の経済的な脅威が声高に語られ、『ジャパン・バッシング』もありました。その反動でしょうか、日本では嫌米、侮米といった言葉が生まれ、『もうアメリカに学ぶものはない』といった論調もあったと思います。司馬先生はそういう状況に、非常に敏感でいらっしゃったことを覚えています。あれからずいぶん状況は変わりました。いまアメリカで、日本の脅威が語られることはほとんどありません」

〝ハラ〟〝はら〟〝おなか〟

日米の状況を踏まえつつ、司馬さんは「ニューヨーク散歩」の準備に余念がなかった。ニューヨークで知り合った平川さんの長女、平川茉莉子さんとの文通は一年続いた。鳥取に生まれ、小学四年からアメリカで暮らす茉莉子さん。小さな、しかし司馬さんにとっては重要な「日米関係」を、大切にゆっくりと育てた。手紙を読むと、楽しんでいる司馬さんが伝わってくる。

この夏は、お母様からもお手紙をいただき、お父様とも大阪でお会いし、小生は大変しあわせでした。

お父様のおはなしですばらしかったのは、Native American の居住区に行ったお話でした。自然と人間のかかわりのことがよくわかったし、人々についての描写が的確で、話し方に愛がこもっていて、文学を感じました。

かれらのたれもが、スピリチュアルな秘密の名をもっていること、そのことは私は他の本で知識として知っていましたが、お話をきいてなまなましく肌で感ずるように聞くことができました。インディアンについては、日本では、Michael Blake という人の DANCES WITH WOLVES という作品がよく読まれており、映画も評判になりました。

お手紙のなかの guts のこと、とても面白く読みました。なるほど辞書をひくと、もとの意味は〝腹〟(幽門から肛門までの……)とありました。小生の貧しい頭の中の英語単語帳では〝根性〟という意味があるだけでした。

日本語の「ハラ(腹)」も、胃腸あたりをさします。日本人は非牧畜民でしたから、古語としての内臓語は多くなく、二千年ほど前は、胃も腸もハラといっていたようです。よほど古いことばです。gut とよく似た使われ方もします。

「はらが大きい」というのは、他人をうけ入れる気持ちが大きい。

「はらが黒い」心の中がきたない。

「はらが立つ」怒る。もっと怒る場合、「はらが煮える」。

「はらでゆく」真心で接する。

「はらに惚れる」気立て、性格に惚れる。

「はらを仕る」十五世紀〜十九世紀ぐらいのことば。何だと思います？　切腹することです。「はらをお召しになりますように」切腹なさいますように、と主君にいう。そのときの敬語。


と書いてくると、guts とすこしちがいますね。RANDOM HOUSE の辞書の文例をひきますと、hate with extreme intensity の俗語は、hate a person's guts とあって、日本の使い方の一つと似ているような似ていないような。日本では「互いのはらをさぐりあう」「あいつのはらの中がわからぬ」。

もう一つの文例は、I hate old Bernard's guts for playing a trick like that on me.

このごろはスポーツ界などでは、日本語に入ってきています。

「あいつはガッツが足らん（足りない）」

この場合は、アメリカで多用されている guts とほぼおなじでしょう。

しかし、茉莉子さんが教えてくれた用例「日本人と接していると、きれいなデコレーションだけど、お互いにおしげもなくgutsをきかせて話したいな」という使い方は、小生にとってはじめてのものでした。これなら日本語で「お互いにはらを割って話しあいましょう」にあたります。そっくりです。

私も、これから大いに心がけます。それはそうと、オックスブリッジを出たイギリス人に、「guts」ということばをつかうと、ちょっと下品にきこえるでしょうか。日本でも、ちゃんとした〝デコレーション〟では、「はら」ということばは、なまなましいので、比喩であれ、なんであれ、避けます。言わねばならないときは、女性などは、「おなか」といいます。

きょうは、これまで。

九二年八月二十四日

茉莉子さんは言う。

「私にも日本人の大事な友達はいます。でも、日本語ではコミュニケーションがとりにくいと思うことはありますね。日本人と話していて、表面的な話に終始して、深いところへなかなか話が進まないことがある。英語ならもっとダイレクトに本音に迫ることができるのにと思ったりします。そういう時は、『私の本音が知りたければ、英語で話せ!』(笑い)と思っちゃうこともありますね。それで『guts』のことを書いたのかな」

少女に語る少年時代

茉莉子さんのNY感覚を楽しみつつ、自分の少年時代について書いたのが、十月の手紙である。

茉莉子さんがおっしゃるとおり、NYの最高の季節ですね。

カンヌでのんびりされていたとき、「頭がカラッポになって心のしんがスパゲッティーみたいにヨレヨレになってしまう危険を感じました」と感じられた表現はいいですね。年中暖かいところより、四季があって、ぴりっとした寒気、澄んだ夜空がすきだという感覚も、すばらしいと思います。アメリカにきた当座の田園のお家の思い出も、すばらしい描写でした。アメリカ憲法の暗誦のこと、耳英語だからあとで spelling したとき、先生がふき出されたこと、ありそうな話です。

NYCの Halloween はずいぶんちがうとのこと。十九世紀末には、アイルランド人（ハローウィンはアイルランドの土俗的な催しでした）はNYCに住んで、田園には住まず、〝草原の家〟の土地には主としてWASPが住んでいました。NY

Cのアイルランド人が、自分の国の祭り（聖パトリックの緑のまつりやハローウィン）などをやっていると、他の人々も加わるようになり、それが田園にまでひろがりました。ハローウィンの正統（?）が田園にのこり、発祥地のNYCでは変質してしまったということを、お話から考えました。

幼いころから、

Nature lover

だったとのこと、その感じは茉莉子さんの印象からよくわかります。茉莉子さんには一種の神聖感がありますが、それはNature loverだったことや、ヨガなど、インド的唯心論がお好きであることと関係があるかもしれません。

「先生はどんな子供でしたか」

というご質問にはどう答えていいか、やはり平凡な子供だったというのが結論のようです。勉強の成績を気にしない子供だったことはたしかです。それに数学のできないこどもだったということも。

中学三年のころから、漢文に熱中し、一方でウパニシャッドなど、インド哲学を読みはじめ、二十歳までつづきました。小学校のときはただ腕白なだけでした。趣味なし。運動能力なし。特技は、気味わるいほど考古学に通じていました（ちょうど子供のカー・マニアのように）。このため、小学校六年生のとき、収集品のすべてを父親に捨てられてしまいました。アタマの中が、古代でいっぱいで、この世のこと（学校の授業）が、まぼろしのように感じられて、成績がどんどんさがって行ったためです。

いまは、考古学の気はかけらもありません。漢文だけは残りました。他のひとより早く読めて、マチガイを気にせずに大胆に解釈できることだけが、子供のころの遺産です。

小生は二十二歳ごろまで、十四、五歳のこどものような心で生きていました。そういう小生もこの世で古いほうになりました。なにしろ第二次大戦の陸軍少尉ですものね。故ケネディさんやブッシュさんの敵だったのですが、それだけにケネディ海軍中尉やブッシュ少尉に、他のひとにはわからない友情を感じます。

私だけでなく、他の人もそうらしいです。たとえば、もう亡くなったイギリスのオックスフォードのストーリー教授（日本学）もそうでした。この人は、私と初対面のとき、

「My enemy!」

と抱きつきました。ストーリーさんは英軍の陸軍大尉でした。またコロンビア大学のドナルド・キーン教授との初対面のときは、小生のほうから、

「戦友」

と、Keene 海軍中尉をよびました。そのときの教授の口もとにうかんだ微笑は、わすれがたいものでした。キーンさんは、私ども日本人は——とくに日本兵の出身者は——どこかでアメリカ人を憎んでいるだろうと思っていたらしいのです。とんでもなくて、私も他の人々も、そういう気持ちはもっていません。

へんな話になりました。私は戦争そのものを憎みます。まじりっけのない平和主義者のつもりでいます。

お母様からいいお手紙を頂きました。お父様ともども、およろしくおつたえ下さい。

きょうは、初冬のようなつめたい風がふいています。晴。

九二年十月九日

司馬さんの、茉莉子さんへの「guts」が溢れる手紙は、いよいよ核心に入る。

忠実な友

一九九二年、旅に出る前に司馬さんは言っていた。

「ニューヨークへ行ったら、ブルックリン橋を歩いて渡ろうか」

もっとも、実際に行ってみると、ブルックリン橋は長かった。マンハッタンとブルックリンを結ぶ橋で、全長千八百二十五メートルもある。冬の散歩にはちょっと長すぎ、四分の一程度で歩くのをあきらめた司馬さん、笑って言った。

「映画とずいぶん違うね」

お気に入りの映画、「ソフィーの選択」のことである。深夜のブルックリン橋に、ネイサン、ソフィー、スティンゴの三人の登場人物が現れる。司馬さんは書いている。

「……無数の鋼線がかがやいて、かれらが橋ではなく前衛的な建築様式の大聖堂《カテドラル》に入ってきたのではないかと私に錯覚させた」(「橋をわたりつつ」)

そして、そこから考え始める。

「映画の中のあの三人をつつんでいた鋼線の光は、写真がもつうそである。肉眼でみたブルックリン橋は、大聖堂でも神殿《パンテオン》でもなく、ただの鉄の多様な交錯にすぎない。写真はやはり芸術ですな、といった。芸術とは、理想化されたうその体系という意味である」

司馬さんの好きな写真家に、マーガレット・バーク＝ホワイトがいる。

バーク＝ホワイトは一九〇六年、ニューヨーク生まれ。コロンビア大学、ミシガン大学、コーネル大学などに学び、カメラマンとなる。モチーフはフォードの工場、ナイアガラ瀑布の水力発電所、鉄鋼所の煙突群……。急発展するアメリカ資本主義をダイナミックにとらえて注目を集める。

「マーガレット・バーク＝ホワイトという女性名は、いまも世界の写真家にとって、ギリシア神話の女神たちよりも神聖な名であるに相違ない。……彼女は大学を出てほどなく工場に入りびたって、その幾何学的な美しさを、光と影で表現しつづけた。これらの作品は、写真を芸術に高めただけでなく、機械化社会という新文明における言語にまで仕上げた」(中公文庫『風塵抄二』「写真家の証言」)

その後は、タイム社の「フォーチュン」誌、三六年からは創刊された「ライフ」誌を舞台にし、ナチスやソ連をルポ、第二次世界大戦にも従軍。なかなかの美人で、B17の機上撮影を終えた彼女のポートレートは、兵士たちのピンナップとして愛されたという。このバーク＝ホワイトについて、朝日新聞出版写真部の長谷忠彦にあてた手紙がある。

バーク＝ホワイトの作品写真、および飛行服姿の写真よくまあ見つけてくれました。大変なご苦労だったと思います。昭和三十五年三月号「アサヒカメラ」だったとは。また彼女が、兵士たちのピンナップ女性だったとはおどろきました（そういう存在でもあったことが、ピンナップという一事でよくわかります。ついでながら、昭和二十九年、小生、みじかい英語の文章をよんでいて、pinupということばがどうしてもわからなかったことと思いあわせています。昭和三十五年には、もう日本語になっていたのですね）。二十世紀の三〇年代、四〇年代のアメリカの象徴はバーク＝ホワイトだと小生は思っていますので、送ってくださった複写のかずかずは、ニューヨーク紀行に大いに役立ちます。

九二年三月三十日

バーク＝ホワイトについて、司馬さんは「ニューヨーク散歩」でこう結んでいる。

「……前半生では機械文明に美を見出したアメリカの神々の一柱《ひとはしら》といった存在だったが、第二次大戦後の後半生では、インドやパキスタンで、機械文明から対極にあるようなひとびとを撮りつづけた。橋をわたりつつ、さまざまなことをおもった」（「橋をわたりつつ」）

さて、「うそ」に話を戻す。写真を含む芸術が「理想化されたうその体系」にあるとしたら、思想はどうなるのだろう。

司馬さんほど、思想に関心が深く、かつ思想に厳しい人はいない。講演の中で、こんな話をしたことがある（六九年、文藝春秋祭りでの講演）。

「思想や宗教は、小説と同じようにフィクションであります。つまり、『嘘』であります。神様が天国にいるというのは、やはり嘘であります。そして、マルクス・レーニン主義も、嘘であります。いかなる思想も嘘であります。現実というものから形而上的に飛躍させた、一つの壮大な嘘ですね。

その嘘を、つまりフィクションを信ずるには、やはり狂おしい心が必要となります。……酩酊するわけです。……しかし、酩酊しない体質の人間にとっては、思想というのは何の意味もなさないものでしかありません」

ニューヨークから帰った司馬さんは、その年の秋、言語学者で哲学者の井筒俊彦さんと対談した。井筒さんは、イスラム研究の巨人。対談のあとに、しきりに井筒さんの話をしていた。

「あんなすごい人には会ったことがないね。とにかく何語でも話せるようだな。どういう頭をしているんだろう」

いったん熱中すると、文通相手にも書くのが司馬さんである。平川茉莉子さんへの手紙にも、井筒さんの話が書いてある。

友として、茉莉子さんを思う

いいお手紙ありがとう。ニューヨークの一角で学生生活を送っているお嬢さんから、思想の息づかいのするお手紙を頂戴できるのは、至福なことです。

茉莉子さん、まだ yoga をやっていますか。私はごく最近、井筒俊彦先生（一九一四〜）という世界的な哲学者と会いました。雑誌「中央公論」での対談でした。井筒博士はコーラン（Koran）の翻訳者で、岩波文庫の『コーラン』は、世界的な名訳といわれています。古代アラビア語、ヘブライ語、ギリシャ語、サンスクリットに長じ、世界の思想的古典をぜんぶ原語で研究してきたひとで、古代中国をふくめたあらゆる大思想に通じているという点で、世界唯一の人かもしれません。

「ちかごろは、何をなさっていますか」

「唯識論を読んで、意味論を書こうとしています」

ということでした。唯識論は三、四世紀のインドで興った哲学体系で、茉莉子さんがやっておられたヨガの思想的な土台になっているものです。日本では奈良時代(八世紀)、奈良の興福寺で研究されていました。日本ではヨガを瑜伽《ゆが》とよんでいました。

インドではこの修行をするひとびとをヨーガ行派(Yogācāra)というそうですね。

人間の意識の下に無意識があり、その世界はドロドロしてカオス(chaos)の世界です。しかしやがて光明へ育ってゆくかもしれぬ種子もかくれている、とします。その無意識下のカオスの世界を、インド哲学および日本仏教では、阿頼耶識《あらやしき》(ālaya-vijñāna)といいます。アラヤは、インド語で蔵という意味だそうですね。

フロイト(Freud)もユング(Jung)も無意識下の世界をとらえて深層心理学(depth psychology)をつくりあげましたが、無意識の洞察では、インド哲学の唯識論、アラヤ識・ヨーガ行派のほうがはるかに深そうです。

「茉莉子さんは、なぜヨガをやっているんです」

と、私がニューヨークで、あまり晴れない表情で質問をしたのをおぼえているでしょう。なぜ晴れない表情を私はしたのか、それは、私自身、若いころから、アラヤ識は偉大だと思いつつ、いまなおよく理解できないからです。あのとき、心の中で（若い娘さんが、あまりにも深すぎて、しかもそこはカオスであるというような世界を、行《ぎょう》としてやりすぎると、光明をうしなって、不幸になるのではないか）と思ったからです。

この思いは論理的には強引です。しかし、知的興味はいいとしても、行までやって、のめりこむのはどうだろうか、と不安に思ったのです。

以上、とりとめもないことを書きました。説明不足で、意味がよくわからないでしょう。茉莉子さんは、私の言葉の意味など理解しようとは思わずに、私の漠然たる（vaguely?）不安だけわかってくだされぱいいのです。「だからヨガなどやめたほうがいい」とは言いません。あのときの私の冴えない表情の裏の景色だけを感じてくだされぱよいのです。

きょうは、これまで。

九二年十一月十日

平川茉莉子さんの父、平川英二さんは言う。

「ヨガのことでは、ずいぶん司馬さんにも心配していただきました。僕も彼女がもしゃカルト的な世界に入るのではと心配した時期がありましたが、それは杞憂に終わりました。いま彼女はヨガのインストラクターとして、忙しい日々を送っています。あいつ、

『もし私がその気になれば、ダディーの収入を超すぐらい簡単よ』などと言っています。もっとも、お金を稼ぐことよりも、もっと深めたい気持ちが強いようですね。サンスクリットの勉強もしているようです」

司馬さんも茉莉子さんの手紙を読むうちに、だんだんと心配が小さくなっていったようだ。次の手紙を読むと、そのニュアンスが伝わってくる。

キリスト教の〝愛〟

きょうは大晦日（十二月三十一日）です。

きょう、茉莉子さんのカードをうけとりました。うれしく思いました。

ことし、いちばんうれしかったのは、平川英二氏、恵美子さん、茉莉子さん、沙羅さんに出遭って、友達になれたことでした。

さらには、このお四方からのお手紙でした。

ことし最後の茉莉子さんのカードも、すばらしいものでした。

「この世で一番大事なものはなにか」

「愛だ」

それも「人間の心からあふれ出る愛だ」ということばは、みごとなものでした。

このことばだけで、地球上のたれもが生きてゆけます。

愛。love agapē（ギリシャ語）

旧約聖書（The Old Testament）の中の神は嫉妬ぶかくて、悪魔的でもあります。（心理学のJungの解釈）

しかし新約聖書となると、神は愛だということがよくわかります。キリスト教のすばらしいところは（私はクリスチャンではありませんが）、愛をあらゆる徳のなかで最高のものとして置いたところにあります。預言（prophecy）よりもlogosよりも知識よりも上位に置いています。新約の宗教は思いきった宗教だと思います。

私は宗教は？ときかれれば、親鸞（一一七三～一二六二）の自称弟子だ、というしかありません。その点では仏教徒です。ただ無教会派（そんなものはありませんが）といいたいのです。寺ハ要ラズ、墓ハ要ラズ。

私は二十代、宗教一般の教義を知ることが好きでした。仏教、カトリック、正統キリスト教（ロシア正教、ギリシャ正教）、天理教、金光教、あるいはインドのウパニシャッド（Upaniṣad）、ラマ教（Bla-ma）など、広く浅く、その道の人に話をきいたり、読んだりしました。信仰上の姿としては、十八世紀、十九世紀のアメリカ東部のプロテスタントの自律的な気分が好きでした。
だから、茉莉子さんのヨーガに関心をもったのです。ヨーガは解脱（vimukti,

vimokṣa）を目的とします。解脱は生きながら仏様になってしまうことです。うら若い茉莉子さんが、私たちの手のとどかない空《くう》（śūnya, śūnyatā）に行ってしまったら――光に包まれてしまったら――こまるなあと思ったのです。こまるというのは、私の身勝手です。友達ではなくなってしまって、拝まなければならないなあ、と思ったからです。

親鸞は、

「自分はだめ人間である。とても解脱や悟りの境地にはゆけない。だから、すでに悟ってしまった存在（親鸞の場合は阿弥陀如来）の慈悲を信じ、それにすがるしかない」

と言いました。じつに楽な宗教です。

そういう私でも、キリスト教の愛というものには、感心してしまいます。男女の愛、親子の愛、それは多分に自分勝手なものですが、キリストはそれを昇華させて、ギリシャ哲学でいうアガペ（agapē）に仕立てたのです。キリストが愛を説かなかったなら、キリスト教は古代ローマのある時期にほろんでいたでしょう。

きょうは、なにやらわけのわからぬことを書きました。

この手紙がついているころは、茉莉子さんはあたらしい年を元気いっぱいに歩いていると思います。

一月二日から台湾の台北へゆきます。お正月の休暇をたのしみます。

九二年十二月三十一日

茉莉子さんは言う。

「考えてみれば、私は秋田に住むおばあちゃんにも、あんなにたくさん手紙を書いたことがありません。（笑い）でも、司馬先生の手紙はいつも温かいものでした。ニューヨークでお目にかかった時の印象そのままのお手紙でした。ヨガもずいぶん心配していただきました。いただいた手紙は、本当に私の宝物ですね」

二人の文通を最後にしめくくる手紙がある。ニューヨークを取材してから一年が過ぎていた。一年の熟成期間を経て、いよいよ「ニューヨーク散歩」の執筆に入った時期の手紙である。

茉莉子さん、たくさんのお手紙をありがとう。

私がニューヨークで十日以上すごしたとき、

「いずれこの街について私は書かねばなりません。それまでのあいだ、印象の温もりが冷めてしまわないよう、茉莉子さん、沙羅さん、私に手紙をくれませんか」

と頼んだこと、みごと果たしてくれました。おかげで、私のニューヨークの印象は、褪《あ》せることも冷めることもなく一年過ぎました。

茉莉子さん、沙羅さんのおかげです。この間、二人の美しい姉妹から手紙をもらいつづけた私は、まことにしあわせでした。

『ニューヨーク散歩』の原稿を書きはじめています。十回ほど書くつもりです。すでに四回目を書いています。載るのは「週刊朝日」です。（まだ連載開始はしていません。五回分たまってから、スタートしようとおもっています）

おふたり、約束を果たしてくださってありがとう。なにかごほうびを差しあげたいのですが、なにがいいでしょう。このこと、沙羅さんにも、お伝えください。本当にありがとう。

九三年二月五日

おふたりの忠実な友　司馬遼太郎

大好きな平川茉莉子様

そして、平川沙羅様へも。

朝日新聞入社事情

コロンビア大学名誉教授のドナルド・キーンさん（七七）について、司馬さんは「懐しさ」という文章を書いている（中公文庫『世界のなかの日本』あとがき）。

「キーンさんという人は、対座している最中において、こんにちの意味において懐しい。このようなふしぎな思いを持たせる人は、ほかに思いあたらない。それほど、この人の魂の質量は重い。そのくせ、ひとと対《むか》いあっているときは軽快で、この人の礼譲感覚がそうさせるのか、他者に重さを感じさせない。精神の温度が高いのか、たえず知的な泡立ちがある。一つの事柄を考えるとき、とっさに脳中に肯定と否定の矛盾がおこるらしく、沸きあがった矛盾の気泡が、すぐさまユーモアでもって弾ける」

キーンさんもまた、司馬さんについて「なつかしい人」という文章を書いている（朝日文芸文庫『司馬遼太郎の遺産「街道をゆく」』収録）。

「いつか司馬さんは私のことを『なつかしい人』と呼んでくださった。私は大変嬉しく思ったが、意味がよく分からなかった。が、司馬さんがもうこの世の人でなくなった時、さまざまのご親切を思い出すと、実に『なつかしい人』としか言えない。立派な人物、優れた作家、なつかしい人」

懐かしき交友は、一九七一年秋の対談から始まった。二人をよく知る、当時の中央公論社会長、嶋中鵬二氏が企画した対談（中公文庫『日本人と日本文化』）で、キーンさんは言う。

「私たちは三回会いました。奈良の平城京、京都の銀閣寺、そして大阪の適塾《てきじゆく》。適塾での対談のあと、御堂筋を散歩しました」

その時、キーンさんが言った。

「このあたりは芭蕉の終焉の土地ですね」

日本文学全般に詳しいキーンさんだが、とりわけ近世には詳しい。なかでも芭蕉は、もともと専門にしようと思っていた時期もあるぐらいである。

ところが言われた司馬さんはぎくりとした。大阪生まれだから、芭蕉が亡くなった「花屋」は知っている。しかし司馬さんは方向音痴なのだ。夜に案内できるかどうか、自信が持てなかったのである。

「御堂筋のあちこちをひっぱりまわして、やっと歩道のわきの小さな緑地にその碑が立っているのを見つけたときは、正直なところほっとした。『ありましたよ。』というと、キーンさんは、『そうですね。』とつぶやきつつかがみこんで碑面に顔を寄せた。私はマッチを何本か擦って、わずかな明りを氏のために提供した。氏の芭蕉研究に私が役に立ったことといえば、この何本かのマッチの火だけだった」（『日本人と日本文化』）

そのあと司馬さんはタクシーを拾おうとしたが、なかなか車が来ない。大阪の北へ向かおうとしているのだが、南向きの車しか来ない。

「来ないですねえ」

と不審な顔の司馬さんに、キーンさんが優しく言った。

「ここは司馬さん、一方通行ではないでしょうか」

キーンさんは言う。

「対談では、司馬さんから教えられることばかり、その博識に圧倒されてばかりでした。しかし、御堂筋のことは私のほうが詳しかったようですね。非常に珍しいケースでした（笑い）」

すっかり仲良くなった二人は交友を重ねた。司馬さんからの手紙をいくつか紹介する。

『日本を理解するまで』、御送り下さり、ありがたくありがたく、御礼申し上げま

す。

内容の密度の濃さや高さは申すまでもないことながら、行文に高度な快感の体系ともいうべきふんいきが密蔵されていて、日本の代表的な文章だと思いました。伊勢の宮居《みやい》の白木の丸太を「肉感的」と感じられた感受性のするどさに驚いたり、文学における美学的な見方の確かさに感じ入ったり、読みながら忙しいことでありました。

また御目にかかれるのを楽しみにしつつ、とりあえず寸楮にて御礼を。というより、あまりに感じ入ってしまったものですから、ファン・レターのような気分で、右、認《したた》めました。

七九年六月三日

『二つの母国に生きて』、ありがとうございました。キーンさんは少年のころにフランス文化の本質に心を浸され、長じてアジアを見、日本を見、その比較を、両大陸の文明を踏まえた上でされつづけて来られて、しかも学問的であると同時に、学者としては稀有なほどに芸術的であられるという方であります（なんだか、演説みたいですが）。この本を手にとるだけで、そんな感慨が湧いてくるのですからしかたがありません。

今夜から、この本を読むことがたのしみです。

八七年一月十二日

次に紹介するのは、長文の手紙である。キーンさんは司馬さんのことを、「恩人です」と言う。その理由の一つに、キーンさんの朝日新聞入社のいきさつがある。キーンさんは、八二年八月に朝日新聞客員編集委員となり、九二年六月から社友となった。キーンさんの入社に、司馬さんは深くかかわっている。

ふしぎな入社物語

本当に、瓢箪から駒でありました。小生、近頃、こんなにうれしいことはありません。

いきさつを申しあげます。嶋中大人がおほめくださるような「影響力」？ではないのです。すべては、キーンさんの偉大さによります。

小生はあのとき、ひさしぶりに会ったうれしさのあまり、あんなことを申しましたが、そばにいた伊藤牧夫専務もなりたてで、小生、よく知らない人なのです。伊藤さんのとなりに、編集局長がいましたが、この人ともほとんど面識がなく、あの日、熟知の人は、小生にとってキーンさんしかいませんでした。（もっとも例外的に、旧知の人がいました。前専務で、浪人になった秦正流氏です。この人とは古い仲で、じつにいい人物です。ただあのとき、あの細長い部屋の中で、私どもからもっとも遠い席にいました）

酔っぱらったままキーンさんのお顔を見ているうちに、大きな知性とスポンジのようにやわらかい感受性にあらためて感じ入ってしまい、この碩学の身分保証の場所を日本につくっておく必要があるのではないかと思いました。それには、朝日新聞がいいと思い、大声でいってしまったところ、伊藤氏と編集局長が即座にうなずいたのには驚きました。それに、キーンさんも冗談とうけとられたのか、透きとおった好い笑顔を作ってくださったので、（キーンさんも不愉快には思っておられない）とほっとしたのです。

ところが、おかしなことに、朝日の重役たちが、あの日の前日、会議をひらき「すぐれた外国人を社員にすべきである」という議題があって、全員が了承した、というのです。このことは、あとで知りました。あのとき、伊藤さんと編集局長が即決するがようにうなずいたのは、そういうことがあったためだということでした。すでに、主題ができていたのです。

あの席で、私は、明治神宮というのを見たことがない、といいましたが、あれは、関西に住む私の衒いのようなものでした。ところが伊藤・新専務はまにうけてしまい、「あすの午後二時、ホテルにむかえに行って案内してあげます」といったために、ことわるにことわれなくなりました。

当夜、伊藤氏は泥酔して帰宅し、朝、酔いののこった頭で食卓にむかっていますと（この話は、あとで秦正流氏からきいたのです）、東京大学法学部四年生の息子さんが、なんのかかわりもなしにキーンさんの御著書を父君に見せ、「お父さん、この本、読みましたか」といったので、酔いもふっとんでしまい、（そうだ、キーンさんだ）ととびあがったそうです。

午後二時から明治神宮の森へゆき、歩行中、伊藤さんがキーンさんの話をしはじめました。小生は、キーンさんと永井道雄さんの間柄のふかさを言い、「永井さんをちゃんと立てなきゃいけませんよ」といっただけです。このひとことを言うことができただけで、明治神宮の森は役に立ちました。

先日――七月二十一日――東京に用があって出かけました。秦正流氏と同席することがあり、用がおわって帰ろうとすると、秦さんは関西弁で（この人は近江の山のお寺の出なのです）、「司馬さん、ホテルまで行ってもええか」。結局、ホテルオークラの新館一階のバーで、まだ夕方ながら、お酒をのみました。用というのは、キーンさんのことでした。

「永井さんをお使者として、キーンさんの家に行ってもらいました。條件はこれこれでした。キーンさんもよろこんでくださったので、朝日新聞一同、大よろこびということになりました」

そのあと、以上のようなふしぎなことの積みかさなりの一件を話されたのです。私が小指でついただけで、燃料、蒸気十分の機関車が動きだしたようなものでした。「影響力」ということはまったくなく、キーンさんの偉大さのみが物事を動かしたということになります。

（中略）以上、小生、何も労せずに、筋書きと舞台だけが勝手にまわって行ったようで、小生はお芝居の中の無能役者のようでした。人の世に永く住んでいますと、こんなふしぎなこともおこるものなのですね。小生も、なにやら質のいい芝居の中にまぎれこんで、いちばんいい席から観劇しているような気分でした。

結局、キーンさんをだしにして、みんなで楽しんでしまったようなことにもなり、心底、迷惑に感じておられることとお察ししています。

ただ私は、これから、朝日新聞に入ってくる新入社員のためにいいことをした、とだけはひそかに思っています。もし、新入りの記者が、社員食堂でカレー・ライスを食べているとき、横でキーンさんもカレー・ライスを食べておられたとしたら、自分はこんなえらい人と同じ新聞社の同人なのだ、と思って一大昂揚を発するにちがいありません。

それにしても、伊藤専務は、いい役まわりになりました。朝日に漱石をよんだときの責任者は、池辺三山でした。かれもまた、労せずして三山になりえたわけです。

キーンさんにはお気の毒ですけれども、本当に人生のいい情景を、みんなで見せて頂きました。嶋中さんが、いちばんよろこんでくれていると思います。なんといっても、存在しているだけで、朝日が報酬を持ってきてくれるのですもの。つまりは、キーンさんの存在についての尊敬料（?）というべきもので、これについての労働（?）の対価を考える必要がほとんどないのです。友人としての嶋中さんのよろこびはきっとそのあたりにあるだろうと想像しています。

ながい手紙になりました。ありあわせの筆記道具で書いたために、きたない文字になりました。あしからず。

夏負けなさいませぬように。

八二年七月二十六日

ドナルド・キーンは現代の夏目漱石です

このいきさつについては、キーンさんも書いている。

「食事の途中、司馬さんは立って私の方に近寄ってきた。多少のお酒を召したようであったが、いきなり私の近くに坐っていた朝日の重役に『朝日新聞は駄目です』と言われた。重役はびっくりしたようだったが、司馬さんは話し続けた。『明治時代の朝日も駄目でしたが、夏目漱石を雇うことによって良い新聞になりました。今の朝日はドナルド・キーンを雇わなければ良い新聞になりません』と断言された。

私を含めて聞く人はどっと笑い出した。私と夏目漱石を同等に朝日の運命に結び付けることには無理があった。しかし、一月経つか経たないうち私は朝日に招かれ、大変楽しい十年間の関係が始まった」（中公文庫『司馬遼太郎の跫音《あしおと》』）

キーンさんは言う。

「朝日新聞での経験は、私にとってたいへん役に立つものになりました。学者というものは、今日書けない原稿は、明日書けばいいんです。ところが新聞社には締め切りがあります。そういうペースで仕事をしなければ、十年間であれほどたくさんの本は書けなかったかもしれません」

「司馬さんは「労働の対価は考える必要がないですよ」と言っていたが、キーンさんは、次々に連載を発表している。

最初が『日本人の質問』、『百代の過客――日記にみる日本人』では読売文学賞、日本文学大賞、さらに『続百代の過客――日記にみる日本人』『声の残り』（いずれも朝日選書収録、『声の残り』は朝日文芸文庫に収録）。

そのときどきに発表したコラムは示唆に富み、そして軽妙だった。例えば「日本人の投書」というコラム（八三年一月五日付）で、キーンさんは書いている。

「……先日、私が朝日新聞に連載した『日本人の質問』について、読者の一人である中学二年生が、『あなたは日本をまだ理解していない』という便りをよこし、日本を理解するために信頼できる本を推薦してくれた。が、四十年前から日本語や日本学を勉強してきた私がまだ理解していないのに、十四歳の中学生が理解しているのが事実だとすれば、国際相互理解は不可能かも知れない」

司馬さんは朝起きて、食卓に向かいながら新聞五紙を読む。そのときキーンさんの原稿を読むのが楽しみだったようだ。感想を書いた手紙もある。

先日、朝、食事をしながら、御文章をよみ、みごとな日本文章であることに驚き、これは〝教科書〟にすべきだと思いました。文章のなかに息づいている生理的なリズムが、生物である人間のアタマにも脈搏にも入りこんできて、一つの快感の体系がそこにあり、キーンさんはやはり芸術家だなあと、碩学に対し、あるいは美学的思想者であるキーンさんに対し、不遜な（自分ではそうではないと思っています）感想をもちました。あの朝、すぐ葉書を書こうと思いつつ、怠けました。一つはキーンさんがお返事をお書きになるかもしれないというおそれがあったからです。残暑、こういう葉書にはくれぐれも御返事御無用に。ともかくも、朝日の人達もキーンさんの文章に学ぶべきだと思いました。

八二年八月二十七日

さらには、八七年の年賀状。

お互い、齢だけは不足せぬようになりました。

朝日新聞の御連載、銅板に、鉄ペンできざむような御文章で、読むたびに心の糧になります。

九二年二月、司馬さんがニューヨークを訪ねたのは、キーンさんに会うことが大きな目的だった。

コロンビア大学を定年で退官するキーンさんのため、司馬さんは記念講演をすることになっていた。コロンビア大学のキーンさんの世界については、次回に触れる。

日本学の父親

司馬さんが初めてアメリカを訪ねたのは、一九八五年六月。その旅について、ドナルド・キーンさんに手紙を書いている。

『百代の過客』は、発表されたときから古典のにおいを帯びておりましたが、お送り下さいましたその「上」を拝読して、いよいよその思いをつよくしました。ありがとうございました。

六月、二週間をカリフォルニアですごしました。はじめてのアメリカでした。来年は、東部と中部にゆき、もし感じたことがあれば、なにごとか書いてみたい（半ば、義務を負っているのですが）と思っています。

ただ、加州という州が特異なためか、あるいは文明というものがそうであるのか、すこしの違和感もなく、こまりはてました。私は、自分ではひそかにアジアについては多少の感覚があると思い、自分にとってはアメリカは荷が重すぎる、と思っていましたが、行ってみると、アジアのほうが抵抗感があり、加州にはいっさいそれを感じず、ふらふらと二週間をすごしました。

すこしは異文化を感じたいと思い、サンフランシスコではカストロ街にゆき、ゲイたちの空気のなかで日中すごしていましたが、こまったことに、じつにその空気が感じ好く、いままで行ったどの国のどの街よりも気分よくすごしました。ついには、ワデル博士という、ゲイ・オリンピックの委員長の家に行って二時間ばかり相手になって頂きましたが、この人の人間的感触のすばらしさには参ってしまいました。家内も同行したのですが、異性であるはずの彼女までが〝毛穴がひらいてゆくような解放感を感じた〟そうで、まことに、わがアメリカ（加州）は、異なるところでないことに閉口いたしました。

今年のあつさは、子供のころの日本の夏をおもわせます。

御自愛下さいますように。御本の御礼のついでながら、右。

八五年七月十一日

司馬さんは『アメリカ素描』（新潮文庫）の中で、カストロ通りを歩くゲイの人々について書いている。

「交通信号でとまっている人達も、じつに物柔らかである。これから集金にゆくとか、他家の水道を修理すべくいそいでいるとか、出勤時間が遅れそうになっているコックとか、そういったひとびとの表情や動作はここにはない。この世に存在しているだけが目的である、といった感じで、これ以上は想像だが、不安があるとすれば愛についての不安だけといった表情のひとびとである」

手紙にも登場している福田みどりさんは言う。

「あんなに優しい風の吹いている街に行ったのは初めての経験でした。ワデルさんも本当に優しい方だったの。でも残念なことに、ワデルさんはお目にかかってしばらくして、エイズでお亡くなりになった。テレビのニュースで見たのを覚えています」

翌年の年賀状にも、アメリカのことが書いてある。

『アメリカ素描』は、キーンさんの人格的なものがイメージにあって、ずいぶんたすかりました。（むろん、キーンさんをもってアメリカだと思ったのではないのです。しかし、キーンさんという人柄、思想、自由さその他を生むことができた土壌としてのアメリカを考えました）

キーンさんは言う。

「司馬さんの旅行記を読むと、まずその好奇心に感心します。簡単そうに見えることでも、その裏にあるものの本質を知ろうとする。そして、たいていの場合、好意的にお書きになっています。

外国人が他の国のことを書くと、ここは素晴らしいが、ここはちょっといけないなど、どうしても悪口が入るものです。これは日本人に限らず、どこの国の人でもそうですが、それが司馬さんにはない」

では、キーンさんの登場場面の多い、「ニューヨーク散歩」についての感想はどうだろうか。キーンさんは電話口で、はにかんでしまった。

「『ニューヨーク散歩』はちょっと……。あんなによく書いていただくと、私は本当に恥ずかしいのです。

しかし、司馬さんは角田柳作先生のことを書いてくれました。角田先生は日本ではほとんど知られていません。しかし、角田先生のような方がいらっしゃらないと、私たちが日本について学ぶことは、たいへん難しかった。角田先生について書いてくださったのは嬉しかったですね」

キーンさんは一九二二年にブルックリンに生まれた。司馬さんより一つ年上になる。

十六歳の時、飛び級でコロンビア大学に入学。最初はヨーロッパ文学の比較研究を志していたが、やがて日本に魅せられていく。

海を渡った無名の巨人

このキーン青年に大きな影響を与えたのが、角田柳作先生だった。大学四年の時、角田教授の「日本思想史」の講義を受けたのが出会いで、司馬さんは書いている。

「この日本人教授は明治十(一八七七)年うまれで、当時すでに六十四歳だった。この時期まで十二年、コロンビア大学で日本思想史と日本歴史を教え、『まれにみる名講義』(中央公論社『日本との出会い』)だったそうである。その後のコロンビア大学でも、日本語で『センセイ』と発音すれば角田先生のことにきまっていた。

群馬県出身である。早稲田大学の前身の東京専門学校に学んだ。日本人にして〝日本学の先覚〟だったことを思うと、よほどの巨人のようにおもえるのだが、先生は講義に没頭しすぎ、著作があまりなかった。だから、日本社会では無名にちかい。私などは、キーンさんの諸著作を通してしか、この無名の巨人にふれる機会がない」(「ドナルド・キーン教授」)

ところで、角田先生の出身地、群馬県津久田村(現・勢多《せた》郡赤城村)の隣村である富士見村で、この〝無名の巨人〟の研究をしている人がいた。

柳井久雄さん（七二）である。県内の小学校校長を歴任、のちに群馬県史編纂室で郷土の偉人を調べる仕事に就いた。角田先生を知ったのは、六九年。

角田先生は故郷の赤城村でもそれほど知られていなかったが、柳井さんは以後三十年間にわたって丹念に取材を重ねた。その成果は、『海を渡った幕末明治の上州人』（みやま文庫）、『角田柳作先生』（上毛新聞社）などにまとめられている。『街道をゆく』を愛読していた柳井さんは、角田先生の登場に喜び、すぐに著作を司馬さんに送った。その返事がある。

『海を渡った幕末明治の上州人』、恵贈にあずかり、うれしくありがたく存じました。さっそく御作「角田柳作」、拝読いたしました。なにしろ高崎中学か前橋中学かさえわからず、前橋高校の同窓会に電話をして「角田先生は私どものほうのご卒業でございます」という答えを得てよろこぶといったことからはじめる始末でした。柳井さんの勢多郡出身であることは、御作で知りました。赤城の山なみが見えるような思いがしました。

角田先生について、柳井さんの御文章を読むことは、望外のしあわせでありました。

以上、とりあえずお礼のみを。

九三年六月五日

柳井さんは言う。

「渡米後の角田先生のことは、私よりご存じの方がいるでしょうから、私は群馬にいる時の角田先生を中心に調べました。農作業中のおばあさんを訪ね、『体は小さかったけど、頭脳プレーで相撲が強かった』などと教えてもらいましたね。角田先生の娘さんにも当時の手紙や電報を送ってもらってまとめました。それが郷土の資料としてだけではなく、司馬先生にも知ってもらえて、嬉しかったです。『赤城の山なみ』と手紙に書いてくださったのは、司馬先生が終戦の時に佐野市にいらしたからでしょうか」

『角田柳作先生』によると、角田先生は、キーンさんを含むコロンビア大学の弟子たちから、「日本学の父親」として深い尊敬を受けた。その人柄に魅せられた著名人は多い。湯川秀樹さん、永井道雄さん、伊藤整さんらである。

湯川さんは四八年に渡米、ノーベル物理学賞を受賞した時には、コロンビア大学の教授だった。

受賞が決まった翌日の朝日新聞では、角田先生と湯川さん、コロンビア医科大学教授の大谷節夫さんとの座談会が掲載されてもいる。

伊藤整さんもコロンビア大学に在籍していた時期があり、その思い出が『角田柳作先生』には書かれている。

「作家の伊藤整氏は、『一九六〇年（昭和三五年）から六一年までコロンビア大学にいた時、私は何度も角田さんを訪ねる機会を得た。滞米中会った日本人の中で角田さんほど心を引かれた人はない。私がいつも思い出す滞米中の最も楽しい思い出の一つは、家族ぐるみで先生と、ニューヨークのすぐ北の動物園で過ごした日のことである』と書いています」（『角田柳作先生』）

永井道雄さんは『異色の人間像』という著作の中で、角田先生を取り上げたこともある。『角田柳作先生』には、その永井さんからの手紙も紹介されている。その一節に、

「……角田先生は私が最も尊敬する方の一人です」

とある。

司馬さんは湯川さんとは親しく、永井さんとも交友があった。

間接的ながら、角田先生とはかすかな縁があったのかもしれない。

さて、キーン青年と角田先生の授業風景を司馬さんは書いている。

「当時、先生の『日本思想史』を受講しているのは、キーン青年ひとりだったそうである。それでも先生は、毎回山のような参考文献を机の上に積みあげ、黒板を真白にして

講義をされたという。あまりの気の毒さにキーンさんは、『受講させていただくのをよそうと思うのですが』と申し出た。角田先生は『いや心配はご無用、生徒は一人で十分です』といわれた」（「ドナルド・キーン教授」）

日本語を愛しているんです

しかし、平和な時代は続かなかった。四一年十二月八日、いつものようにコロンビア大学に行ったキーンさんだったが、いつまでたっても角田先生には会うことができなかった。

開戦と同時に角田先生は敵性外国人として勾留されてしまったのである。しばらく抑留されてから裁判にかけられた。コロンビア大学の教員や弟子たちが弁護に駆けつけたという。無罪となった角田先生は、再びコロンビア大学に戻った。

一方、この間にキーンさんはカリフォルニアにあった海軍日本語学校に入学している。冒頭の司馬さんの手紙にはカリフォルニアの印象が書かれているが、キーンさんのカリフォルニア時代が頭の中にあったのだろう。

キーンさんはその後、ハワイで勤務し、日本軍の残した文章を翻訳する仕事に追われた。血まみれの、あるいは塩水につかった日記や手紙、印刷本の教本などである。

「キーンさんは、後年、名著『百代の過客』において、日本人の日記に目をつけ、読みこみのするどさと深さを示すようになる。その出発は、ハワイで無名兵士の日記類と悪戦苦闘したことと無関係ではない」（「学風」）

その後、北太平洋の最前線に従軍し、キスカ島には、同志社大学名誉教授のオーティス・ケーリさんと二人で敵前上陸もしている。沖縄戦にも参加、そして終戦を迎える。

「司馬さんは戦争中は戦車に乗っていて、私は海軍でした。立場は違いましたが、二人とも戦争のムダと恐ろしさを痛感しました。その意味で私たちは『戦友』なのかもしれません」

と、キーンさんは言う。

アメリカに戻ったキーンさんは、さっそくコロンビア大学に戻り、角田先生と再会することができた。

「お目にかかると、角田先生はしょんぼりしていました。先生はやはり日本には負けてほしくなかったのでしょう。しかし、アメリカも傷ついてほしくはなかった。とても苦しい時代だったと思います。がっかりしている角田先生を励ますためには、とにかく私たちが勉強することが一番でした」

戦後の角田先生は、それほど研究が進んでいなかった江戸時代の思想家について、キーンさんたちに語った。

三浦梅園、富永仲基、本多利明、安藤昌益といった人々であり、いずれも司馬さんが著作や講演でよく取り上げた思想家である。司馬さんと角田先生が会えば、話がよく合っただろう。

キーンさんは言う。

「私は本当に日本語を愛しているんです。戦争が終わって、角田先生の講義で『徒然草』を聴きました。なんと美しい響きだろうと思いました。私はそれからいろいろな人をつかまえ、『徒然草』を聞いてもらいました。多くの人は意味もわからず聞かされたわけですね。それぐらいその言葉の美しさに打たれました。ですから学生時代は楽しかった。日本語を勉強することは大きな喜びでした」

キーンさんは大学院に進み、その後六〇年にコロンビア大教授となった。角田先生は、五五年にコロンビア大学をいったん離れたが、六一年に再び招かれた。結局、亡くなる直前の八十六歳まで、コロンビア大学などで日本学を教え続けた。

死期を悟り、日本に帰る途中のハワイで亡くなっている。八十七歳だった。

「ニューヨークのコロンビア大学では弔旗をかかげて葬儀を行い、五十年にちかい年月をコロンビア大学でおくり、日本学の教育と研究に生涯をささげた、年老いた日本人の学者の死をいたみました。葬儀には、ドナルド・キーン、ド・バリーなど、今日アメリカの日本学研究の第一線に立つ学者たちが、偉大な日本人の死を悲しみ、その霊をなぐさめるために立ちならびました」（『角田柳作先生』）

司馬さんは九二年、コロンビア大学で行われたキーンさんの定年退官のお祝いの会に出席した。

「三月二日、ドームのある建物でおこなわれたキーン教授の退官記念講演は、感動的なものだった。（中略）角田先生の講義は週二回、午後二時から同四時までだった。が、つねに時間が延長し、終わると構内に夜がきていた。退官記念講演がそのくだりまできたとき、私ども聴き手も、すでにドームのまわりが夜であることに気づかされ、往時の光景とかさねあわせた」（「ドナルド・キーン教授」）

現在キーンさんは、相変わらずアメリカと日本を半年ごとに行き来する生活を続けている。

「私はコロンビア大学を八年前にやめたのですが、どういうわけか、一つだけ講義をしてくれと言われまして、いまもコロンビア大学で教えています」

角田先生と同じ道を歩んでいるようだ。

「今年は一月から五月まで、『芭蕉』を教えています。学生は十二人です」

角田先生に教わったキーンさんも幸福だったが、キーンさんに教わる十二人もまた幸福な学生に違いない。

国際性

ニューヨークを訪ねた一九九二年の年末、司馬さんは作家のリービ英雄さんと対談した。そのあとの食事の席で、リービさんは雄弁に日本人の作家を語り続けた。大江健三郎、中上健次、三島由紀夫……。黙って聞いていた司馬さんが、ぽつりと言った。

「まあ、僕はドメスティック・エアライン（国内線）だから」

たしかに司馬さんの作品は、それほど多くの国で翻訳されているわけではない。

英語では『故郷忘じがたく候』『最後の将軍』、台湾では『台湾紀行』、モンゴルで『最後の将軍』『草原の記』。

この点について、ドナルド・キーンさんに聞いてみた。

「そうですか。ドメスティック・エアラインですか（笑い）。そんなことはないですよ」

キーンさんは続ける。

「たしかに司馬さんの小説の翻訳は難しいかもしれません。例えば日本人ならだれでも知っていることですが、外国人に『秀吉』を理解させるのは大変です。宗教、服装、食べ物など、外国人に知識がなく、それでいて司馬さんの小説には大切なことが、なかなか伝わりにくい。しかし、司馬さんには国際性があります」

キーンさんは、司馬さん、山崎正和さんと鼎談をしたことがある。中央公論社が『日本の近世』を発刊するにあたって行われたもので、三人が集まって司馬さんがまず言った。

「僕は日本の近世が苦手なんです」

すると、山崎さんも言った。

「僕もそうです」

キーンさんは近松、西鶴、芭蕉など、近世の研究家として比類のない人であり、近世が大好きでもある。

「仕方がないので、私は一人で近世を弁護する羽目になりました（笑い）。しかし、この時思いましたね。司馬さんは安土・桃山時代のことはよく書いているし、幕末のこともよく書いています。しかし、近世という時代については書いていない。多くの作家は元禄時代を書きますが、司馬さんは違う。

やはり司馬さんでも、好きな時代と嫌いな時代があるんだなと思いました。どうして近世が嫌いなのかというと、この時代には国際性がないからでしょう。鎖国に見られるような孤立主義が、司馬さんは嫌いだった。国際性を重視されていた人だと思いますね」

と、キーンさんは言う。

さらにキーンさんは安部公房さんの話をした。

「あれほど気難しげで、人の評価に厳しかった安部公房でさえ、司馬さんのことは褒めていました。安部公房は、司馬さんが『南蛮のみち』でバスクを取り上げたことに感心していましたね。バスク人は国家を持たず、国家主義に走らず、独自の文化を守り続けた。国家主義、あるいはいきすぎた民族主義がどれほどの戦争、争いを引き起こしてきたか。この点で、司馬さんと安部公房の思いは一緒だったのでしょう。もちろんバスク人にも悪いところはあります。二十世紀以降はテロに走ってもいる。そういう醜い部分については、司馬さんはあまり触れていません。やはり嫌いなことは、あまり書かない人でしたね」

そしてキーンさんは「司馬遼太郎という現象」という表現を使った。

「日本で有名な作家が亡くなると、すぐ書店にコーナーができる。早ければ一カ月ほどで、そのコーナーは終わりになります。ところが、司馬さんのコーナーはいまだに消えません。新しい本もいろいろ出ています。『司馬遼太郎という現象』ですね。これだけ多くの日本人に読まれている人を知ることは、日本を知る大きな手がかりになると私は思います。日本を知ろうとしている外国人にとって、重要な問題でしょう」

ところでキーンさんは八二年度、第一回「山片蟠桃《やまがたばんとう》賞」を受賞している。山片蟠桃賞は大阪府が創設したもので、海外のすぐれた日本文化の研究に対して贈られている。

「山片蟠桃賞」ができるまで

山片蟠桃は近世大坂が生んだ思想家。だが、生涯、大坂の豪商「升屋」の番頭だった人でもある。

司馬さんは大阪府生活文化部文化課がまとめた『山片蟠桃賞の軌跡』に寄せた文章に書いている。

「五十半ばになって、わずかな余暇をみつつ大作『夢《ゆめ》の代《しろ》』の著作にとりかかり、七十三年の生涯のおわるころに完成した。徹底した合理主義的哲学の上に立った経済論や地動説、さらには無神論を展開しているがために、表むきをはばかって、号の〝蟠桃〟を著者名とした。おそらくひとに意味をきかれたとき、――番頭さんだからだよ。と答えたにちがいない。蟠桃とは三千年に一度実をむすぶという伝説の桃のことで、〝この世にふしぎというものはない〟と蟠桃が排しきったはずの奇談に属しつつも、あえてその荒唐無稽を逆手にとり、音を番頭に通じさせたあたり、いっそうのユーモアを感じさせる」(「山片蟠桃のこと」)

それほど知られていなかった山片蟠桃を、賞の名前に冠することになったのは、司馬さんの発言が大きかった。これは司馬さんがキーンさんにあてた手紙に詳しい。

お手紙うれしく拝誦しました。

『蟠桃賞』、ほんとうにありがとうございました。

私事ですが、小生は、どういう団体にも入るまいと思いつつも、つい浮世のつきあいで、なにがしかのかかわりをもたざるを得なくなるときがあります。小生は、大阪府にすんでいます。府庁が、文化振興室(?)という知事さん直属の機関をつくりました。かつ、外部の人々による委員会もつくりました。小生もその委員にならされましたが、会合には出ませんでした。

ところが、委員会が意外な方向にゆきました。

「〝西鶴賞〟をつくって小説作品に賞をあたえる」

というのです。泡をくって委員会に出てゆき、

「もし京都市が〝紫式部賞〟をつくるということになったら、諸賢はクスクス笑う

でしょう」

といいうと、いっぺんにわかってくれました。それよりも、海外の日本研究者にさしあげたらどうかというと、みな大賛成でした。それにには、近松、西鶴といった大きな名よりも、人文主義者ながら山片蟠桃といった——いったいたれだろう——という程度の名のほうがいい、といいますと、これも大いによろこんで賛成してくれました。私としては、〝西鶴賞〟を小説家に出す自治体からのがれ出ることで懸命だったのです。ともかくも目的をはたせました。

選考委員会については、それを申しあげるのはルール違反ですが、キーンさんだからむしろ内々申しあげるべきだと思います。選考の仕方は、大阪府に存在する大学院をもつ大学から候補をすいせんしてもらいます。三十数人という候補者についての書類があつまりました。

第一回のみは、〝最大の名前を〟という気分が、みなさんにありました。賞自身を権威あるものにしていただくようなお名前です。第二回には、南米のどこかの国の大学で地味な研究をしている女子研究者（仮定）にゆくとしても、彼女が〝キーン先生が貰われた賞なら〟ということではじめて賞への認識を大きくするといったような配慮（政治的配慮ではなく当然なことだと思います。最初の選考委員のしごとは、大きな大きな規模をつくることだけだと思ったりします）が、暗黙のうちに

払われました。当然、キーン先生でした。たれもが、キーン先生の学問の深さ、天成の芸術の観賞力、日本文のみごとさについては、敬服しきっていました。ただ、不安は〝もらっていただけるだろうか〟ということだけでした。

以上が、いきさつであります。

本当に、ありがとうございました。たすかりました。

当日、パーティがあるそうです。何時におわるのかわかりませんが、パーティではたべられませんので、あと、嶋中さんと相談し、ミナミの大和屋のむかいの「三玄」という店を予約しました。

その日をたのしみにたのしみにして待っています。

八三年二月二十三日

こうしてキーンさんの受賞は決まり、授賞式の日となった。司馬さんはお祝いのスピーチに立っている。

司馬さんは、「ニューヨークっ子」のキーンさんが日本文学への長い旅に至るまでの軌跡を語った。

次に、七一年に中央公論社が企画した二人の初めての対談の話になった。

辺境の日本文学が、世界の広場に出た

「……この対談を始める前に、私は、キーン先生が日本文学の権威であられることが気がかりでした。（中略）近松については日本の国文学者の中でキーン先生と美学的なお話ができる方はいないか、少ないかだろうと思うんであります。私は日本文学については先生のような人の前でお話できるほどにくわしくありません。もし文学以外のことなら対談ができるんだがという、作家でありながら情けない条件を中央公論社の人につけました。先生はおそらくうれしくなかったろうと思うのです。キーン先生に日本文学を語るな、などというのは手足を縛ってお角力をとるようなもので、おつらかったと思うんですが、我慢してくださいまして、日本文化について語っていただきました」

日本人よりも日本にずっと詳しいキーンさん。そのキーンさんと付き合うことの「つらさ」について、もうひとこと触れている。

「……以下のことは学問の分野というよりそれ以前の知識の分野に入るかと思いますが、この人の知識欲とその理解欲の旺盛さというのは、些事にまでおよんでいます。例えば、私などキーンさんとどこかのお座敷にすわってそばに掛け軸があると、居心地がわるくなります。女将さんが『この字はなんと書いてありますか』といった場合には、キーンさんが読めて私が読めない危険を感ずるのです」

山片蟠桃賞はその後、回を重ね、司馬さんとかかわりの深い人も多く受賞している。プリンストン大学のアール・マイナーさん、マリウス・ジャンセンさん。元駐日英国大使のヒュー・コータッツィさん。コロンビア大学のエドワード・サイデンステッカーさん。そして九九年度の受賞者は、キーンさんに学んだ一人、バーバラ・ルーシュさんに決まった。

ルーシュさんはコロンビア大学名誉教授で、コロンビア大学中世日本研究所所長。「ニューヨーク散歩」の登場人物の一人でもある。

司馬さんのスピーチは、こう締めくくられている。

「いま、キーンさんの手元にはたくさんのお弟子さんがいらっしゃいますし、アメリカにも他の国にも日本文学の研究者はいらっしゃいますが、日本学も偉大な創世の時代がすぎ、今日の日本学研究は、一般の傾向として細かくなってきています。例えば、『古事記』そのものをつかみとるより、その中における歌謡の研究ですとか、あるいは東歌《あずまうた》の研究、さらには東国のことばの音韻の研究とかいった方向に細分化されていくんだろうと思います。

そういう中で、キーンさんは日本文学全体をおさえて、不滅の名著ともいうべき『日本文学史』という通史をお書きになりました。上下二巻という大部なものです。ご存じのように通史というものは余程の人間でなければ書けないと思います。例えば、中国でも通史を書いたのは、長い歴史の中で、紀元前に司馬遷がいただけであります。いまだに中国史というものは通史として書かれていない。そしてまた、日本人も東洋の歴史についての通史というものを書いたのは、おそらくは中等東洋史教科書を書いた桑原隲蔵《じつぞう》さんが初めてであろうと思います。日本人自身が日本歴史の通史を書いたのは幕末の頼山陽が初めてでありまして、通史というものはそれほど容易なものではないのです。

しかも読んでおりまして、借り物が少しもなくて、すべてキーンさんの鑑賞眼を通したものであります。これだけの貴重な著作をわれわれがもつことができたということは、日本人の幸福であります。同時に、世界の人に読んでいただくことによって、ながく辺境の文学だった日本文学が、世界の広場に出ることができたという感慨をもちます」

キーンさんは言う。

「私たちが日本を学び始めた時代は、近世だけをやればいいという時代ではありませんでしたからね。コロンビア大学で私は、『古事記』から三島由紀夫までを講義しました。だいたい日本を研究していると、日本についてオールマイティーであることを要求されたものです。例えば日本画についても、極端な話ですが、『この絵は高いでしょうか』という類の質問までされたことがあります。私にとっては全然興味のない話ですが、『最近の日本の政治はどうでしょうか』と聞かれることもよくありました。いまはそんなことはなく、学問も専門化、細分化が進んでいます。もっとも、日本研究に本当に生涯をかけようとする学生の数は、今も昔もそれほど変わっていません」

キーンさんは最近、『対訳 21世紀に生きる君たちへ』（ロバート・ミンツァー訳、朝日出版社）の監訳者となっている。

「司馬さんは、歴史のおもしろさ、自然の偉大さを語り、人間のおごりをいさめています。日本の小学生たちに語りかけている。私はアメリカの教育制度はよく知りませんが、できることならアメリカの子供たちに教科書として読んでもらえたらなと思っています」

キーンさんは『声の残り』（朝日文庫）の中で、司馬さんに触れ、こう結んでいる。

「日本文学を世界に宣揚するために努力をしているというので、司馬が私のことを、常に過大なまでに褒めてくれるのは、きっと彼が、私のうちに、自分と同じ国際主義者を、見出すからにちがいない」

協力・コロンビア大学スター東アジア図書館

愛蘭土紀行

妖精の国へ

「愛蘭土《アイルランド》紀行」について、司馬さんは朝日新聞社の担当編集者だった桜井孝子さんに手紙を書いている（一九八八年二月五日）。

……小生はアジア（日本をふくめて）をいつも十八、九世紀のヨーロッパから見ていました。ヨーロッパ（田舎のアイルランドながら）そのものを書いたのは、いわばランプ（光源）の場所へ出かけたようなものです。

アイルランドへの旅をともにした元産経新聞記者の岩尾吉明氏へも手紙を出している（八七年五月二十八日）。

……私は、少年のころから、アジアを身の中に入れようとつとめてきました。古典を読んでも、あたらしい事象や現象をみても、日常茶飯アジアを感じつづけてきました。ただ、アジアは不幸でした。十五世紀までは独自にアジアであってよかったのです。しかし、それ以後、アジア的なあらゆるものを、ヨーロッパを光源とする場所から見ざるをえなくなりました。アジア的蒙味もアジア的停頓も、ヨーロッパという視点からみたものでした。小生も、それをやりつづけてきました。小生の中のヨーロッパ（アメリカ合衆国をふくめて）は、白地図でした。その白地図の上に電灯を横たえて、アジアの山河を照射するのです。そこに、陰翳《いんえい》ができて、アジアが、より見やすくなります。

ここ数年、アメリカをふくめて、その白地図の国々へゆくことが多くなりました。長らく白地図でありつづけただけに、じつになつかしく思えます。

それを書くことについても、アジアについて書いたり考えたりするより、ずっと自由な感じがします。これは、どういうわけでしょう。

八七年三月、アイルランドの旅が始まった。しかし、司馬さんはいきなりアイルランドには行かず、しばらくイギリスに滞在している。

テムズ川南岸にある「漱石記念館」を訪ねたり、ビートルズの故郷、リバプールを訪ねたり。ケンブリッジ大学で講演し、ロンドンのスラム街も歩いた。その理由について、司馬さんは書いている。

「西隣りのアイルランドへゆくのがこの旅の主題なのだが、しかしまだロンドンにいる。旅の計画の最初からそういうつもりでいた。英国という光を多少感じてから、影であるアイルランドに入りたい（この光と影の比喩は、むろん逆にしてもいい）」（「紳士と浮浪者」）

光の国と影の国

アイルランドは長くイギリスの影となってきた。十二世紀半ばにイギリスの植民地となり、宗教的にも経済的にも抑圧されてきた歴史を持つ。イギリス清教徒革命の指導者クロムウェルについて、司馬さんは書いている。

「……アイルランド人は、いまもクロムウェルを許さない。一六四九年夏、クロムウェルは〝共和国軍〟二万をひきいてアイルランドに押しわたり、かれらがカトリックだというだけで、大虐殺をやった。聖職者、修道女、女子供をえらばなかった。（中略）『プロテスタント』という言葉が、アイルランドにおいては、悪魔もしくはそれ以上のイメージになったのは、このときからだった」（「スウィフトの寺」）

クロムウェルはさらに農地を奪い、アイルランド人の多くは小作農となった。ようやくジャガイモで生き延びる日々が続いたが、そのジャガイモもしばしば病気に侵され、大飢饉が頻発した。そのため、多くのアイルランド人はアメリカに渡っている。

現在、アイルランドの人口は約三百八十万。アイルランド系アメリカ人は約四千万人。その中からジョン・F・ケネディ、ロナルド・W・レーガンと二人の大統領も生まれているため、アイルランドにはこんなジョークもある。

「どうも食えないから、アメリカに行って大統領にでもなるか」

激しい独立戦争の末、一九二二年にアイルランド自由国となり、三七年に共和国として独立した。四九年には英連邦から脱退している。しかし、英国領北アイルランドの帰属をめぐっては、いまなお紛争、論争が続く。

一方で、アイルランドは世界に冠たる芸術の国でもある。『ゴドーを待ちながら』のベケット、『ガリバー旅行記』のスウィフト、『ドリアン・グレイの肖像』のワイルド。シング、『ユリシーズ』のジェームズ・ジョイス。ビートルズのジョン・レノン、ポール・マッカートニー、リンゴ・スターもアイルランド系イギリス人。

「アイルランドは、わずか数百万の人口の島ながら、世界の文学史のなかで大きな位置を占めているのは、この民族の能力の一つである比類ない『想像力』による。言いかえれば、この島にローマ文明が来ず、代ってやってきたローマ・カトリックも、ここでは教義を包んだ風呂敷の結びをゆるやかにしたために、幻想を生むことができる山河になった」(「ケルトの妖精と幻視」)

アイルランド最大の詩人、ダブリン生まれのW・B・イェイツには、『ケルト妖精物語』『ケルト幻想物語』(井村君江編訳、ちくま文庫)などの作品がある。「愛蘭土紀行」にも『ケルト妖精物語』の一節が引用されている。

「アイルランドでは妖精たちはいまだに生き残っていて、心やさしい者たちには恩恵を与え、また、気むずかし屋たちを苦しめている。『今までに、妖精《フェアリー》とか、何かそういったものを見たことがありますか』とわたしはスライゴー地方の老人に尋ねてみた。『奴らには困ったもんだよ』という答えが返ってきた」

「たとえ新聞記者といえども、もし真夜中に墓場に誘い出されたなら、妖怪変化《ファントム》の存在を信じるだろう。というのは、どんな人間でも、もし人の心の奥に深い傷跡を残すような目に会えば、みんな幻視家《ヴィジョナリー》になるからだ。しかし、ケルト民族は、心に何の傷を受けるまでもなく、幻視家《ヴィジョナリー》なのである」

さて、司馬さんはようやくイギリスを離れてアイルランドに入った。

さすがに「妖精大国」だけあって、司馬さんはさまざまな妖精たちに出会うことになる。まずダブリンでは可愛らしい妖精に出会うことができた。

「ホテルに入ったとき、ロビィの壁ぎわのイスに、カーネーションの小さな花束を持った可愛い日本のお嬢さんがすわっているのを見た。（中略）真黒な瞳が、ドアをあけて入ってきた私のほうにむいたが、すぐその視線が床に落ちてしまった。その視線をあわてて拾ってあげたくなるような、かぼそげな少女にみえた」（「ベケット」）

通訳兼ガイドとなった岡室美奈子さん。早稲田大学の演劇学の大学院生で、当時、ベケットの研究のため、ダブリン大学に留学していた。大使館の紹介で通訳をすることになり、ゴドーならぬ司馬さんをロビーで待っていたのである。現在、岡室さんは早稲田大学文学部の専任講師。

「カーネーションなんて母の日でもないのに間抜けよねと、いじいじ考えていたら、司馬先生のほうから声をかけてくださったんです。それからダブリンの街を三日ほどご案内しました。でも私って方向音痴なんです。どこの名所だったかな、自信たっぷりにご案内したら、スーパーマーケット。ご夫妻とも大笑いしてました。ホテルの出会いの描写については、いまでも学生たちからは、よくからかわれます。『視線をあわてて拾ってあげたくなるような、かぼそげな少女？　これってだれだ？』。でも、ホテルの照明、暗かったし（笑い）、少女に見ていただいたんでしょう。生涯最大の自慢話になりそうですね」

司馬さんは岡室さんのベケットの話に聴き入り、一章をベケットに割いた。

さて、ダブリンの街を離れ、司馬さんは西部のゴールウェイに向かった。

映画監督ジョン・フォードの故郷であり、フォードはここで「静かなる男」を撮影している。さらには、記録映画の名作「アラン」の舞台である対岸のアラン島にも渡っている。そのあとケンメアの町を目指して南下していく。夫人の福田みどりさんは言う。

「アイルランドは素晴らしい景色だけれど、何もないといえば何もない、いかにも妖精が出そうな所でした。絵本を見ると、アイルランドの妖精って可愛らしいというよりも、怖いのね。司馬さんは霊とか妖精とか、ほとんど信じていない人だけれど、私はずっと怖かった（笑い）。そうね、ジョン・ライリーさんも油断のならない妖精の一人かな」

ジョン・ライリーさんは、この旅の運転手を務めてくれた。にぎやかで陽気なのだが、小うるさいところもある。

「母親はイタリア人だといった。そのせいか、体のしんに陽気なピンポン玉が入っているようで、ともすればリズミカルに跳びはねそうな感じがしないでもない」（「ジョン・ライリー氏」）

歌手になりたかったというジョン・ライリーさんは、運転しながら体を動かしてリズムをとり、よく歌を歌った。歌わない時は、大声で朗々と独り言も言った。司馬さんたちを楽しませようとしてのパフォーマンスではなかったようだ。

「運転台の自分の孤独を自分でなぐさめるためのものであるようだった。（中略）運転台が、かれにとってアベイ座のようなステージだった。私ども日本人は、笑いも和《わ》しもせず、かれの背を凝然として見つめている。かれも気味がわるかったろう」（「ジョン・ライリー氏」）

司馬さんがお世辞のつもりで、「ダニー・ケイに似てるね」と言えば嫌な顔をするし、火事の現場が見たくてわざわざ回り道もした。

アイルランドの妖精たち

道中、司馬さんとライリーさん、それに同行の岩尾吉明さんとで「妖精問答」になったこともある。

「紅茶をのみながら、『ライリーさん、あなたも妖精物語がすきですか』ときくと、好きだ、と答えた。『ちょっときくが』と、アイルランド好きの岩尾吉明氏が、響きのいい低音で、ジョン・ライリー氏に話しかけた。『二十年ほど前のことなんだが、このあたりよりちょっとさきの峠を私が越えていたとき、国道の道路わきに〝小人が通るから注意〟という交通標識が出ていた。ライリーさんは見たことがあるか』『ある』『あれは、ユーモアだろうか』『どうかね。（中略）アメリカ人の観光客がよろこぶから、そうしているんじゃないか』」（「城が原」）

ライリーの軽快なドライブは続く。「往き帰りをふくめてこのレイディス・ヴィユー峠を三度往復した。つまり五度この地点を通過した。その五度のうち一度だけ、LEPRECHAUN CROSSINGという交通標識を見たのである。時刻は、午後一時ごろで、私はうっかりしていたのだが、岩尾さんの叫びとともに気がついた。ジョン・ライリー氏が、あわててブレーキを踏んだ。降りると、岩尾さんの記憶どおりの場所にそれが立っていたのである」（「峠の妖精」）

「レプラコーン・クロッシング」とは、妖精にご用心という意味。北海道の国道には「熊出没注意」といった標識にヒグマの絵がかいてあるが、「レプラコーン」の標識には赤い帽子の可愛らしい小人が描かれていた。

もっとも、本当の（?）レプラコーンは人の指くらいの背丈で、シワシワの顔にヒゲを生やし、とんがり鼻にメガネをかけている。片方の靴だけを直す妖精専門の靴屋。守銭奴で、たくさんの金貨を隠し持つ。捕まえると金持ちになれるといわれるが、こっそりつけていくとひどい目に遭わされる。金貨を壺に入れ、山の中や森かげに隠していることが多い。先に紹介したイェイツの『ケルト妖精物語』を翻訳した、比較文学者で、妖精学研究家である井村君江さん（六七）は言う。

「アイルランドの妖精は、柳田国男のいう座敷わらしや山男に近いんです。妖精の存在を信じるというか、許しているのはアイルランド人の生きる知恵でもあるんですね。例えばレプラコーンの標識も、あそこは寂しい峠道だから注意しなさいという意味でしょう。でもそこで『危険！』と書くよりも『妖精が出るから注意』というほうが楽しいでしょう。アイルランド人は何でも妖精のせいにするんです。シャワーをひねって熱すぎるお湯が出ると、『またグレムリンにやられた』。安全ピンのような小さなものがなくなると、『ボロワーズに借りられた』。彼らの心の余裕を感じます」

井村さんも「街道をゆく」の中で紹介されている。

「いまは、（小泉）八雲とは逆に、日本から英国本島のコーンウォールに家を持ち、妖精の一種族であるピスキーの食べものといわれる黄色い蘚苔《せんたい》のつく森のなかを歩きつつ、八雲と同様、妖精を感じ、かれらの痕跡を民俗学的に、あるいは文学研究の立場から見つめつづけている日本人学者がいる。ケンブリッジの客員教授だった井村君江氏である」（「妖精ばなし」）

井村さんは、明星大学で教鞭を執りつつ、ケンブリッジ大学やオックスフォード大学の客員教授を務めてきた。

八四年に中世文学の研究者ジョン・ローラー氏と再婚してからは、イギリス西南端の半島、コーンウォールに住んでいる。今年（九九年）五月にローラー氏が亡くなったあとも、井村さんは日本とイギリスを往復する生活を送ってきている。最近の雑誌のインタビューで、エネルギーの源を聞かれた井村さんは、「妖精ですよ、妖精」と答えている。

「街道をゆく」に紹介されたことは、日本の教え子から知らされた。

「『先生が出てる！』ってイギリスに『週刊朝日』を送ってくれたんですよ。イェイツやハーンと同じように、妖精研究者として扱っていただき、嬉しかったですね。妖精学はまだ新しい学問です。でも、自分にとっては必然の学問でした。そうして続けてきたものを、ちゃんと認めてくれた人がいるというのがありがたかったんです」

井村さんはすぐに自分の著作を司馬さんに贈った。その返事がある。


お手紙とご本（『妖精の国』）ありがとうございました。イェイツ編の『ケルト妖精物語』はじつに楽しうございましたので、いきおいを駆って『妖精の国』も読んでしまいました。そこへ著者ご自身の手にて同書を頂戴する光栄に浴しました。これも、アイルランドで憑《つ》いた妖精の加護であります。

八七年六月五日

井村さんは言う。

「司馬先生にお目にかかったのは、『愛蘭土紀行』から五年後でした。島田謹二先生の文化功労者に選ばれたお祝いのパーティーでして、『これからもコーンウォールの研究を続けてくださいね』と言って、握手してくださいました。私は司馬先生のお言葉を励みに、コーンウォールでの私の生活や土地、文学のことを一生懸命書いて、二年前に本（東京書籍『コーンウォール――妖精とアーサー王伝説の国』）にすることができました。司馬先生に見ていただくことはできずに残念でしたが、私にすれば、『街道をゆく』ならぬ『コーンウォールをゆく』を書くつもりでまとめたんです」

さて、「愛蘭土紀行」の取材から十二年の歳月が流れている。アイルランドの人々は、いまだに妖精を信じているのだろうか。岩尾吉明さんは言う。

「アイルランドはいま、ハイテク産業の発展のおかげで、大変な景気です。あれだけ移民を出していた国なのに、いまやアメリカから出稼ぎに来るぐらいです。そのため高速道路の建設が急ピッチで進んでいて、そこで妖精の問題が起きました。ある建設予定地にさんざしの木があって、切り倒さなくてはならないのですが、これに有力なストーリーテラー（語り部）が反対しました。『妖精のすみかを切ったりしたら、妖精が怒って事故が続いても知らないぞ』。結局、高速道路は計画を一部変更し、さんざしは守られた。このことは『アイリッシュ・タイムズ』に掲載され、『ニューヨーク・タイムズ』にも転載されたと思います」

「レプラコーン」はまだまだ健在のようだ。

小泉八雲の心

シェイクスピアの『夏の夜の夢』には、パックという妖精が登場する。パックはいたずら好き。主役四人の男女の恋愛をまとめるはずなのに、かえって話をこじらせる。結局ハッピーエンドを迎え、芝居はパックの一人語りで終わる。

「……われら妖精空を駆け、おてんと様の顔を避け、月の女神のお供して、闇を追い行く、夢に似て……」（白水社『シェイクスピア全集Ⅲ』小田島雄志訳）

司馬さんは一九九一年八月二十四日、シェイクスピア研究で知られる菅泰男・京都大学名誉教授に手紙を書いた。菅さんが大阪新聞に書いたエッセーの感想で、パックのことに触れたのが嬉しかったらしい。

アイルランドに熱中しているとき、この夢（？）の島に熱中することは、パック

に熱中するようなものだ、とふと思ったことがあります。ワシントンのシェイクスピア図書館に、パックがいて、セリフまで吐いているとのこと、おもしろかったです。

菅さんに手紙の説明をしていただいた。

「ワシントンの議会図書館の裏に、フォルジャー・シェイクスピア図書館があり、二つの図書館の間には池があります。そこにパックの彫刻があり、おどけて両手を上げている。壁面にはパックのセリフが書いてあって、『What fools these mortals be!（人間ってなんてばかなんでしょう！）』。そういう話を書いたんですが、司馬さんに気に入ってもらえたようですね」

夢の国への熱き思い

司馬さんはたびたび菅さんに手紙を書いていて、アイルランド取材が終わった直後にも手紙を書いている。

妖精レプラコーンの標識、アイルランド人にとってのプロテスタントの意味、スウィフトなどについて書かれていて、旅の興奮が感じられる（八七年四月二十五日）。

先生の御専門の地を歩いた感想など、きいて頂く機会を得たいものであります。

アイルランド西南部の峠をこえていましたとき、交通標識の〝子供飛び出す〟式の標柱がありました。

「レプラコーン（アイルランド語。小人の一種。小人たちの靴なおしを専業として、黄金をためこんでいる）がクロッシングします」とありました。

片側は山、他の側は谷であります。谷には数株ずつの木々が点々として、多雨な地でありますから、木々の根方の土は苔でおおわれておりました。

この峠を、三度通りました。三度のうち、二度はこの標識がなく、想像するに、その時間はレプラコーンが通らない時間だったかと思います。本気か、冗談か、判断にくるしむ景色でした。

アイルランドにあってはプロテスタントという言葉も存在も、鬼畜といったような感じで、あまりのその意味のつよさに、不快になるほどでした（むろん、仏教狂の私にはどちらでもよいことなのですが、宗教が他民族を抑圧することにかかわっている歴史を小生たちはもっていませんので、呆然とする思いでした）。

ダブリンで、セント・パトリック教会という壮麗なカテドラルがありましたので、これは当然、アイルランドの守護聖人の名がついている以上、カトリック教会であると思い、運転手およびふつうのアイルランドのおばさんに、

「これはカトリック教会ですね」

ときくと、

「プロテスタント」

というのです。はっとして、

「アングリカン・チャーチ（英国国教会）ですね？」

というと、ノー、といいます。

くりかえしますと、両人ともアングリカン・チャーチということばさえ知らず、要するに英国国教会のことをふくめて（むしろそれを筆頭として）プロテスタント教会というのだ、ということがわかりました。

教会に入って、床にスイフトの墓を示すモザイク模様があるのを知り、おろかにもここが、スイフトが司祭をしていた教会であることに気づいたのです。

「スイフトはプロテスタント。ジョイスのみがカトリック」

などというセリフも、ダブリン大学の関係者からききました。

なにやかや、駄弁のみを。

さて前回、アイルランドに行く前に、司馬さんが長くイギリスに滞在したことは紹介した。

そのあいだ、司馬さんは、ケンブリッジ大学で行われた日本文学研究会で講演をしている。八七年三月二十六日のことで、この時司馬さんはまず言った。

「僕はいま途中下車をしています。アイルランドに行ってから、僕の仕事が始まるんです」

講演が進んでも、司馬さんは何度か「途中下車」という言葉を繰り返し、さらに付け加えた。

「まあ、まさか、ここにアイルランドの人はいないでしょうが……」

壇上の司馬さんは気がつかなかったが、その時サッと手を挙げた人がいた。当時、アイルランドのチェスター・ビーティー美術館の学芸員で、長年アイルランドに住んでいる潮田淑子さん（六八）である。潮田さんは言う。

「司馬先生があまり何度も『途中下車』とおっしゃるので、学会のオーガナイザーは困った顔をしてるし、おかしくなって、半分ふざけて手を挙げたんです。すると担当編集者の方が気づいて、すぐに来られました」

こうして、潮田淑子さんは司馬さんがアイルランド滞在中に、何度かホテルや食事会に出向き、話をすることになった。司馬さんは滞在中に、当時のヒラリー・アイルランド大統領に招かれ、大統領官邸を表敬訪問しているが、その時も、淑子さんは通訳を務めている。その様子は「愛蘭土紀行」の中で紹介されている。

「名誉なことではあったが、この予定は、私のような野人にとって荷厄介で、できれば避けたかった。この気ぶせりをすくってくれたのは、ダブリンに住む潮田淑子夫人だった。アイルランド政府が、彼女を陪席者に指定してくれたのである。彼女はダブリンにある日本美術の保管と整理というしごとを奉仕でつづけてきたし、また二十年間、この国との親善に力をつくしてきた。それ以上に、そのひかえめな人柄とすばらしい知性は、この国のひとびとからあふれるような友情を得ている。私は、夫君の潮田哲《さとし》教授からも多くのものを得た」（「表現の国」）

淑子さんは一九六〇年、ご主人の潮田哲さんとともにアイルランドに渡った。潮田哲さんはダブリン大学の教授を長く務めた人で、専門は有機化学。

東京大学で助手を務めていたが、担当教授にダブリン大学で講師になることを勧められた。三年の約束が五年になり、そのあとハーバード大学で三年の研究生活を送ったこともあるが、再びアイルランドに戻った。帰国する気持ちはあったが、ちょうど日本は学生運動のさなかでもあった。以後はアイルランドに定住することになった。

アイルランドでの生活は三十六年を過ぎようとしているが、苦労したことはほとんどなかったと淑子さんは言う。

「ロンドンに住んだ友人は嫌な目に遭うこともあったと聞きました。アパートを貸してくれなかったりとか。でも、アイルランドでは一度だって嫌な目に遭いませんでした。アイルランド人は日本人が好きなんです。嫌いなイギリスと戦ったことがありますから（笑い）。でもそれだけではなく、とにかく人間が温かいの。たしかに短気で激情型の人間が多いですが、いない人の悪口は言わないし、モヤモヤはお酒を飲んで解消して、人で解消しないんです」

十日余りをアイルランドで過ごした司馬さんは、ロンドン経由で日本に帰ることになった。ダブリン空港では飛行機の到着が遅れ、見送りに行った潮田さん夫妻は、司馬さんと喫茶店でしばらく時間を過ごした。

「『もうちょっと話したいことがあるから』と司馬先生がおっしゃって、ラフカディオ・ハーン（小泉八雲）の話になりました。『もっとハーンのゴーストと、妖精の国のアイルランドを関連づけて書きたいけど、ちょっとその余裕がないかもしれません』とおっしゃってましたね」

それでも、帰国した司馬さんは、ほぼ一章にわたってアイルランド最大の詩人、W・B・イェイツと小泉八雲を対比させて紹介している。

「アイルランド人小泉八雲（一八五〇～一九〇四）も、イェイツと同様、幽霊、妖怪、妖精が、地上の現実よりもすきであった。イェイツはその〝好き〟を古《こ》ケルトの精神にむすびつけ、大きくアイルランドの民族精神に役立たせようとしたが、日本にやってきた八雲の場合、その〝好き〟は八百万《やおよろず》の妖精の棲む日本に帰化するまでに徹底していた」（「妖精たちの中へ」）

八百万の妖精の棲む日本に生きたハーン

比較文学者で妖精学研究家でもある井村君江さんは言う。

「普通は『八百万の神が棲む』と書くところを、司馬先生は『愛蘭土紀行』の中で、『八百万の妖精の棲む日本』とお書きになっているでしょう。ハーンがアイルランドから気質として持ってきた『妖精』の感覚と、彼が日本に来て感じた『八百万の神』とは同じものですね。アイルランドの妖精は土着の、古代の神々の末裔でもあります。キリスト教以前に信仰されていたドルイド教の神々ですね。

日本でもそうでしょう。『古事記』で海幸彦、山幸彦を産む美しい女性が登場します。木花開耶姫《このはなのさくやびめ》ですね。きれいな花が咲けば彼女が咲かせてくれたと思う信仰が、日本にも残っている。アイルランドの妖精と似ています。そういうところにハーンは喜び、司馬さんもそれをとらえています」

連載が終わり、単行本になる前に、潮田さん夫妻の元に司馬さんから手紙が届いた。

ハーンについての書き残した思い、そしてアイルランドへの深い愛情が伝わる手紙である（八八年五月二日）。

『愛蘭土紀行』の連載中、お手紙を何度も頂き、励まされたり御教示をうけたり、まったく果報なことでありました。ありがとうございました。六月の何日かに本になる（上下二冊になり、その上が六月中に出ます）ので、そのときは、第一番にお送りして、感謝の微衷に代えたいと存じます。

小生は、もともとアイルランドが好きでありました。行ってみて、御夫妻を知りえたということもあって、いよいよ好きになりました。

しかし、文章を書くというのはおもしろいものですね、書くことによって、アイルランドを、愛するという以上に、理解することができました。

妖精についても、そうでした。大変霊的な民族文化をもっている、とは知っていましたが、書いていて、ああ小泉八雲も徹頭徹尾、この霊性の人なんだ、かれは、キリスト教世界では得にくかった妖精的霊感覚や、妖精への敬虔さを出雲で知ったのだ、と気づきました。

出雲の松江の松江大橋の欄干のギボシのそばに立って、八雲の時代の松江の人々は朝日を拝みます。そのとき、お賽銭を置いてゆくのです。〝あのお賽銭は、たれが回収してゆくのだろう〟。八雲は、この松江人の敬虔さを好もしく思いつつも、お賽銭について、ユーモラスな疑問をもちます。この話は、むかし読んだだけで、いまは確かめてはいませんが、たしか八雲の作品の中にあったと思います。八雲はキリスト教以前のアイルランドを松江においてみつけたといえましょうし、または、二十世紀初めのアイルランドの文学者たちがアラン島にアイルランドの原型を発見したのと同じ発見を松江でおこなったと、書きながら、感じました。

くりかえすようですが、八雲は母国にいたグレゴリー夫人やシングとおなじことを、日本でおこなっていた（八雲自身はその自覚なしに）のです。これを感じたとき、アイルランド人は、どこにいてもアイルランド人なのだ、ということを、深い感動をもって感じました。

小生は日本人として、もっとあの連載の中で、八雲のことを書くべきでした。そのために、八雲の全集を二種類そろえて用意していたのですが、八雲の出る幕がないほど、旅の中のアイルランドでは、いろんなことがみちていました。

運転手の愛すべきジョン・ライリー氏だけでも、八雲以上に小生にはなまなましく、かつ衝撃的でした。ついに、サンキューにも、グッドモーニングにもSirをつけてもらえなかったことを思うと、いまでもかれへの好意の微笑があふれてしまいます。ライリー氏を見ているだけで、自我とか個性とか自由とか、私ども日本社会にいるときには単語としてわかるだけで血肉のついた言葉としてわかりにくかったものを、いきいきとした実感をもってわからせてくれました。しまいには、ジョン・ライリー氏が、妖精のように感じられてきたほどでした。

八雲は、かれの幼時、養ってくれた伯母（カトリック）によって、英国の私立学校に入学させられます。ここでの教育のきびしさは、八雲を傷つけつづけました。八雲の感受性の皮はジャガイモの皮のように傷つきやすいもので、かれは、当時の教育にとても耐えられる子供ではありませんでした。母性をほしがっていた（幼時に生きわかれしたギリシア人の母を潜在的に恋いつづけていたのでしょう）八雲は、父性的な（人間に罰をあたえる（God）キリスト教には我慢できなかったのでしょう。

その点、日本で土着化した仏教も、古来の自然崇拝も、すべて母性的なものであることに、八雲は包まれるようなやすらぎを覚えたのでしょう。

そんなことを書くべきでした。しかし、アイルランドを歩いていると、私の中の八雲像が小さくなって行って、心の隅にかくれてしまいました。

八雲は、アイルランドの人と自然という八百万の神々の中でも、影のうすい神の一人だと思うようになったのです。これは、八雲を小さく評価するということでなく、むしろアイルランドが大きすぎたのです。日本からもってきた八雲とアイルラ

ンドを、小生はほぼ同じ寸法で考えていました。とんでもないことでありました。（八雲も、以て瞑してくれるかと思います）

それやこれやを感ずるための多くの貴重な示唆をあたえてくださったのは、御夫妻でありました。

ありがとうございました。

いまや潮田さんご夫妻は、アイルランド在住の日本人の中で一番の古株になった。日本人観光客の集まりに顔を出すこともある。

「『愛蘭土紀行』を読んで来られる人も多くて、私たちのことを知ると、『潮田夫妻はまだ生きていたんですか』と驚かれる人もいるんです（笑い）。司馬先生よりずいぶん年上だと想像されてるみたいですね」

「愛蘭土紀行」の最終章で司馬さんは書いている。

「いまも旅路の鈴が鳴りつづいて、どうやら当分やみそうにない。（中略）まことに、文学の国としかいいようがない。山河も民族も国も、ひとりの〝アイルランド〟という名の作家が古代から書きつづけてきた長大な作品のようでもある」

オランダ紀行

太郎と風車

司馬さんはオランダびいきなのかもしれない。「オランダ紀行」取材のため、一九八九年九月二十三日から十八日間、オランダ・ベルギーを回ったが、これは三度目のオランダだった。七二年の講演旅行が最初で、二度目は八八年。「オランダ紀行」の前年である。

「去年の秋、オランダにきたのは、幕末の軍艦咸臨《かんりん》丸が製造された赤ちゃん堤《キンデルダイク》という地を見たかったためで、この間、後藤夫妻がずっと案内してくれた。キンデルダイクは、運河がつくりあげた典型的なオランダの田園である。十幾つかの風車がひろい野に点在し、大河の岸辺には、咸臨丸を誕生させた小さな造船所があって、信じがたいことだが、いまも稼働しているのである。キンデルダイクのあたりは野も草も水もやわらかで、運河に沿って歩いているだけで心がオランダのふところに抱かれてしまうような思いがした」（「三人の迎えびと」）

司馬さんはオランダを歩きながら、明治の日本を考えていた。司馬さんにとってのオランダを、「街道」の前年の旅からたどってみたい。

八八年の旅は、NHKスペシャル「太郎の国の物語」の収録のためだった。番組は六回シリーズ。司馬さんの二十時間にわたる一人語りで構成され、『「明治」という国家』（NHKブックス）はその活字版にあたる。

番組の企画・演出を担当したのは、吉田直哉さん（六九）。

吉田さんは五三年にNHKに入局。大河ドラマの「太閤記」「源義経」「樅の木は残った」、ドキュメンタリーの「日本の素顔」「現代の記録」「未来への遺産」「ミツコ」と、作品を挙げればだれもが思い出すものばかりである。

しかし、その吉田さんにもNHKを去る日が近づいた。司馬さんは『「明治」という国家』のあとがきに書いている。

「……NHKの専務理事待遇という、物をつくる現場の最高職にいるのだが、その行列においては、歩々《ほほ》、時が刻まれていて、そろそろ去りどきであるという。

『ということで、卒業制作をしなければならないんです』

いまさらそんなことをする必要はないでしょう、と私はあどけないほどの貌をもったこの創造的人間にいった。（中略）が、どうしてもやるという。それも、当初もちこんできたのは『モンゴロイド家の人々』という壮大な主題で、私に協力せよ、といった」

吉田さんは、

「僕は、とにかく司馬遼太郎という人の頭の中を映像化したかったんです」

と言う。

「『空海の風景』が出て間もないころ、何度も東大阪のお宅へ行ったこともあります。いい線までいったのですが、結局、文革の影響もあって実現しませんでした。ですから、卒業の時は司馬さんしかいないと思っていました。『モンゴロイド家の人々』と聞くと、君のテーマはいつも大きいなとあきれながら、それでも真剣に考えてくださった。何度か話すうちに、『規模はずいぶん小さくなるけど、モンゴロイドの一派がつくった明治国家ということなら、話すことがある』とおっしゃった。私も明治には少しは自信があったので、そうしましょうと」

明治国家のファーザーたちが学んだ国

吉田さんは、明治百年にあたる六八年に「明治百年」という番組をつくったことがあった。

「司馬さんから、この番組にお褒めの言葉をいただいたことがあったんです。日本からの留学生やお雇い外国人たちの軌跡を中心に追った番組ですが、あんなふうにテレビにやられたら、あとから調べて書いてもむなしいって」

ところが司馬さんの「太郎の国の物語」についての提案は、イギリスとオランダを旅することだった。吉田さんは驚いた。

「イギリスはまだわかります。しかしなぜオランダなのか、正直言ってよくわからなかった。オランダとは鎖国時代で終わりというか、江戸幕府との付き合いまでだという感じを持っていました。『明治百年』でもオランダには触れませんでしたし、私にとってオランダは処女地でしたね」

司馬さんは吉田さんにこう語った。

「明治を語るのに、オランダは欠かせません。オランダ商人は、長崎の出島に押し込められ、屈辱的扱いを受けつつも我慢をして巨大な取引に成功し、一方で医学その他に大きな影響を与えた。そして幕末に勝海舟がカッテンディーケと長崎で出会う。国民主権の話を聞いた勝は、あの時代にただ一人の『国民』になりました。オランダと付き合いがあったのは、本当に日本にとってラッキーなことなんですよ」

カッテンディーケは、幕府が洋式海軍を創設するため、オランダから招いた海軍教師団の団長だった。幕府は幕臣から生徒を選び、その中の一人が勝海舟。司馬さんは書いている。

「長崎で、勝は変ったと思います。（中略）かれはひそかに〝国民〟もしくは最初の〝日本人〟になったのです。人はまったく気づきませんでした。後年、勝があまりに薩長人に対して寛容に淡泊に、いわば〝立場離れ〟をしてつきあうので、幕府が警戒したことだけはたしかです」（『「明治」という国家』）

アメリカを拓《ひら》いたピルグリム・ファーザーズは、イギリスを脱出したあと、一時期、オランダに隠れていたことがある。このピルグリム・ファーザーズになぞらえて、司馬さんは、勝海舟や坂本竜馬を「明治国家のファーザーたち」と呼んで、吉田さんに話し続けた。

「幕府のお歴々もしたたかだったろうが、明治国家のファーザーたちもオランダからしたたかさを学んだ。それが偉かったんです。だから、現場でそのことを語りたい」

吉田さんにとって、願ってもない展開となった。

「しかし、題名は『太郎の国の物語』にしますと言うと、ちょっとひるまれたような顔をされた。イギリスならジョンの国という意味で、日本なら太郎ですからと言うと、『まあそれならいいか』って。僕はまったく気がつかなかったんですよ（笑い）。司馬さんも太郎さんの一人だから、あんなに浮かない顔をされたんですね」

こうして八八年十二月、司馬さんはオランダを訪ねることになった。もちろん吉田さんも同行した。アムステルダムのスキポール空港に着くと、「オランダ紀行」でも案内役になった後藤猛・ティル夫妻が待っていた。他のスタッフもいたし、撮影機材も多い。後藤夫妻がそれぞれに車を運転して、空港を出発した。

「去年、空港からアムステルダムまで彼女が運転する車にのせてもらったのである。アムステルダムに入ってから、彼女は道に迷ってしまった。（中略）彼女は運河ぞいの街路を突ンのめるようにして走っているとき、そんななかでも右手の建物を指さし、『これは、赤松大三郎がとまっていた家です』と、教えてくれた。……ところがその赤松の下宿の前をふたたび通りかかったのにはおどろき、私は彼女に姪であるかのような愛を覚えたほどだった」（「ハイネと〝オランダ人〟」）

その車に吉田さんも乗っていた。

「僕も旅行者なのに、ティルさんは僕に道を尋ねるんです。『ホテルオークラはこっちだったかしら』って。それを見て司馬さんが、『ティルさん、吉田さんに聞いちゃだめだ。吉田さんはすごい方向音痴なんだ』（笑い）。結局、赤松大三郎の家は三回も見ることになりましたね。だから僕は『ぐるぐる回るより、赤松大三郎から出直したほうがいい』って言ってね、その建物の前で道を聞いて、やっとホテルに着いた。後藤さんが着いてから一時間はたっていました。僕たちが着かないから、ホテルでは大騒ぎだったそうです」

司馬さんは、精力的にオランダを歩いた。アムステルダム、ライデン、ロッテルダム。キンデルダイクでは、咸臨丸がつくられたスミス造船所を歩いた。

「司馬さんは調べ尽くしていましたね。ライデン大学近くの家の前では、『ここにピルグリム・ファーザーズがかくまわれていたんだよ』とおっしゃったり、本当によくご存じでした」

風車の前で司馬さんを撮ろうとした時、風がやみ、風車も止まった。

「回っていない風車は絵にならない。止まっているのなら、せめて帆をはずせば絵にはなる。それで交渉したんですが、風車の番人は、日本人はおかしなことを言うと思ったようです。結局、風車は回らず、がっかりして引き揚げました。でも司馬さんは、『今日は愉快でした。風車のことがよくわかった』。日本人とオランダ人の風車問答をおもしろがって見ていたようですね」

目の前からの知的風圧

ロケ地以外の収録は、スタジオで司馬さんが吉田さんに語りかけるスタイルがとられた。カメラは司馬さんだけを撮り、聞き役の吉田さんは司馬さんにうなずいても声は出さない。

「毎回、司馬さんは五十枚くらいの原稿を書いてこられて、僕は収録前にそれを読んでおくんです。でも、いざ収録となると、司馬さんは原稿を持たずに話し始める。だから、前もって読んでいた内容から逸《そ》れていく（笑い）。例えば井上馨の話をしてると、僕の顔が井上に見えるそうです。とにかく、目の前の司馬さんからの『風圧』はすごいものでしたね。収録が終わると、その知的風圧で顔がパリパリになった感じがして疲れるんです。それを見て司馬さんが、『話もしていないのに、なぜ君が疲れるんだ』（笑い）」

吉田さんは収録が終わると、編集作業に入り、司馬さんの語りを縦糸にして映像をつくっていった。

「映像構成については、任せていただきました。単に資料だけではなく、話を聞いていた僕が受けた抽象イメージをCGで映像にしたんです。いまなら簡単につくれるのに、当時は一本をつくるのに一カ月の徹夜仕事でしたね」

司馬さんの感想は、吉田さんにとって嬉しいものだった。

「良い抽象絵画の展覧会を見たような感じがするね。これなら『空海の風景』もいけそうだな」

そして、司馬さんが収録に向けて書いてきた原稿は、『「明治」という国家』の原稿となった。吉田さんは言う。

「だから、必ずしも番組の内容と同じではないので、ふつうのメディアミックスではなくて、この企画で二つの作品ができたというのが正しいのかな」

『「明治」という国家』が出版され、司馬さんは吉田さんに手紙を書いている。

（前略）あとがきのなかの「モンゴロイド家の人々」、じつにいい感覚のもので、これがいかにいいものであるかを他にわかってもらうには、吉田直哉氏にふれざるをえません。ふれるとなると、ものを創る人以外の肩書にもふれねばならず、それにふれるには〝定年〟にもふれねばならず、さらには、ものをつくることが、高度に少年の部分が必要である、というより、自分の（その人の）少年がものをつくるのだ、ということにふれねばならず、となると、吉田直哉氏にまるごとふれてしまうということになったのです。申しわけなし。あやうく「ホチャ」のことまで書こうとしたほどです。物をつくるには、お嬢さんからホチャとよばれるようにならねばならぬ、ということですが、からくも抑えたことだけは、にがくおほめ下さることを期待します。

さらには、「モンゴロイド家の人々」から「太郎の国の物語」がうまれた、ということを書くことで、ザ　ステイツ　オブ　メイジというものをわざわざとりあげ、かつとりあげた気分をおおかたに理解してもらえると思ったのです。これで、南米の草の中にいるインディオのひとびとの上にも、吉田さんの水蒸気がつたわってゆ

くものと思います。（以下略）
八月十五日の朝の食卓で。

「オランダで、司馬さんは私たちスタッフに、『君たちはお子さんになんて呼ばれてるの？』と聞き始めたんです。

たいていはお父さんだったり、パパですよね。ウチはちょっと違うんです。『パパかホチャですね』と言うと、司馬さんがイスから跳び上がるほど驚きました。なんてことないんです。私の子供のころの写真を見ていた娘が、胸に『ヨシダナホヤ』と書いた名札を見て、『ナホヤだ、ホチャだ！』とおもしろがりまして、それから『ホチャ』なんですが、司馬さんはこう言いました。

『君はホチャなのか。ホチャというのは、イスラムの最高位のことだよ』

さらにイスラムの話が延々と続き、僕は思いましたね。『人間、あんまり物を知りすぎるということは不幸なことかもしれない』と（笑い）。理由を話したら、なーんだという顔をされてましたが」

さて、司馬さんは「オランダ紀行」に書いている。

「杉田玄白は、オランダ解剖学の本の迫真的な図版に感動したのだが、ひとつにはオランダ語を解さないために、絵をみるしか仕方がないということもあった。……現実の人体の内景と右の本の解剖図を見くらべてゆくうちに、本が実際と寸分違わないことを知った。この瞬間、日本思想史は微妙にヨーロッパへ傾いたといっていい。福沢諭吉らが渡米する八十九年前のことである」(「事はじめ」)

退院祝いのバラ

吉田さんの父、吉田富三さんはがん研究の第一人者で、吉田肉腫と命名されるがん細胞の発見者だった。吉田肉腫のおかげで薬(ナイトロミン)が開発され、がんの化学療法が始まった。吉田さんは九二年、『癌細胞はこう語った　私伝・吉田富三』を出版した。この本を贈られた司馬さんからの手紙がある。

『私伝・吉田富三　癌細胞はこう語った』

拝受、ついにできたか、と桂離宮でもできあがったようなうれしさを覚えました。東京府立一中の口頭試問に落ちる話がおもしろく、さらには思想的成立から学問に入ってゆく景色の精密さ、偉業の確立、日常の種々相にいたるまで、伝記としてはみごとなできばえでした。子息が書くという気の重さは察しますが、そのことが結局はよいできばえを生んだということでもあり、そのように成り立って行ったのは、

大兄の才能としか言いようがありません。「あとがき」の小生の片言隻句、杞憂でありました。ありがたくもめでたく、とくに医学界の若い人々によませたいですね。

九二年十一月二十四日

九〇年にNHKを定年退職し、NHK総局顧問になった吉田さんは、武蔵野美術大学造形学部映像学科の主任教授になり、富三さんと同じく教鞭を執ることになった。ところが、九四年、吉田さんは食道がんにかかり、十三時間の大手術を終えると院内感染に遭うなど、集中治療室に三カ月も入ったきりとなった。生死の境をさまよいながらも、なんとか快方に向かった吉田さんを気遣って、司馬さんは手紙を書いている。

木刀の素振りをして背筋肉を鍛えられていること、かと思えば人工呼吸器に入られつづけたこと、それでおしまいかと思えば大腸のガンをとって了われたこと、気が遠くなるほどの難行苦行をされました。その上、神経に傷がついたのか、小声になられたとのこと、百難を凌いでやっと静謐を得られましたね。大学のほうがどうしてもといわれているのに、声が小さいと（拡声器ではだめなんでしょうね）考えておられるとのこと、さらには黙ってする仕事（おそらく文章を書くことでしょう）も考えておられること、この最後のもくねん仕事が、いまの御状態にいちばん

適っているかもしれません。才能においても、あるいは基本的には、文章書きが、映像をつくって革新的なことをなさったとも考えられます。文章はしんどい仕事ですが、他からわずらわされることがないですから、一番いいかもしれません。

九五年八月十一日

司馬さんのアドバイスを、吉田さんは大切にしている。健康を回復し、執筆活動を続けている。九八年には『脳内イメージと映像』（文春新書）、今年（二〇〇〇年）も『まなこつむれば……』（筑摩書房）を出版した。

「司馬さんから退院祝いにいただいたバラを庭に植えたら、きちんと根をつけてくれたんですよ」

退院祝いのバラは、淡いピンクのロイヤルハイネス。今年の花も見事な大輪だった。吉田さんは言っていた。

「空海の映像化もまだ諦めていません」

フランダースの犬の謎

一九七二年に文藝春秋の講演旅行でヨーロッパに行った時のこと。司馬夫人の福田みどりさんによると、

「帰ってきてしばらくは連呼してましたよ。『もう二度とヨーロッパには行かない』って」

長い飛行機の旅にうんざりしたためだが、みどりさんはちょっとがっかりした。

「だって行かないということは、書かないってことでしょ。これで『街道をゆく』でヨーロッパに行くことはないんだろうなと思いました。まあそのころの司馬さんはまだ、アジア、アジア、アジアではあったのね」

その後、少しずつ司馬さんは変わっていったようだ。

「フリーマントルの小説を読んでいたら、『やがて中国が世界を征する』ということが

書いてあって、その話をしたの。そしたら、いつもは乗ってくる司馬さんが返事もしなかった。どういうことかな、本当にそう思っていたのかもしれない。そうね、だんだんと中国や韓国に、以前ほど熱中しなくなったような気がします。アジア離れをしたわけではないけれど、バスクに行き、イギリス、アメリカ、そしてオランダ。昔のあの人からはとても考えられません。オランダでは楽しそうでしたよ」

さて、実際の旅の前に、司馬さんは書斎の「旅」を楽しむ。

オランダの旅もそうで、資料を集め、事前の取材も入念だった。

大阪府立国際児童文学館の理事長だった菅泰男さん（八五）は、いわば「書斎の旅の友」だったのかもしれない。

国際児童文学館は、大阪府が児童文学の研究者・鳥越信氏から蔵書の寄付を受け、八四年に万博公園に開館した。現在の所蔵資料数は約六十三万点。初代の理事長が桑原武夫さんで、司馬さんは二代目の理事長。口説いたのは菅さんである。

「僕はだいたい司馬さんの書かれたものは読んでいましたからね。司馬さんがいいと思って、桑原さんを通してごり押ししたんです」

司馬さんに会いに行き、雑談の中で話したのが、イギリスの詩人ワーズワースの詩「私の心ははずむ」。その詩の中に「コドモはオトナの父」という一節がある。

菅さんは京都大学の名誉教授で、専門は英米文学だから、自然と出た話題でもあった。

「ワーズワースの詩の中でも一番有名なものですね。司馬さんはいたく感動されて、これが結局、理事長を引き受けていただく殺し文句になりました」

司馬さんはこの時のことを『風塵抄』の中で書いている。

「職業として芸術家や学者、あるいは創造にかかわるひとびとは生涯コドモとしての部分がその作品をつくる。（中略）こんなことを書いたのは、先日、英文学者の菅泰男氏に会ったせいらしい。……雑談のなかで、ふと、『コドモはオトナの父』という、イギリスの文学者だったかのことばを引用された。たれのことばだったかは、わすれた。とくに知りたいかたは、同館の『調査相談係』に問いあわされたい」（「高貴なコドモ」）

そしてこの文章について、菅さんに手紙を書いている。

小生、なさでものことをしています。「サンケイ新聞」に、一カ月に一度「風塵抄（世間ばなし、のつもり）」という文章を書いています。旧知にたのまれて、われながらよけいな文章を、とそのつど思いつつ、もう何回目かになりました。そこに、菅先生のお名前を拝借し、府立国際児童文学館のこともふれておきました。相談係には、さぞご迷惑だったろうと思います。

菅さんは言う。

「いやあ、さすが司馬さんだよね。さりげなく館の宣伝をしてくださっている（笑い）。結局、これが出たあとに、三十件ほど問い合わせがあったんです」

司馬さんは八六年から九〇年まで理事長を務め、その後は萱さんが引き継いだ（九八年に退任）。

近代の美徳に適わなくなったネロ少年

しかし、司馬さんと萱さんの交友は続いた。萱さんに、司馬さんはさまざまな内容の手紙を書いている。

アイルランドの旅の感想だったり、シェイクスピアについてだったり……。オランダについては、長文の手紙が残っている。

司馬さんが萱さんに聞きたかったことは二点あり、まず最初の疑問は『フランダースの犬』についてである。

本日は、勝手なおねがいがあって、以下、申し上げます。前置きを申しますと、九月二十三日発でオランダにゆき、十月十日に帰って参ります。

オランダだけではもったいないので、ベルギーのアントワープにも、ちょっぴり

寄ります。アントワープには、ノートルダム大寺院があります。そこに、ご存じのように、ルーベンスの聖画があります。「キリストの磔刑《たっけい》」「キリストの降架」「聖母被昇天」など。

そこから遠からぬところに、『フランダースの犬』のネルロ（ネロ）少年と愛犬パトラッシュの小さな銅像があります。

『フランダースの犬』は、日本人が大好きな児童文学ですね。ちょっと平凡社の百科事典のその項をひきますと「本国では忘れられたが、日本では大正初め以来児童名作として定着した」とあります。

なぜ本国（ベルギーのことでしょう）でわすれられたかについては、たしか朝日新聞が連載のなにかでとりあげていたと思いますが、ひょっとするとフランドルの人々がいわば悪役で登場するせいかもしれません。

こんど、あらためて読んでみました（岩波少年文庫『フランダースの犬』）。日本人の好みに適ったのは、救いがなくて可哀そうすぎるということもあるのでしょうか（半分冗談の感想です）。聖堂の中で凍死するというのは、日本人の浄土願望と一つのものだ、と考えるのはむろん冗談です。

作中で、少年が、犬と一緒に天国にゆきたいようなことを、犬に語りかけているくだりがあったかと思います。キリスト教の天国は不自由で、犬は天国へゆけないのに、そのあたりがルーズなのは、作者がイギリスうまれながら、カトリックだったからでしょうか（むろんカトリックでも犬は天国にゆけませんが、カトリックらしいルーズさ、ということです）。

作者のウィーダは、英国にうまれつつも、（そして母が英国人ながら）父がフランス人で、彼女も、フランス名前を本名としていたことは、その考え方や性格、生涯を決定しているといっていいかもしれません。後半生をイタリアですごしたこと、さらには、商業を賤《いや》しんだこと、などです。『フランダースの犬』のなかでも商都アントワープが悪く書かれています（たとえば、「人だかりのする、不快な近代商業都市のむさ苦しさ、あわただしさ」「（アントワープに）ルーベンスがいればこそ世界の人々にとって神聖な名まえ」になった、など）。

ウィーダのルーベンス好きと、芸術への過剰讃美の性癖がよく出ているかと思います。

以上は、独白です。

以下、先生におうかがいしたいのは、

——『フランダースの犬』の日本における最初の紹介はいつどの本だったたか。

——もっとも影響をあたえたかと思える刊行物は？

という二点であります。簡単でいいんです。まことにまことに申しわけありませ

ん。それと、作者ウィーダ、あるいは『フランダースの犬』についての研究員の感想をうかがえれば、と欲ふかく思っています。

司馬さんの疑問に菅さん、さらに国際児童文学館の横川寿美子研究員が丁寧に答えた。さらに、どうして『フランダースの犬』がヨーロッパでは読まれなかったかについては、横川さんの見解を司馬さんは紹介している。

「……お返事を要約すると、ネロ少年は十五にもなっているのに、なぜ雄々しく自分の人生を切りひらこうとしなかったか、という点で不満が出てきた、という。英米の児童文学の流れのなかで、十九世紀の終りごろから、年少者に自立をうながすという気分が出てきた、と横川氏はいわれる」（『フランダースの犬』のあとさき）

個人の自立をプロテスタンティズムが説き、カトリックもまた影響を受けたのが近代であり、司馬さんは続ける。

「そういう近代の美徳に、わが『フランダースの犬』は適《あ》わなくなったのである」（『フランダースの犬』のあとさき）

さて、司馬さんからの手紙には、もう一つの疑問が書かれている。

もう一つ、欲深ついでにお願い仕りたいのは、『さまよえるオランダ人』につい

てであります。

どうも小生などは、ワーグナーのオペラ『さまよえるオランダ人』の題名によって知ったつもりになっているようです。中公新書『ヴァーグナー家の人々』（清水多吉）の末尾の梗概《こうがい》で、再確認しました。このオペラでは、船長は、最後に、ノールウェーの純真な乙女ゼンダの自己犠牲によって、オランダ人船長の呪いが解かれるというめでたい結末になっています。

モトの話である西ドイツの民話とされる噺は、ずいぶん暗いようですが、その民話は、活字になったものとして、児童文学館に所蔵されているでしょうか。もし所蔵されているとすれば、なんという本でしょうか。むろん、小生にとって日本語版があれば最高です。

小生の記憶のなかのこのハナシは、復活祭だのに船長（オランダ人）は船を出そうとする。バチがあたって難船する。その後、喜望峰に幽霊船としてあらわれる。赤い帆、黒い船体、ガイコツの船長。……といった感じで、ずいぶんこわい話です。小生、根拠もなしに、カトリック地帯のドイツ人が、〝海の乞食〟であるカルヴァン派のオランダ人をバカにしていたころに出来あがった民話かと思ったりしていましたが。……

念のため平凡社の『大百科事典』をひきますと、船長の名（ファン・デル・デッケン）まで出ています。この百科事典には、Flying Dutchman とあり、「さまよえるオランダ船」とあります。しかも「Dutchman とは正しくはオランダ船のことだが、これをオランダ人と解し、船長自身を指す場合もある」とあり、これはいったい正しいのでしょうか。手許の「ランダムハウス英和辞典」では、ダッチマンは①オランダ人とあり、②以下は建築用語の名称で、船の意味なく、ザ・フライング・ダッチマンの項では、①幽霊船、②その船長とあります。

やはり、『さまよえるオランダ人』ワーグナーその他の作品の日本訳から私どもの記憶はひきずられているのでしょうか。ドイツ民話のほうは、〝幽霊オランダ船〟といったような題なのでしょうか。

ともかくも十七世紀のオランダの黄金時代、他の国々からオランダ人が嫉妬されたことからできた民話のように思いますが、正しいでしょうか。まず、低地人たちは信仰が薄かったこと。拝金主義のように見られていたこと。英国などは、国家レベルで嫉妬をし、何度か戦争をしかけています。当時、オランダ人は、憎まれ、うらやましがられていたと思ったりしています。

以上、ほとんどが小生の無駄しゃべりです。この無駄しゃべりを、研究員の手でチェックしたり、そこから研究者として思いついたことを雑感としてお洩らしねがえまいか、ということが、館長先生を通してのおねがいです。欲なはなしです。

ほんの数行のお返事でけっこうであります。（館長先生をおわずらわせするのでなく、どなたか研究員の方から）

右、勝手なおねがいを。出発前に。

追記

それにしても、flying をさまよえると訳した人はえらいですね。「さまよえるユダヤ人」のほうは Wandering Jew でありますのに。ひょっとすると、私どもは、この日本訳をした人によってイメージをひきずられているのかもしれません。

八九年九月二十一日

飛ぶオランダ人!?

オランダの旅をエスコートしてくれたティルさんの車に乗った司馬さんとＮＨＫの吉田直哉さんは、アムステルダム市内でホテルを探してさまよう羽目になる。

んはティルさん、吉田さん、そして司馬さんも方向音痴で名高い（？）が、この時司馬さんはティルさんに「姪」であるかの愛を覚えたと書き、さらに続けている。

「私は迷走を楽しみつつ、なぜ〝さまよえるオランダ人〟のことを、わざわざ飛ぶオランダ人（Flying Dutchman）というのだろう、と考えた」（「飛ぶオランダ人」）

ティルさんは絶好のネタを提供してくれたことになる。司馬さんは、旅から帰るとすぐに菅さんに手紙を書いている。

無料教授をねがいつつ、お聴き入れ下さったことにありがたくうれしく存じております。十月十日にオランダから帰り、まず第一輪を拝誦し、ついで第二輪を拝誦しました。御心のこもるご教示に、心ふるえる思いでありました。

Dutchman が、第三義として「船」でありますこと、また、man そのものが船をさす場合があること、インディアマン、マーチャントマンの例をあげてくださったこと、つかえたものがおりる思いでありました。

オランダでも、Flying Dutchman は、Wandering Jew と同様に〝さまよえる〟といっていいのか、ときいてまわりました。

このことは、小生のオランダ理解にとってキーをなすものであるものですから、水雞がたたくようにききました。

ご存じのとおり、オランダは、ヨーロッパで、英国、アイルランド以外の唯一の英語国（?）であります。たいていのオランダ人はくびをかしげて、どうかなあ、といっていましたが、在住日本女性（四十一歳、東大西洋史）に、友人のヨットマ

ンにきいてもらったところ、

「船の意味だよ」

と、じつに簡潔でした。菅先生のおおせのとおりでした。

「ヨットの種類に〝フライング・ダッチマン〟というのがあるんだ。強風のなかを帆を張りっぱなしでゆくやつだ。オリンピックのヨットレースにも〝フライング・ダッチマン〟というのがあって、船体や帆の寸法が厳密に規定されていて、二人乗りのものだ」

ということでした。これによって見ますと、民話やワーグナーのオペラに出てくる「フライング・ダッチマン」は、やはり、菅先生ご指摘のように、帆を張りきった船ということになります。暴風のなかで、満帆の船があらわれる、それを見た船は必ず遭難する、といわれたのは、帆がフルになっている上に、あくまでも〝船〟であることが相わかりました。ありがとうございました。

御手紙の末尾に、一八七〇年の文例として、グレイト・ウェスタン・レイルウェイの急行の名前として「フライング・ダッチマン」があったというのは、うれしいお教えでした。

嵐の中をフル・スル（フル・セイルでしたか）の船が飛ぶように走るように、この急行は速いんだぞ、ということらしく、これでいっさい、フライング・ダッチマ

ンの件、諒解つかまつりました。

いずれ、研究員の方からのお返事が頂戴できるものと存じますが、ありがたくありがたく右の件、御礼申しあげます。

八九年十月十二日

司馬さんは多くの人の知恵を借りて、「さまよえるオランダ人」を解明している。国際児童文学館の菅さん、上野陽子研究員、手紙に「オランダ在住の女性」と書かれている藤原かすみさん、そして後藤猛さん。司馬さんは旅上手であり、聞き上手でもあった。

風の中のカイ君

一九九〇年十二月、「オランダ紀行」の校正刷りを見たあと、司馬さんは担当の桜井孝子さん（元朝日新聞出版局図書編集室）に手紙を書いている。

小生の『オランダ紀行』には、一日本人としてオランダに感じている氷心のようなものがあるつもりでいます。小生もゲラを見つつ、われながら思いのたけがにじんでいるな、と思いました。ゴッホへの思いは、これまたべつです。個人としてこの魂への悲しみを覚えつづけています。弟の嫁がいいでしょう。彼女への小生の思いもふかいのです。

「オランダ紀行」には画家の話が多い。「夜警」「トゥルプ教授の解剖学講義」を描いたレンブラント、「キリストの降架」のルーベンス。なかでも「馬鈴薯を食べる人びと」「ひまわり」を描いたゴッホに対しては、多くのページを割いている。新聞記者時代、美術担当でもあった司馬さんは書いている。

「ごく一般的にいって、絵画は人にとって身のまわりの装飾である。絵のかかった部屋でコーヒーを飲むのは楽しいし、またひろげている新聞に、広告欄という絵画的な部分がなければ、紙面は活字のチリの山のようになってしまう」（「入念《にゅうねん》村にゆくまで」）

取材旅行のための下調べノートには、カラフルなオランダの地図の他に、レンブラントの作品のスケッチがいくつも描かれている。もちろん、画集を見てのスケッチである。旅の前には編集部にリクエストもした。

「レンブラントとゴッホの足跡をたどりたい」

同行した担当者、浅井聡は言う。

「オランダでの司馬さんは、ずっと機嫌がよかったですね。でも、自分でリクエストしたのに、美術館では絵をじっくり見ようとはしない。どうも作品は画集で見るものだと思っているのか、絵がここにあるんだと確認するだけのようにも見えましたね」

さて、司馬さんは道中、たびたびオランダの結婚式に遭遇した。ナールデンの町でのことを司馬さんは書いている。

「市庁舎は十七世紀につくられた堂々たるレンガ造りである。二階だてながら、屋根部分が大きく、屋根裏（?）の階を入れると、五階だてになる。横の小さな出入口から、花嫁さんが出てきた。この町ではじめて見た〝世間くさい〟光景だった」（「緑なす要塞」）

浅井聡は言う。

「司馬さんは結婚式と縁があるみたいですね。アイルランドでも見つけたし、ナールデンでもライデンでも司馬さんがめざとく見つけてました。結婚式好きなのかもしれない（笑い）」

アントワープの大聖堂裏にあったレストランで夕食をとった時のこと。勧められるまま、山のように盛られたムール貝を食べ、お酒も進んだ。

「司馬さん、酔っていたのかな。ガラスに映った自分の姿を見て、『みどり、見てみい。おれと似たやつが歩いてるわ』（笑い）。あれはおかしかった」

司馬さんの取材旅行は同行者が多いが、先頭を歩くのは、だいたい司馬さんだった。手にノートとペンを持ち、ときにはメモをとりながら歩いた。

さらに胸にはカメラ。同行者の中には青井捷夫さん（元朝日新聞写真部）がいたが、司馬さんとみどり夫人も負けずに写真を撮った。青井さんは、オランダへの乗り換えで立ち寄ったイギリス・ヒースロー空港での光景を覚えている。

「僕は仕事ですから、フィルムは三百本くらい持っていきました。司馬さんとみどりさんは、フラッシュがなくても撮れるように、感度の高いフィルムを四十本以上は持っていた。その本数を見て僕は驚いたんだけど、手荷物で持ち込んだから、女性検査官がフィルムケースをひとつずつ開けて点検し始めてね。X線検査機を通さないでと頼んだからなんだけど、時間がなくてヒヤヒヤしたな」

すべての点検が終わると、ギリギリで飛行機に飛び乗ることになった。その時のことを、司馬さんは取材ノートに書いている。

「ヒースロー空港でフィルムの紙箱、ぜんぶあけられる。森君（同行者）、立ちあい、カッカッ」

四十本以上のフィルムを用意したのは、元産経新聞カメラマンの伊藤久美子さん。伊藤さんは、司馬さんの本棚の管理と写真の整理を担当していた。カメラマン顔負けにシャッターを切っていた司馬さんだったが、旅の途中、浅井聡につぶやいている。

「伊藤さんに『フィルムはこれだけあれば十分です』って言われたんだ。大事に使わなきゃ」

さて、オランダの取材旅行は、いつもの『街道をゆく』とは大きく違うことが一つあった。

装画担当の須田剋太さんが病の床に就き、一緒に旅ができなくなってしまったのである。そのため「オランダ紀行」では、司馬さんがピンチヒッターとなった。

司馬さんが描いたゴッホ、ゴッホの弟のテオが誌面を飾ることになり、司馬さんは張り切って描いてくれた。

原稿を褒めるよりも、絵を褒めたほうが機嫌がいいぐらいだったが、司馬さんの思いは別にあった。桜井孝子さんへの手紙を読むと、その思いが伝わる。

『南蛮のみち』は、かつてバスクのことを書いて、単独の造形性をもたせました。『オランダ紀行』は、それ以上に、オランダ国について、独立性の高い本になったと思います。この地上で、もし異星人に「どの国がりっぱか」ととわれれば、私は「オランダ」と答えるでしょう。そのつもりで、書いたのです。（中略）

小生の絵について、申しあげます。

あれは、須田さんから頼まれたものでした。須田さんは、病中ご自分の〝場〟が、他の画家にとられる（？）のがいやだったのでしょう。げんにそうなれば、須田さんが癒ったからといって、復帰しにくくなります。その心中を察して、小生は、素人絵を描いたのです。雑誌にかぎってのことです。素人の絵なんか、絵じゃないんです。絵は、素人がどんなにうまくても、玄人にかないません。玄人が上手ということでなく、何十年も、手をうごかして描いているのです。その累積のちがいです。これは、決定的です。（むろん、玄人にも上手と下手があります。それとは、べつ

です）＝以下略

結局、司馬さんの要望どおり、「オランダ紀行」の単行本では、司馬さんの描いた絵は除かれることになった。

言語を衣類のように考えている民族

さて、アムステルダムには、ホテルオークラがある。司馬さんはここを旅の拠点にした。当時、副支配人だったのが米谷《まいや》雅彦さん（五八）で、いまもアムステルダムに住んでいる。

「ホテルの米谷雅彦氏が、剃りあとの青い笑顔でむかえてくれた。私は、礼をいった。『日本人学校の副読本、ありがとうございました』。その本のおかげで、ベルギーにいる数日間、オランダを思いつづけることができた。『わたしたちのオランダ』という子供むきの本である」（「ドン・キホーテ」）

オランダの取材は十七日間に及んだ。長旅の途中で米谷さんは司馬さんを自宅に招待したことがあった。

「私はホテルの近くのアパートに住んでいたんです。こちらで生活する日本人はみんな、家では靴を脱いで生活をしていますから、司馬先生に『たまには靴を脱いで食事をしませんか』とお誘いしたんです」

この時の話題は、幕末から明治にかけての日蘭関係についてだった。

「普通、食事の時はたわいもない雑談をするものでしょう。あの時は、いっさい雑談がなかった。一同、聴き入っていたという感じでした」

と米谷さんは言う。

当時、米谷さんには小学生の息子さんがいた。その息子さんが学校で教材として使っていたのが『わたしたちのオランダ』だった。

「司馬先生は、その土地の子供向けの本を読むんですね。『簡単明瞭に書いてあるから便利なんです』とおっしゃった。ちょうど改訂版も出たので、帰国された先生に改めてお送りしたんです」

その米谷さんに礼状が届いた。

御本ありがたく拝受いたしました。お手紙、ひさしぶりでお会いした思いがして、なつかしく存じました。御奥様もお元気なことと存じます。

オランダは、おかげ様で、小生の脳細胞をずいぶん刺激しました。小生六十余歳、竹で申せば、すこしずつ節目があったと思いましたが、オランダを知ったことは、

近来ない大きな節目でありました。自分のヨーロッパ観までが、一部修正され、さらには日本の将来像についても、私自身が勝手につくっていたものが色彩まで変わるほどに修正されました。

文明とは、人々が心地よく日々の生活ができ、社会からうける鬱懐《うつかい》がすくないままに生活をすごしうるシステムのことだと思います。むろん、それは、普遍的でなければ——他民族がとり入れることができるものでなければ——文明とはいえないと思います（チベット人やイヌイットがいかに充足していても、それは文化であって、文明でないという意味です）。そういう意味では、日本はまだまだ文明ではない、オランダこそそうではないか、と思ったりしました。

State というのは、法的な、人工的な、という意味がくわわったことばだそうで、具体的には、単に憲法をもつ国家のことですが、こんにち、真に State というのは、ひとびとがくらしやすくすごせる法体系をもち、法の下に国家がある、ということでしょう。オランダがまさにそうではないかと思うことしきりであります。

日本は、明治になってオランダとの関係を薄くしてしまいましたが、いまあらためて後悔すべきだという感想を、こんどの旅行でしみじみ思いました。ほんとうに、いい旅でした。ひとえに、米谷さんの御配慮によると感謝しています。きょうは、さまざまなことを感謝しつつ、とりあえず御礼まで。

八九年十一月十四日

米谷さんは、通算二十四年にわたりヨーロッパで生活してきた。その多くをオランダで過ごした。

「他の人よりはオランダを知っているつもりでしたが、司馬先生からの手紙を読んで、『もっとウェイク・アップしなさい。お前のまわりには日本のお手本になるようなことが、まだまだあるじゃないか』と言われた気がしたんです。食事の時の話では、そこまで気がつかなかった」

と言う米谷さん。自らを引き締めるためにと、手紙を額に入れて、事あるごとに読むようにしていた。

「そうしたら、司馬先生の手紙は万年筆で書かれていたので、インクが薄くなってしまって（笑い）。消えた分だけ僕の頭に入ったかどうかは別ですけどねえ」

司馬さんは書いている。

「『ヨーロッパには、もう一つ英語国民がいる』とよくいわれたりする。そういわれてもオランダ人は傷つかない。この小さな面積（九州ほど）の国土で大きな効用を果たしてきた民族は、言語を衣類のように考えているらしい。ふだん着もしくは肌着がオランダ語なら、外出着が英語だというふうにである」（「光る温室」）

米谷さんが社長を務めるホテルオークラ・アムステルダムでは、常時十五〜二十カ国の人が働き、共通語は英語。

「タクシーでも屋台でも、私がつたないオランダ語で話しかけると英語で返事がくる。どこでも英語で事がすみます。人種の壁を乗り越えるのは、言葉だけですね。でも一個人として暮らすには、その国の母国語ができなければ失礼だと思うんです。だから、定年後は日本に帰ろうと思っています」

想像力とは、仮説をたてる能力のこと

「オランダ紀行」には、案内をしてくれた通訳の後藤猛・ティル夫妻がたびたび登場した。ティルさんについて、こんな記述がある。

「ティルさんのおなかには、二番目の赤ちゃんがいる。『名前のことで、いつも、タケシとけんかをします』（中略）『ヨーロッパ人の名前は、意味がないんです。むろん、聖書の登場人物からとった名前が多いんですが、聖書時代でも、べつに意味がなかったと思います』と、ティルさんは私にこぼした。オランダ人は、姓についても頓着がない。石塊《ブロック》先生がそうであるようにである。国名でさえそうで、これらはオランダ人の美質の一つといっていい」（「名よりも実《じつ》」）

ティルさんの赤ちゃんは男の子だった。ティルさんは言う。

「司馬さんがこの時に、いくつか名前の候補を挙げてくれました。その中から私がカイ

という名を選んだんです。アンデルセン童話の『雪の女王』の主人公の男の子の名前も『カイ』。漢字は〝海〟の字をあてました」

カイ君はいま、どんな本を読んでいるだろうか。

カイ君は十歳になった。

司馬さんは九五年、大阪府立国際児童文学館の開館十周年を記念した『十年のあゆみ』に「風の話」を寄稿した。テーマは童話である。


いい童話や児童小説を読むたびに、自分も、生涯に一つ、いい童話を書いておきたい、という衝動をおこします。いままで百遍もそう思い、百遍もあきらめました。そのつど、

「お前の大脳は、ひからびている」

と自分に対して、あわれな判定をくだしました。

たとえば、仮説が、思いうかびません。

「もし、ロバやヒツジやウマやウシ、アヒルやニワトリが、楽器が大好きで、かれらがそれぞれ大好きな楽器を手に入れたとしたら、どうなるだろう」

という、根元的な仮説が、うかばないのです。私がもう五歳のときのあのみずみずしい大脳をうしなっているのです。

大脳は、酸素が好きです。

それに、コトバが好きです。コトバが、噺として造形されてゆくのを子供がきくと、子供の大脳は、こおどりします。

もし子供に、お噺をあたえられなくて、そのままその子供がオトナになってゆくとしたら、どんなに悲惨でしょう。

「日本人には、想像力がない」

と、ごく最近、知日外国人学者がいったことがあります。私は、これほど痛いことばをきいたことがありません。

想像力というのは、仮説をたてる能力のことです。

「もし君が、あの秋風になったとしたら、どうするかね」

「なりゃしないよ、人間だから」

これは、オトナの大脳です。

しかし、子供のころに、コトバという（お噺という）酸素をたっぷり入れた大脳なら、

「ずっと、風にさからわずにとんで、秋風がそこでおわってしまうところをみたいね。そこには、春風のヒナが、卵から出てきたばかりだろうと思うよ。そのヒナをそだてて、こんどは春風になって、ここにもどってきたいよ」

この会話が、五十歳の男女であってもいいでしょう。成熟した銀行家と大学教授が、公園を散歩しながら話をしている、としたら、どんなにすばらしいでしょう。

（一九九五・三・二）

司馬さんならば、きっとカイ君に素敵な童話を書いただろう。

本書（上下二巻）は「週刊朝日」増刊『司馬遼太郎からの手紙』（一九九九年十二月刊）『司馬遼太郎からの手紙　完結編』（二〇〇〇年十月刊）をもとに、再編集し文庫化したものです。本文中に登場する方々の年齢、所属等は当時のまま掲載しています。

なお本書の取材・執筆は、村井重俊、大道絵里子、日野稚子、三浦香代子が担当しました。

司《し》馬《ば》遼《りよう》太郎《たろう》からの手紙《てがみ》［上］　朝日文庫

2004年５月30日　第１刷発行
2023年７月10日　第３刷発行

編　　者　週刊《しゅうかん》朝日《あさひ》編集部《へんしゅうぶ》

発 行 者　宇都宮健太朗
発 行 所　朝日新聞出版
〒104-8011　東京都中央区築地5-3-2
電話　03-5541-8832（編集）
03-5540-7793（販売）
印刷製本　凸版印刷株式会社

ISBN978-4-02-261444-5